# ALIEN-TYRANN

Gefährtinnen der Sandmeer-Warlords
Buch 1
Ursa Dax

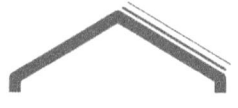

# RECHTLICHER HINWEIS

ursadaxwriter@gmail.com

Übersetzung: Stefanie Kersten

Lektorat: Debora Exner

Korrektorat: Tanja Eggerth

ISBN: 978-1-998452-03-3

Peace Weaver Press Inc.

5-190 Minet's Point Drive, Suite 140, Barrie, ON, Canada, L4N 8J8

# DANKSAGUNG

DANKE AN MEINEN EHEMANN RSH für deine unendliche Unterstützung, Geduld und dass du mich immer wieder anfeuerst. An meine Mutter SMD, die alles mit Stolz liest, was ich schreibe, egal, wie erotisch und seltsam es manchmal ist. Danke, dass du so entzückt von meiner Arbeit bist und meine Texte jedes Mal Korrektur liest. Und danke auch an all meine neuen Leserinnen und Leser, Fans und Freunde, dass ihr euch mit mir zusammen in diese neue Alien-Welt vorwagt. Eure lieben Worte, glühenden Rezensionen und die Begeisterung für diese Figuren sind der Grund, warum ich das alles mache!

— Ursa

# TRIGGERWARNUNG

DIESES BUCH ENTHÄLT explizite Kampfszenen und Darstellung von Gewalt. Der Tod von Familienmitgliedern (Eltern und Großmutter) wird im Zuge der Hintergrundgeschichte der Protagonistin erwähnt. Entführung-durch-den-Protagonisten-Trope sowie Entführung im Allgemeinen durch Dritte. Alien / nicht menschlicher Protagonist.

# PROLOG
## Buroudei

TIEF IN DER NACHT HÖRTE ich das Geräusch. Hauchzart vibrierte das hohe Pfeifen durch die Luft. Ein Laut, den ein Krieger nur einmal in seinem Leben hörte. Ein Laut, der nicht ignoriert werden konnte.

*Die Lavrika.*

Endlich waren sie gekommen.

Ich erhob mich von meinem Lager aus gegerbten *dakrival*-Häuten, ging langsam über den Sand zum Eingang meines Zelts und schlug die Klappe beiseite, um in die Nacht hinauszublicken, die über dem endlosen Meer aus Sand lag. Über mir leuchteten unsere vielen zerklüfteten Monde in einer langen, ungleichmäßigen Reihe, die sich von einer Seite des Horizonts zur anderen zog.

Das Geräusch ertönte erneut, eine tiefe Mischung aus Pfeifen und Trillern, das mich reflexartig in die Hocke gehen ließ. Die Klauen meiner Hände auf den Boden gestützt verharrte ich einen Moment reglos. Dann entließ ich einen langen Atemzug, um mich zu beruhigen, entspannte mich und ließ meinen Blick über die Umgebung wandern, bis ich sie schließlich entdeckte. Die Lavrika glitten aus der Ferne auf mich zu und kamen mit jedem Augenblick, der verstrich, näher.

Bisher kannte ich nur Beschreibungen davon. Männer, die sehr viel mehr Glück erfahren hatten als ich, hatten mir davon erzählt. Wie sie von den Lavrika auserwählt worden waren, zu erfahren, wen das Schicksal zu ihrer Gefährtin bestimmt hatte. Von der schmalen Erscheinung aus Sternenlicht, die wie ein Geist durch den Sand glitt. Und jetzt durfte ich mich auch zu den Glücklichen zählen. Zu den Kriegern, denen die Lavrika erschienen waren.

*Nach so langer Zeit.*

Die Erzählungen wurden der Realität nicht gerecht. Selbst jetzt, wo das heilige Wesen direkt vor mir stand, fehlten mir die Worte, es zu beschreiben. Sein Körper war lang und gewunden, er schimmerte und war gleichzeitig hier und doch nicht da. Ich konnte den Sand durch seine Haut hindurch erkennen, der in der vom Mondlicht erhellten Dunkelheit einen tief silberschwarzen Ton angenommen hatte. Ich war einer der Größten in meinem Clan, doch die Lavrika maßen sicher vier- oder fünfmal so viel wie ich von Anfang bis Ende. Sie waren wahrlich beeindruckend. Meine Brust fühlte sich bei ihrem Anblick plötzlich eng an.

Ihr großer Kopf schwang nach oben und sie richteten sich aus dem Sand auf. Arme oder Beine konnte ich nicht erkennen, aber das Wesen konnte seinen Kopf allein mit der Kraft seines Rückgrats weit über den Boden erheben. Ich erkannte es als pulsierende Struktur unter ihrer durchscheinenden Haut. Die Lavrika fixierten mich mit ihren sich ständig verändernden Augen, die heller als jeder Stern leuchteten. Langsam stand ich auf und mein Schwanz zuckte unruhig. Das konnte ich nicht verhindern. Mein Herz klopfte wie wild in meiner Brust. Gleich würde ich erfahren, wer mir als Gefährtin vorbestimmt war. Endlich würde ich herausfinden, was das Schicksal für mich vorgesehen hatte. An wen ich mich für immer binden würde. Mit wem ich Junge aufziehen würde. Die zukünftige *Gahnala* unseres Clans.

Die Lavrika neigten den Kopf und machten dann mit einer perfekten, eleganten Drehung kehrt, um sich in die Richtung von mir wegzuschlängeln, aus der sie gekommen waren. Rasch streifte ich meinen einfachen Lederlendenschurz über und legte meinen Rückengurt mit den langen und tödlich scharfen *ablik*-Messern an. Im letzten Moment schnappte ich mir auch noch meine Axt, die ebenfalls aus *ablik*-Gestein gefertigt war. Mit der anderen Hand griff ich nach meinem Speer. Bei den friedfertigen Lavrika benötigte ich keine Waffen, auch wenn das Wesen riesengroß erschien. Aber dort draußen im Sand gab es auch noch andere Kreaturen – die weitaus schlechtere Absichten mir gegenüber hegten als die Lavrika.

Ich verließ mein Zelt und schloss die Klappe hinter mir. Einen kurzen Moment überlegte ich, ob ich meine rechte Hand und den mir am nächsten stehenden Kommandanten Galok wecken sollte. Doch als sich die Lavrika immer weiter von mir entfernten, entschied ich mich dagegen. Ich würde bis zum Morgen zurückkehren. Diesen Weg musste ich allein beschreiten.

Und so ließ ich die Zelte meines Clans hinter mir und ging zügig voran. Jeder Schritt brachte mich meiner Zukunft näher.

Ich folgte den Lavrika eine ganze Weile. Wohin sie mich führen würden, war mir schon klar. Jeder in meinem Clan und den anderen Clans des Sandmeers wusste, wo sich die heiligen

Teiche der Lavrika befanden, versteckt in den Klippen von Uruzai. Dorthin zu reisen, war jedoch ohne die Einladung der Lavrika vergebens. Nur die Anwesenheit der Lavrika ermöglichte es einem, seine Gefährtin in den Teichen zu sehen. Vorfreude auf das Kommende machte sich in mir breit und ich umfasste meine Axt und den Speer ein wenig fester, während ich dem sich windenden Schwanz der Lavrika folgte.

*Wer wird es sein?* Es gab nicht mehr viele Frauen unter uns. Vielleicht Zanixia. Mit ihr hatte ich bereits das Lager geteilt. Wir empfanden ein Gefühl des gegenseitigen freundschaftlichen Respekts füreinander, auch wenn nichts auf eine heilige Gefährtenbindung hingedeutet hatte. Keine allumfassende, seelenverzehrende Welle schonungsloser Liebe, von der die Männer sprachen, die ihre Gefährtin gefunden hatten. Aber die Teiche der Lavrika könnten das alles ändern. Krieger, die gerufen wurden, sahen ihr Schicksal in ihnen. Und danach veränderte sich alles. Ich versuchte mir vorzustellen, wie meine Gefühle für Zanixia so tief wurden und sich so grundlegend wandelten. Versuchte mir vorzustellen, dass sie nicht nur mein Bett teilte, sondern auch an meiner Seite über den Clan herrschte und meine Kinder gebar. Das war keine unangenehme Vorstellung, aber sie weckte auch kein Feuer in meinem Bauch. Zumindest noch nicht.

*Ich muss mich von den Lavrika führen lassen.* Meinen Fantasien und Träumen nachzuhängen, würde mich jetzt nicht weiterbringen. Das tat ich schon mein ganzes Erwachsenenleben lang.

Irgendwann tauchte eine schroffe Linie am dunklen Horizont auf. Wir näherten uns den Klippen von Uruzai. Die Lavrika setzten ihren steten Pfad fort und ich trottete schweigend hinter ihnen her. Mein Schwanz glitt in gleichmäßigen Bewegungen durch den Sand.

Die Klippen rückten immer näher, bis sie schließlich nach einem schier endlosen Marsch riesig und eindrucksvoll vor uns aufragten. Ich legte den Kopf in den Nacken – es war schwer, die Gipfel in der Dunkelheit auszumachen. Sie schienen mit dem Himmel zu verschmelzen.

Die Lavrika schlängelten sich an den Felsformationen entlang und ich folgte ihnen hastig, weil mich plötzlich die Sorge ergriff, sie so kurz vor dem Ziel aus den Augen zu verlieren. So kurz vor den Teichen. So dicht an meinem Schicksal.

Die Lavrika hielten inne, wandten sich dann zur Seite und verschwanden scheinbar direkt in die Klippen hinein. Aber ich wusste, dass sie nur die Öffnung in der Felswand erreicht hatten, die zu den Teichen führte. Ich schulterte meine Waffen und trabte ihnen hinterher, blieb dann aber vor dem zerklüfteten Eingang stehen.

Eine Lavrikala, eine der heiligen Beschützerinnen der Lavrika und ihrer Teiche, stand mit einem Speer in der Hand vor mir. Sie beobachtete, wie die Lavrika zwischen den Klippen verschwanden, und wandte sich dann mir zu, um mich abschätzend zu mustern. Ich erkannte sie nicht. Sie stammte nicht aus meinem Clan, sondern aus einem der anderen Sandmeer-Clans. Sie war alt, jenseits ihrer fruchtbaren Jahre, aber fast so groß wie ich und hielt ihren Stab mit kraftvoller Eleganz. Ich hob den Schwanz, brachte ihn nach vorn und bedeckte mit der schwarzen Spitze meine Augen. Die Geste war ein Zeichen außerordentlichen Respekts, den ich nur noch Individuen wie den Lavrikala zollte. Als Gahn war ich ein Warlord und Anführer meines Clans und als solcher hatte ich Bekundungen wie diese seit meiner Kindheit niemandem gegenüber mehr erbracht. Für gewöhnlich waren es die anderen, die ihre Augen vor mir bedeckten.

„Du darfst eintreten. Gahn Buroudei."

Ich ließ meinen Schwanz wieder in seine natürliche Position hinter mir sinken und nickte der Lavrikala zu. Woher sie meinen Namen kannte, fragte ich sie gar nicht erst, sondern folgte den Lavrika in die Dunkelheit der Klippen. Doch dann blieb ich noch einmal stehen, als sie weitersprach, mehr zu sich selbst als zu mir.

„Ich hätte mir denken können, dass die Lavrika heute einen mächtigen Gahn hierherführen. Dies ist kein gewöhnlicher Ruf des Schicksals. Es liegt etwas ... Seltsames in der Luft."

Ich schaute sie unverwandt an, doch sie äußerte sich nicht weiter und hielt den Blick fest auf die dunkle Sandebene gerichtet.

Schließlich löste ich mich aus meiner Starre und folgte den Lavrika endlich zu meinem Schicksal.

Erst war es zu dunkel, um irgendetwas zu erkennen. Ich musste mich an den Felswänden entlangtasten, um überhaupt voranzukommen. Es gab auch keine andere Möglichkeit. Der Durchgang war schmal und es ging nur in eine Richtung weiter. Nach einigen beengten Momenten in der Finsternis erschien vor mir ein schwaches Glimmen und der Pfad wurde breiter, bis er schließlich in einer großen, breiten Höhle mündete. Hier war es kühler als draußen und die Luft war klamm. Sie fühlte sich merkwürdig auf meiner Haut an. Ich war die sengende, trockene Hitze der Wüste tagsüber gewöhnt. Die Feuchtigkeit dagegen war mir vollkommen fremd. Natürlich wusste ich, wo sich die heiligen Teiche befanden, aber ich hatte die Höhlen noch nie zuvor betreten.

Ich gab meinen Augen Zeit, sich an die Lichtverhältnisse zu gewöhnen, und betrachtete meine Umgebung eingehend. Die Höhle war riesig und ihr Boden übersät mit kleinen Teichen voll glühender Flüssigkeit. Am anderen Ende erkannte ich Öffnungen, die in tiefere Grotten führten, aber anscheinend mussten wir nicht weiter in die Klippe hineingehen. Die Lavrika waren hier stehen geblieben und hatten ihren langen Körper zusammengerollt. Sie warteten und beobachteten mich.

Sie befanden sich am Rand des größten Teichs, von dessen Inhalt das gleiche weiße Schimmern ausging, das die einzige Lichtquelle in dem nur spärlich erhellten Raum darstellte. Wir nannten die Flüssigkeit das Blut der Lavrika. Es besaß zahlreiche Eigenschaften, unter anderem eine erstaunlich heilende Wirkung. Aber in Nächten wie heute, wenn die Lavrika einen Auserwählten herbrachten, zeigte es diesem seine Zukunft.

Mein Herz klopfte wild und mein Kiefer verkrampfte sich so stark, dass ich das Gefühl hatte, meine Fangzähne würden jeden Moment brechen. Schweigend legte ich meine Waffen und meinen Lendenschurz ab. Von anderen hatte ich gehört, dass man rein und nackt wie ein Junges in den Teich steigen musste. Und nun, da ich hier war, fühlte sich das nur natürlich an.

Die Klauen an meinen Füßen klackerten auf dem dunklen Steinboden, als ich mich in Bewegung setzte. Die Lavrika beobachteten mich noch einen Moment, bevor sie, fast ohne eine Welle zu verursachen, in die Flüssigkeit glitten.

*Es ist so weit.*

Warum fühlte es sich an, als würde ich mich in den wichtigsten Kampf meines Lebens stürzen?

Entschlossen tauchte ich einen Fuß ins Blut der Lavrika, dann den zweiten. Das Ufer des Teichs war abschüssig und ich bewegte mich langsam vorwärts, bis die Flüssigkeit meine Oberschenkel erreichte, dann meinen Schritt, dann meine Taille. Das Blut der Lavrika summte mit gewaltiger, immer stärker werdender Energie um mich herum. Ich hatte keine Ahnung, wo die Lavrika sich inzwischen befanden. Die Flüssigkeit war milchig und dickflüssig, undurchsichtig.

*Wie tief soll ich hinein?*

Ich blieb stehen, als mir die Flüssigkeit bis zur Brust stand, und sah mich suchend um, weil ich nicht wusste, was ich als Nächstes tun sollte.

*Im Zweifel immer den Lavrika folgen.*

Der Gedanke huschte mir durch den Kopf und ohne weiter zu zögern, stürzte ich mich nach vorn und tauchte komplett unter.

Das Gefühl war so übermächtig, dass ich meine Augen schließen musste und instinktiv die Arme hob, als wollte ich einen schrecklichen Feind abwehren. *Ein Gahn sollte nie seine Augen schließen oder sich vor irgendeiner Macht verstecken. Stell dich deinem Schicksal, Buroudei. Stell dich ihm jetzt.* Ich zwang mich, die Augen zu öffnen, und erlaubte meinen Händen, sich durch die zähe Flüssigkeit an meinen Seiten zu bewegen. Doch eigentlich fühlte sich das gar nicht mehr nach Flüssigkeit an. Es war nicht nass und hinderte mich auch nicht am Atmen. Ich trieb immer weiter in einer ewigen Leere aus Weiß, so blendend hell, dass ich das Gefühl bekam, eine *krixel* hätte mich in den Klauen und würde mich mit dem Gesicht voran in den nächstgelegenen Stern tragen. Mir wurde die Brust eng. Jeder Muskel, jede meiner Gliedmaßen war angespannt und bereit. Bereit für alles, was auf mich zukam.

Das dachte ich zumindest. Aber nichts hätte mich auf das Gesicht vorbereiten können, das sich im Blut der Lavrika formte.

Es war anders als alle Gesichter, die ich je gesehen hatte. Das war nicht Zanixia oder jemand sonst aus meinem Clan, nicht einmal von meinem Volk. Die Augenbrauen unseres Volks waren dunkel und breit, während ihre beinahe nicht vorhanden waren, nur winzige Striche auf ihrem Gesicht. Unsere Nasen waren recht flach, ihre wies einen seltsamen, schmalen, erhabenen Rücken auf. Unsere Haut glich im Ton dem dunklen Sandmeer von Zaphrinax, ihre war blass, beinahe so hell wie das Blut der Lavrika, das mich umgab. Dann sah ich ihre Hände – ebenso bleich wie ihr Gesicht und praktisch ohne Klauen. Ihre Ohren waren weich, rund, saßen tief am Kopf und waren beinahe vollständig von langen, hellen Haaren verdeckt. Sie trug ein seltsames Gewand und hatte, soweit ich sehen konnte, keinen Schwanz.

Trotz ihrer Andersartigkeit durchströmte mich Sehnsucht und weckte jede Faser meines Körpers. Ich kämpfte mich durch die zähe Flüssigkeit, näher zu ihr, um nach einer ihrer merkwürdig aussehenden, kleinen Hände zu greifen, um sie zu fragen, aus welchem Teil von Zaphrinax sie stammte. Ich konnte den Blick nicht von ihren Augen abwenden, Augen von einer Farbe, wie ich sie noch nie zuvor gesehen hatte. Weiß am Rand, in der Mitte rund und ähnlich gefärbt wie *valok*-Pflanzen, aber heller und kräftiger im Ton, und mit einem dunklen Punkt im Zentrum.

Zuerst hatte ich das Gefühl, sie aus der Ferne zu betrachten. Dass ich Zeuge einer Art geheimer Vision wurde. Aber dann richteten sich ihre seltsamen, hellen Augen auf mich und ihre Miene veränderte sich. Sie zog die schmalen Brauen nach oben, öffnete den Mund und entblößte dabei winzige, flache Zähne. Schock durchzuckte mich.

*Kannst du mich sehen? Kannst du mich hören?*

Meine Worte verhallten. Und bevor ich wusste, wie mir geschah, verblasste sie, ihre Gesichtszüge verschwammen und ihr Körper wurde von mir weggezogen.

*Nein!*

Ich streckte eine Hand nach ihr aus, weil ich sie noch nicht gehen lassen konnte. Nicht, bis ich wusste, wie ich sie finden konnte.

Aber so funktionierte das nicht bei den Lavrika. Man zog seine Gefährtin nicht einfach aus der Tiefe. Man erhielt nur einen einzigen Blick auf sie.

Sie war weg. Ich strampelte und nutzte meinen Schwanz, um noch tiefer in den Teich zu gelangen und noch einen letzten Blick auf sie zu erhaschen. Doch dann umfasste mich etwas mit festem Griff und ich wurde schwungvoll aus dem Teich befördert.

Ich fletschte die Zähne, als ich mit dem Rücken hart gegen die Felswand der Höhle prallte und zu Boden sackte. Rasch kam ich wieder auf die Beine und mein Schwanz zuckte angespannt, als ich mich erneut dem Teich zuwandte. Der Kopf der Lavrika ragte gerade so über die Oberfläche hinaus und sie beobachteten mich stumm. Ich unterdrückte ein gepeinigtes Grollen, weil ich genau wusste, dass sie mir heute Nacht nicht mehr offenbaren würden. Wenn ich mich dem Teich näherte, würden sie mich nur wieder hinauswerfen. Würde ich gerade einem anderen Krieger gegenüberstehen, selbst einem anderen Gahn, würde ich ihm den Kopf vom Körper reißen, weil er versuchte, mich aufzuhalten. Aber man konnte nicht an den Lavrika zweifeln, noch sich ihnen widersetzen. Ich hatte alles bekommen, was mir zustand.

Aber ich blieb mit Fragen zurück, von denen mir eine unablässig durch den Kopf ging wie das Dröhnen einer Kriegstrommel.

*Wer bist du? Wer bist du? Wer bist du?*

# KAPITEL EINS
## Cece

ICH ZOG MIR IM DUNKELN ungeschickt einen Sport-BH, ein langärmeliges Shirt und Leggins an. Die Sonne war noch nicht mal aufgegangen und ich war aus irgendeinem unerfindlichen Grund schon auf den Beinen und machte mich für eine Joggingrunde fertig. Ich knirschte mit den Zähnen, band meine Schuhe zu und fasste dann meine langen hellbraunen Haare in einem schlampigen Dutt zusammen. Da machte es auch nichts, dass sie vom Schlaf noch zerzaust waren. Ein Blick auf mein Handy sagte mir, dass es noch nicht mal fünf Uhr morgens war. *Verdammt.* Ich war definitiv nicht das, was man unter einem Morgenmenschen verstand.

Warum war ich dann zu dieser verflucht unchristlichen Uhrzeit auf den Beinen und bereit, meinen Körper an einem kalten Märzmorgen durch die Straßen von Toronto zu schleppen?

*Gute Frage.*

Um ehrlich zu sein, war ich mir da selbst nicht so sicher. Ich war schweißgebadet aus dem lebhaftesten Traum aller Zeiten aufgewacht. Alles war hell gewesen, so hell. So hell, dass ich kaum etwas sehen konnte. So hell, dass es mir Angst machte.

Aber dann hatte plötzlich eine Hand durch das Weiß nach mir gegriffen. Und obwohl sie seltsam und nicht menschlich ausgesehen hatte, wusste ich instinktiv, dass ich sie nehmen sollte. Doch ich war aufgewacht, bevor ich das konnte, und seitdem beherrschte mich ein bizarres Gefühl des Verlusts, das ich einfach nicht abschütteln konnte. Im Bett konnte ich danach nicht bleiben, nicht mal in meinem Souterrain-Apartment. Ich musste gegen dieses Gefühl anlaufen. Gegen das Gefühl der Trauer.

Ich schloss meine Wohnungstür hinter mir ab und lief los, wobei sich meine Gedanken immer noch um den Traum drehten. Man musste keinen Abschluss in Psychoanalyse haben, um zu wissen, was er bedeutete. Ein Gefühl des Verlusts, eine Hand, die nach mir ausgestreckt wurde, umgeben von Weiß? Was für einen Traum würde man denn so kurz nach dem Tod meiner Großmutter sonst erwarten? Sie war meine letzte Verwandte auf diesem verdammten Planeten gewesen.

*Shit.*

Meine Kehle wurde eng und ich rannte schneller, trieb meinen Körper so gnadenlos vorwärts, dass weder Zeit noch Energie für Tränen blieb. Grammy hatte mir vielleicht nicht viel hinterlassen – nur ein wenig Geld, damit ich meine Promotion in Linguistik an der University of Toronto abschließen konnte –, aber nun klaffte ein riesiges Loch in meiner Brust, wo sie einst gewesen war. Zwei Wochen waren seit ihrem Herzinfarkt vergangen und mir fiel das Atmen immer noch schwer ohne sie.

*Hör auf.*

Dieses Gedankenkarussell brachte mich nicht weiter.

*Wenn sie hier wäre, würde sie dir eine Standpauke halten und dir sagen, dass du dich zusammenreißen sollst.*

Nachdem sie vor Jahrzehnten ihren Ehemann verloren hatte und dann auch noch ihr einziges Kind, meine Mutter, als ich noch ein Baby war, hatte sie mehr Trauer durchlebt, als man einem Menschen zumuten sollte, und doch war sie unglaublich stark daraus hervorgegangen. Ich hoffte, dass ich auch nur einen Bruchteil ihres Durchhaltevermögens abbekommen hatte.

Ich verlangsamte meine Schritte und zog ruppig mein Handy und meine Ohrhörer aus der Tasche meiner Leggins, stopfte das Kabel in die Buchse und machte eine meiner Playlists an. Wenn ich der Trauer schon nicht davonlaufen konnte, konnte ich sie wenigstens mit den Klängen von Lorde und Lady Gaga ausblenden.

Aber genau diese Ohrhörer entpuppten sich als mein Verderben. Durch die laut aufgedrehte Musik hörte ich sie nicht kommen. Ich hatte keine Chance.

Urplötzlich wurde ich von hinten gepackt, von den Füßen gerissen und in den Laderaum eines Vans geworfen. Alles passierte so schnell, dass ich keinen klaren Gedanken fassen, geschweige denn schreien oder mich wehren konnte. Diese Reflexe setzten zu spät ein – viel zu spät. Erst nachdem die Türen des fensterlosen Fahrzeugs zugeworfen wurden und das Ding sich in Bewegung setzte.

*Oh fuck, nein.*

Genau deswegen hatte Grammy mir immer in den Ohren gelegen, beim Joggen keine Musik zu hören. Weil ich irgendwann in einer Realversion von *96 Hours* endete. Nur dass ich leider keinen Vater à la Liam Neeson hatte, der mich retten kam. Ich hatte nur ... na ja ... mich.

Einen Moment nahm ich mir Zeit, um mich an das Schaukeln des Vans zu gewöhnen, dann setzte ich mich rasch auf und stützte mich mit den Händen auf dem Boden ab, während ich den Kopf von einer Seite zur anderen bewegte, um in der Finsternis etwas zu erkennen. Das war eine Art Lieferwagen – ein leerer Laderaum, in dem sich absolut nichts befand. Also nichts außer mir. Licht gab es praktisch keins und ich lauschte meinen keuchenden Atemzügen, während ich versuchte, meine Augen dazu zu bringen, sich an die Dunkelheit zu gewöhnen. Mein armes Herz sprang mir beinahe aus der Brust und meine Hände waren schweißnass. Panik drohte mich zu überwältigen. *Ich bin doch nur eine Doktorandin. Ich bin auf so etwas nicht vorbereitet.*

Aber nein. Nein, das stimmte nicht.

Der plötzliche Trotz, die Kraft, die mich durchflutete, kam nicht von mir. Sie kam von Grammy. Sie hatte mir immer versichert, dass ich alles schaffen konnte. Dass ich klug und stark und ein wertvoller Mensch war. Und meine Grammy log nie.

*Denk nach, Cece, denk nach.*

Meine Augen hatten sich halbwegs an die Lichtverhältnisse gewöhnt, aber es gab nicht viel zu sehen. Der hintere Teil des Vans war durch eine Wand von der Fahrerkabine abgetrennt, also konnte ich die Wichser nicht sehen, die das Ding fuhren. Und ich kam auch nicht an sie ran. Meine einzige andere Option bestand in einem Fluchtversuch. Zum Glück war ich nicht gefesselt worden. Zumindest noch nicht.

*Was für ein aufbauender Gedanke.*

Der Van fuhr schwungvoll um eine Kurve, was mich gegen die Metallwand schleuderte und einen scharfen Schmerz durch meine Schulter jagte.

„Oh, komm schon!", zischte ich und versuchte, den Schmerz wegzuatmen. Ich richtete mich wieder auf, blieb dieses Mal aber dicht an der Wand, falls der Van erneut einen Schlenker machte. Vorsichtig befühlte ich meinen Arm und ließ die Schulter kreisen.

*Nichts gebrochen. Aber das gibt einen richtig fetten Bluterguss.*

Ich kroch über den Boden und suchte mir einen Weg zu den hinteren Türen des Vans, wo ich mich an der Metalloberfläche entlangtastete. Es schien keine Möglichkeit zu geben, sie von meiner Seite aus zu öffnen. Aber das würde mich sicher nicht vom Versuch abhalten. Ich hatte so ein Gefühl, dass ich nicht unbedingt herausfinden wollte, was mich am Ziel dieser Reise erwartete.

Ich schnaubte spöttisch über mich selbst. Ich wollte nicht herausfinden, wo der Pädo-Van mich hinbrachte, in den man mich geworfen hatte? *Ach, sag bloß!*

„Okay", sagte ich etwas zittrig zu mir selbst. „Wenn es keinen Türgriff gibt, kann ich sie vielleicht irgendwie aufbrechen."

Doch das Einzige, was mir zum Aufbrechen zur Verfügung stand, war mein Körper.

*Dann bleibt wohl nur noch die Entscheidung, ob ich meine unverletzte Schulter benutze und damit riskiere, beide Seiten nicht mehr richtig bewegen zu können, oder die schon verletzte einsetze.*

Keine der beiden Varianten erschien mir besonders erstrebenswert. Aber ich musste etwas tun. Der Schmerz in meiner linken Schulter war zu einem dumpfen Pochen abgeklungen und ich war wirklich nicht scharf drauf, das auf beiden Seiten ertragen zu müssen.

*Das heißt dann wohl die verletzte Schulter.*

Schwankend kam ich auf die Beine und stellte mich möglichst stabil hin, bevor ich ungeschickt ein paar Schritte nach hinten machte.

*Wird schon schiefgehen.*

Ich warf mich nach vorn gegen die Türen und prallte seitlich mit einem lauten Krachen gegen das Metall. Schmerz explodierte in meiner Schulter und strahlte bis in den Arm aus. Ich klappte zusammen und rang nach Luft.

Schnell blinzelte ich die Tränen weg, die mir in die Augen stiegen, und machte mich bereit für einen zweiten Versuch – und für alle anderen, die notwendig waren. Doch da ertönte eine Stimme irgendwo über mir und hallte furchtbar laut in dem kleinen Raum wider.

„Lass das", befahl mir eine gelangweilt klingende Männerstimme direkt über mir.

Ich zuckte zusammen und schaute mit zusammengekniffenen Augen nach oben. Tatsächlich hing da ein schwarzes Kästchen in der oberen Ecke des Vans. Ein Lautsprecher und daneben etwas, das wie eine kleine Kamera aussah. Ich zeigte dem Ding den Mittelfinger, besann mich dann aber eines Besseren und nahm die Hand wieder runter. Vermutlich war es klüger, die Kerle nicht mehr als nötig zu verärgern.

„Wo bringen Sie mich hin?", brüllte ich in Richtung der Kamera und versuchte, meine Stimme selbstsicherer klingen zu lassen, als ich mich fühlte.

Keine Antwort.

„Verdammt."

Ich stand wieder auf und hielt mir den schmerzenden Arm.

„Sagen Sie mir, wo Sie mich hinbringen. Sonst versuche ich weiter, die verfluchte Tür aufzubrechen."

Das war kein besonders toller Plan. Aber mehr hatte ich nicht.

Immer noch keine Antwort.

*Na schön, wie ihr wollt.*

Ich wandte mich um und machte mich trotz meiner heftig schmerzenden Schulter bereit, mich erneut gegen die Tür zu werfen, als der Van plötzlich mit quietschenden Reifen zum Stillstand kam und ich mit Wucht gegen die Türen katapultiert wurde. Bevor ich mich aufrichten konnte, wurden die Türen aufgerissen. Instinktiv krabbelte ich rückwärts, bis ich mit dem Rücken gegen die Wand zur Fahrerkabine prallte und mich damit in eine Sackgasse manövrierte. Ein komplett in Schwarz gekleideter Mann sprang in den Laderaum und packte mich, doch ich schrie und spuckte und trat nach ihm.

*Ich werde nicht in diesem beschissenen Van sterben. Nicht heute.*

Ich schaffte es, ein Knie anzuziehen, und rammte es dem Kerl, so hart ich konnte, zwischen die Beine. Er gab ein ersticktes Ächzen von sich und ich nutzte das Überraschungsmoment, um mich unter ihm rauszuwinden und auf die geöffneten Türen zuzuhasten. Sie waren so nah. Nur ein kleiner Sprung hinaus – als sich plötzlich eine Hand um meinen

Knöchel legte und mich nach hinten riss. Meine Arme rutschten unter mir weg und ich kam schmerzhaft mit dem Kinn auf dem Metallboden auf, was meine Zähne heftig aufeinanderschlagen ließ.

„Nein, nein, nein", wiederholte ich wieder und wieder. Das war das einzige Wort, das in meinem Verstand kreiste.

Ein zweiter Mann erschien in der Türöffnung und kletterte in den Laderaum.

„Mann, Hanson, macht eine fünfundzwanzigjährige Studentin dich etwa fertig?"

„Halt die Klappe und verpass ihr den verdammten Schuss", knurrte der Mann, der mich festhielt, während ich weiter versuchte, mich aus seinem eisernen Griff zu befreien.

Schuss? Hatte einer von ihnen eine Waffe?

Der Gedanke verlieh mir neue Kraft und ich wehrte mich mit Händen und Füßen und allem, was ich noch hatte. Ich biss den ersten Mann kräftig in den Unterarm.

„Verdammte Scheiße, beeil dich! Sonst kriege ich noch Tetanus oder so einen Mist."

„Hab dich nicht so. Alle sind kerngesund. Aber hier, ich hab's. Nachti, Prinzessin."

Ich spürte einen schmerzhaften Stich am Hals und dann kroch etwas wie ein flüssiges Brennen durch meinen Körper und breitete sich unter meiner Haut aus.

Und dann war da nur noch Dunkelheit.

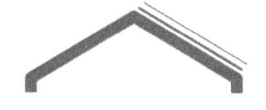

# KAPITEL ZWEI
## Cece

„GEHT'S IHR WOHL GUT?"

„Woher soll ich das wissen? Ich weiß ja noch nicht mal, ob es *uns* gut geht."

„Du weißt, was ich meine. Sie ist die Einzige, die noch nicht wieder wach ist. Sie sieht aus, als hätte sie ordentlich was abbekommen."

„Wartet mal! Ich glaube, ich habe gerade gesehen, wie ihre Augen zucken."

„Quatsch."

„Ich schwör's. Da! Sie wacht wirklich auf."

Ich hörte fremde Stimmen um mich herum und mein benebeltes Gehirn schaffte es sogar fast, die Bedeutung der Worte zu entschlüsseln. Müde. Ich war so müde. Alles fühlte sich schwer an. Sogar meine Zunge. Und vor allem meine Lider. Und ich hatte Schmerzen. In meinem Arm, meiner Schulter und meinem Gesicht.

*Ich werde einfach noch ein bisschen schlafen.*

„Oh nein, das lässt du schön bleiben."

Jetzt wurde ich geschüttelt. Und die Worte wurden klarer.

„Keine Zeit für ein Nickerchen. Wach auf."

*Bist du das, Grammy?*

Ich zwang meine Lider, sich zu öffnen, und meine Augen huschten hin und her, als ich versuchte, das Gesicht vor mir schärfer zu sehen. Es war nicht Grammy. *Natürlich nicht. Dummkopf.*

Die Frau war jung, vielleicht sogar ein Jahr oder zwei jünger als ich. Sie hatte hohe Wangenknochen, tiefblaue Augen und fast unsichtbare, blonde Augenbrauen, von denen eine gepierct war. In einem Nasenflügel glitzerte ein Stecker und in ihrer Nasenscheidewand hing ein Ring. Ich war so durcheinander, dass ich mich nicht erinnerte, wie man diese Art von Piercing nannte. Mir stand nur das Bild eines Bullen vor Augen. Ich musterte sie eingehender und versuchte, mehr von ihr zu erkennen. Sie war wirklich hübsch mit ihren fein geschnittenen Gesichtszügen, doch ihr rasierter Kopf verlieh ihr die Aura eines Menschen, der sich von niemandem etwas gefallen ließ. Ihr Gesichtsausdruck war außerdem so finster, dass sie es mit dem Zorn jedes Bullen aufnehmen könnte.

„Warum sagt sie denn nichts? Vielleicht hat sie sich den Kopf gestoßen."

Hm? Hatte mir jemand eine Frage gestellt?

„Lass ihr doch mal einen Moment Zeit, um zu sich zu kommen."

Das Gesicht der jungen Frau mit den Piercings kam näher. „Wiiiiieeee heiiiiißt duuuuu?", fragte sie langsam und zog dabei die Silben in die Länge. Irgendwo hinter ihr schnaubte jemand spöttisch.

Wie ich hieß? Das war etwas, woran ich mich erinnerte.

„Celia. Cece." Mir versagte die Stimme. Verflucht, mein Mund war so trocken.

„Hier, gib ihr das."

Eine Hand erschien in meinem Sichtfeld und reichte der Piercing-Frau eine Metallflasche, die diese öffnete und mir an die Lippen hielt.

*Äh. Sollte ich das wirklich trinken?*

Ich hatte keine Ahnung, wo ich war oder wie ich hierhergekommen war. Aber ich war so unglaublich durstig.

*Scheiß drauf.*

Ich nahm einen kleinen Schluck und stellte erleichtert fest, dass es tatsächlich nur pures Wasser war. Also probierte ich noch mal vorsichtig, bis ich so gierig wurde, dass ich mich verschluckte. Jedes Husten schickte ein scharfes Stechen durch meinen Kopf.

„Setz sie auf, schnell."

Die Piercing-Frau reichte die Flasche an jemand anderes weiter und schob dann einen Arm unter meinem Rücken durch, um mich nach oben zu ziehen. Es dauerte eine Weile, bis der Husten und das Pochen in meinem Schädel abklangen. Als ich endlich dazu in der Lage war, hob ich den Kopf und schaute mich um.

Ich, also wir, befanden uns in einem seltsam aussehenden Raum. Die Wände waren grau, ebenso wie der Boden und alles glänzte stumpf wie Metall. Ich saß am Fußende von etwas, das wie ein Stockbett aussah. Gegenüber von mir standen zwei weitere Stockbetten und auf einem saß eine junge Frau, die mich unverwandt anstarrte. Auf einer Seite ihres blassen Gesichts zeichnete sich ein frischer Bluterguss ab, doch als sie meinen Blick bemerkte, strich sie sich ihre glänzenden schwarzen Haare nach vorn, um ihn zu verbergen.

„Ich bin Katerina. Aber du kannst mich Kat nennen", sagte die Frau mit den Piercings, die neben mir saß. Sie hielt die Wasserflasche wieder in der Hand und reichte sie mir erneut. Dieses Mal trank ich vorsichtiger, um nicht wieder meine Lunge mit meinem Magen zu verwechseln. „Das ist Melanie." Sie deutete auf die dunkelhaarige Frau mir gegenüber, die mir steif zunickte.

„Und ich bin Theresa", mischte sich eine Stimme von meiner anderen Seite ein. Als ich mich umdrehte, entdeckte ich eine weitere Frau in meinem Alter, die neben mir stand und sich mit dem Ellbogen auf dem Metallgestell des oberen Stockbetts abstützte. Ihre weizenblonden Haare waren auf Schulterlänge gerade abgeschnitten und sie musterte mich aus freundlichen braunen Augen. Ihr gelbes Sommerkleid wirkte in dem trist grauen Raum seltsam deplatziert. Als ich sie genauer musterte, fiel mir auf, dass einer ihrer Träger gerissen war. Als hätte sie jemand gepackt und sie hätte sich gewehrt.

„Komm mal her", meinte sie und setzte sich neben mich auf die Matratze, bevor sie nach der Wasserflasche griff.

Wortlos reichte ich sic ihr und sie goss sich ein wenig Wasser in die hohle Hand, bevor sie sie an mein Kinn brachte. Ich sog scharf Luft ein und zuckte vor dem brennenden Gefühl zurück. Vorsichtig tupfte sie über meine Haut und runzelte dann die Stirn.

„Na, das hat jetzt leider nicht so viel gebracht, Süße. Tut mir leid. Du hast da 'nen ziemlich üblen Kratzer." Erst jetzt bemerkte ich den Südstaatenakzent, der in ihrer Stimme mitschwang. *Sie muss Amerikanerin sein. Eine internationale Studentin?* Aber halt. Wir waren hier definitiv nicht in der

University of Toronto. Zumindest in keinem Gebäude, das ich kannte.

„Wo sind wir?", brachte ich krächzend hervor, betastete mein Kinn und verzog prompt das Gesicht.

Kat schnaubte leise.

„Keinen blassen Schimmer."

Melanie presste die Lippen zu einer schmalen Linie zusammen und Theresa schüttelte den Kopf.

„Tja, keine von uns weiß irgendwas. Ich war die Erste, die hier drin wach geworden ist. Dann haben diese Army-Typen Melanie reingebracht und dann Kat. Und dann dich."

„Army-Typen?" Was redete sie denn da? Das ergab doch alles keinen Sinn.

„Ja. Sie hatten so Militäruniformen an. Und sie haben Englisch miteinander gesprochen. Aber zu uns haben sie kein Wort gesagt."

„Sind wir ... Sind wir in den USA?"

„Wenn ich das mal wüsste", antwortete Kat. „Ich meine, das hoffe ich ja irgendwie. Dann hätten wir zumindest das Land noch nicht verlassen."

„Na ja, ich bin aus Kanada, aber keine Ahnung, was uns das jetzt sagt." Ich seufzte scharf.

Kat zog die hellen Augenbrauen nach oben. „Im Ernst? Shit. Tja, dann habe ich erst recht keine Ahnung. Wir drei sind Amerikanerinnen."

„Wisst ihr, wie wir hierhergekommen sind?"

Ein paar Erinnerungsfetzen rauschten mir durch den Kopf. Ich versuchte verzweifelt, mich an sie zu klammern, aber da waren sie auch schon wieder weg.

„Ich war als Erste wach, deswegen erinnere ich mich noch am meisten", sagte Theresa. „Aber selbst das ist nicht viel. Ich weiß noch, wie ich von meinem Freund nach Hause gelaufen bin. Na ja, Ex-Freund. Ich bin das untreue Aas gerade losgeworden. Es war spät und dunkel und dann hat mich plötzlich jemand gepackt und mich in einen Lieferwagen oder Van geschubst oder so. Dann bin ich hier aufgewacht. Mehr weiß ich nicht."

*Ein Van.*

Das reichte, damit bei mir ein paar Puzzleteile an die richtigen Stellen fielen. Ich schaute an mir runter. *Joggingklamotten.*

„Ich glaube, ich war joggen. Jemand hat mich gepackt ..."

Melanie mir gegenüber nickte. „Ja, so ging es uns allen, soweit wir uns erinnern. Wir glauben, dass wir betäubt wurden."

„Das würde zumindest den Erinnerungsverlust und die Kopfschmerzen erklären", murmelte ich und massierte mir die Schläfen in kleinen Kreisen mit den Fingerspitzen. Ich wusste, dass ich mein Gehirn einschalten und mir einen Plan ausdenken oder zumindest den Versuch starten sollte, *irgendwas* zu tun. Aber ich konnte einfach nicht. Es war, als hätten mein Verstand und mein Körper einfach komplett aufgegeben.

„Damit bist du praktisch auf dem aktuellen Stand. Jetzt weißt du genauso viel wie wir." Kat rutschte ein wenig nach vorn und ließ sich dann mit ausgebreiteten Armen nach hinten auf die Matratze fallen.

Ich hatte nicht das Gefühl, als wäre ich bei irgendwas auf irgendeinem Stand. So gar nicht. Eher, als wäre ich im Tal der Ahnungslosen.

Ein plötzliches Geräusch an der Tür am anderen Ende des kleinen Raums ließ uns alle erschrocken zusammenfahren. Kat setzte sich sofort wieder gerade hin und Theresa und Melanie standen auf. Ich folgte ihrem Beispiel und wir wandten uns alle der Tür zu, die gerade nach innen geöffnet wurde.

„Oh, gut. Sie sind wach."

Eine Frau schlenderte in den Raum. Ihre roten Haare waren zu einem strengen Knoten am Hinterkopf zusammengebunden und wie Theresa gesagt hatte, trug sie eine Tarnuniform. Auf der linken Seite ihrer Brust war mit schwarzem Faden das Wort *Chapman* eingestickt, auf der rechten *US Army*.

„Die anderen warten schon in der Kantine. Sie sind die letzte Gruppe. Gehen wir."

„Wohin denn?", fragte ich unsicher und wich ein Stück vor ihr zurück. Theresa griff nach meiner Hand und drückte sie leicht.

Die rothaarige Soldatin schaute mich ausdruckslos an, als wäre ich zurückgeblieben.

„Wir gehen in die Kantine", erwiderte sie langsam, als wäre ich zu dumm, um ihre Worte zu verstehen.

Kat neben mir explodierte praktisch und sagte alles, was mir durch den Kopf ging. „Du kannst mich mal. Du weißt doch genau, was sie gemeint hat. Was für eine Kantine? Wo zum Teufel sind wir?"

Sie antwortete nicht, sondern drehte sich auf dem Absatz um und trat in den Gang hinaus. Die Sohlen ihrer braunen Stiefel quietschten auf dem glatten Fußboden.

Wir schauten uns unsicher an.

„Ich glaube nicht, dass wir eine andere Wahl haben",
meinte Melanie. Kat sah aus, als würde sie am liebsten jemandem die Augen auskratzen, aber Theresa nickte ernst.

„Zumindest kriegen wir so vielleicht ein paar Informationen", meinte ich. Es war entschieden. Ich würde mitgehen und
rausfinden, was zum Henker hier los war, selbst wenn Kat und
die anderen nicht wollten.

Ich ging in Richtung Tür und die anderen drei Frauen folgten mir. Draußen wartete Chapman mit zwei weiteren Soldaten auf uns.

„Gehen wir", sagte sie und marschierte voraus.

Die beiden Männer bildeten das Schlusslicht, wodurch wir
umzingelt waren, und wir liefen den langen Gang hinunter.
Der Boden und die Wände bestanden aus dem gleichen grauen
Metall wie unser Raum und von der gewölbten Decke spende-
ten integrierte Lichtelemente Helligkeit. Der Gang schien eine
Kurve zu beschreiben, als würden wir dem Rand eines riesigen
Ovals folgen.

„Fühlt sich an, als wären wir in Star Trek gelandet",
murmelte Kat.

Chapman warf einen warnenden Blick über die Schulter,
doch Kat sah ihr direkt in die Augen.

„Schon irgendwie." Ich schaute mich unauffällig um. An
einem Ort wie diesem war ich noch nie gewesen. Überall
abgerundete Kanten, blinkende Lichter und glänzendes
Chrom.

Schließlich wurden wir durch eine große, offene Tür in etwas geführt, das ein wenig vertrauter wirkte. Die Kantine, wie
Chapman es genannt hatte, sah aus wie viele der Mensen, die
ich von der Uni kannte. Diese hatten jedoch große Fenster,

waren hell erleuchtet und die Einrichtung bestand hauptsäch-
lich aus Holz und Plastik. Hier herrschte das allgegenwärtige
Metall vor und das Licht war gedimmt, Fenster gab es keine.
An einem Ende des Raums entdeckte ich eine lange Reihe von
Ausgabetresen, wie man sie von Bufetts oder Cafeterien kan-
nte, doch sie waren leer.

*Dann ist wohl gerade nicht Fütterungszeit.* Mein Magen
reagierte auf den Gedanken an Essen mit Übelkeit.

„Da hin", wies Chapman uns an und führte uns zu dem
Tisch, der uns am nächsten war. Wir folgten der Aufforderung
und schauten uns dabei um. Alle anderen Tische in dem
großen Saal waren ebenfalls besetzt. Mir wurde ganz anders,
als ich feststellte, dass es sich ausschließlich um junge Frauen
in genau der gleichen Situation wie der unseren handelte. Sie
schauten verwirrt, wütend und verängstigt drein und einige
trugen zerrissene Kleidung oder hatten sichtbare Prellungen
und Platzwunden.

*Das ist nicht gut.* Die Tatsache, dass wir alle junge Frauen
waren, brachte mich immer mehr zu der Erkenntnis, dass wir
uns in einer Art bizarrem Sexhandelsring befanden. Ich klammerte mich an die Tischkante und sah, dass Kat, Theresa und
Melanie wohl zu einem ähnlichen Schluss kamen wie ich.

Aber als ein großer, breitschultriger Mann mit grauem
Haar hereinschlenderte, nahm meine Verwirrung nur noch zu.
Er trug ebenfalls eine Uniform der US Army.

„Was zum Teufel macht die Army hier?", zischte Kat mir
zu.

Melanie verfolgte jede Bewegung des Manns. „Vielleicht
sind das Requisiten und sie tun nur so als ob. Vielleicht ist das
alles nur Show."

„Okay, aber schaut euch doch mal hier um", flüsterte ich. „Das sieht nicht aus, wie man sich eine kriminelle Operation so vorstellt. Wir sind ja nicht irgendwo in einem Lagerhaus aufgewacht." Je mehr ich über die irrwitzige Situation nachdachte, desto weniger Sinn ergab das alles. Wenn es sich hierbei um eine legale militärische Mission handelte, die das Budget besaß, um ein Gebäude wie das hier zu finanzieren, warum zum Geier wurden wir dann von der Straße entführt und betäubt?

An den anderen Tischen wurde ebenfalls getuschelt, bis der Mann vor uns die Stimme erhob.

„Hallo, zusammen. Ich bin Colonel Anthony Jackson."

„Colonel ist ein ziemlich hoher Rang, oder?", fragte ich und Theresa nickte.

„Sie fragen sich sicher, warum Sie hierhergebracht wurden."

Kat schnaubte und eine Frau weiter hinten im Raum rief: „Sie meinen wohl entführt!"

Colonel Jackson zuckte nicht mal mit der Wimper. Er ignorierte den Zwischenruf vollkommen und seine grauen Augen blieben ausdruckslos. Ein kalter Schauer rann mir über den Rücken.

„Sie wurden alle speziell ausgewählt, um ihrem Planeten in einer Geheimmission zu dienen. Diese Mission ist die erste ihrer Art und muss unter allen Umständen unter Verschluss gehalten werden. Deswegen wurden Sie ausgesucht und hierher überführt, bevor Informationen nach außen dringen konnten."

„Hey, was schwafeln Sie denn da für einen Mist?", brüllte Kat und stand auf. Colonel Jackson musterte sie kurz, schaute dann aber auf einen Punkt irgendwo hinter ihr und nickte einmal. Chapman trat heran und versetzte Kat einen harten

Schlag auf den Hinterkopf mit dem Griff von etwas, das wie eine Pistole aussah.

„Oh mein Gott!", entfuhr es mir und ich fing Kat gerade noch rechtzeitig auf, als sie mit einem Ächzen zusammenbrach. Sie sackte auf ihren Stuhl neben mir und rieb sich den rasierten Kopf. Ich konnte bereits die Schwellung sehen, wo Chapman sie erwischt hatte. „Alles okay?"

„Was glaubst du denn?" Sie warf Chapman einen bitterbösen Blick zu, schaute dann aber wieder zum Colonel. Der ignorierte sie jedoch, als wäre sie eine Fliege, die man mit der Klatsche zerquetscht hatte und ihn nun nicht mehr mit ihrem Summen nervte.

„Wie gesagt, die Mission erfordert allerhöchste Geheimhaltung. Sie wurden alle aufgrund Ihrer individuellen Expertisen ausgewählt – Chemie, Biologie, Anthropologie, Botanik, Linguistik."

Bei der Erwähnung meines Promotionsfelds wurde meine Kehle eng. Also war ich nicht aufgrund irgendeiner verrückten Verwechslung hier.

„Ich habe keine Expertise! Ich bin nur eine Studentin. Bitte, ich will wieder nach Hause." Die Frau zu der leisen, bebenden Stimme konnte ich nicht ausmachen.

„Es wird Sie freuen zu hören, dass Sie alle wieder nach Hause dürfen, sofern unsere Mission erfolgreich verläuft", entgegnete Colonel Jackson vollkommen emotionslos.

„Wir dürfen?!", meldete sich eine wütende Stimme zu Wort. „Was meinen Sie damit, wir *dürfen*? Ich bin amerikanische Staatsbürgerin, ich habe Rechte." Einige der Anwesenden nickten und zustimmendes Murmeln wurde laut. Das machte mich mutig genug, dass ich ebenfalls etwas sagte.

„Und was ist mit mir? Ich bin nicht mal Amerikanerin. Sie haben eine kanadische Staatsbürgerin entführt!"

Jemand anderes rief: *„Moi aussi,* ich komme aus Frankreich!"

Der Colonel atmete tief durch und schloss die Augen für einen Moment, als müsste er sich gerade mit einem Haufen lästiger Kinder herumschlagen. Sein Gesichtsausdruck ließ Wut in mir hochkochen. Für ihn war das hier anscheinend nur ein ganz normaler, langweiliger Tag im Büro. Für uns nicht. Unser ganzes Leben wurde gerade in diesem beschissenen Spielchen, das er da eingefädelt hatte, auf den Kopf gestellt.

Als die meisten schließlich wieder verstummt waren, sprach er weiter. „Ein Großteil dieser Mission wird vom US-Militär geleitet, aber ich kann Ihnen versichern, dass das Programm Teil einer globalen Initiative ist. Die Regierungen aller Länder, die in diesem Raum vertreten sind, haben die Mission und unsere Handlungen abgesegnet."

Mir blieb die Luft weg und eine Mischung aus Hoffnungslosigkeit und Entsetzen durchflutete mich. *Meine eigene Regierung hat dem zugestimmt? Sie hat ihnen die Erlaubnis gegeben, mich wie ein Lamm zur Schlachtbank zu führen?*

Aber wo war dann die Schlachtbank? Vielleicht deutete die Tatsache, dass es sich hierbei offenbar um eine groß angelegte, bewilligte Militärkampagne handelte, darauf hin, dass wir nicht einfach so verschwanden, ermordet und irgendwo in den Graben geworfen wurden …

Eine weitere Stimme meldete sich und ich merkte erst im zweiten Moment, dass es sich dabei um Melanie handelte. Die zurückhaltende Melanie von unserem Tisch. In ihren Augen stand ein harter Ausdruck und ihre Stimme war ruhig. „Sie

haben gesagt, dass wir wieder nach Hause dürfen, wenn die
Mission erfolgreich verläuft. Was genau sollen wir für Sie tun?"

Ihr Blick zeugte von einer kalten Entschlossenheit, für die
ich sie bewunderte. Ich schluckte und versuchte, mir davon
eine Scheibe abzuschneiden. Theresa setzte sich ein wenig
aufrechter hin und Kat hörte auf, sich den Hinterkopf zu
reiben, und lehnte sich ein wenig nach vorn. Ich leckte mir über
die Lippen und mein Mund fühlte sich auf einmal furchtbar
trocken an.

„Ohne das Wissen der Öffentlichkeit betreibt die Erde ein
großes Raumfahrtprogramm, das fortschrittlicher ist als das,
was man im Fernsehen über Raketen und Mondlandungen zu
sehen bekommt. Wir suchen nach Energiequellen und Ma-
terialien, um den Fortbestand des Lebens auf der Erde zu
gewährleisten, aber auch nach Planeten, die irgendwann menschliche Kolonien beherbergen können."

Ein Raunen lief durch den Raum und Colonel Jackson hob
die Hand, um uns zum Schweigen zu bringen, bevor er fort-
fuhr.

„Wir haben zahlreiche Energiequellen und Rohstoffe entdeckt, die wir näher untersuchen müssen. Eine dieser chemis-
chen Verbindungen nennen wir IX189. Sie stammt vom Planeten P14256ABX."

„Das ist nicht der Mars, oder?" Ich hatte ein ganz schlechtes Gefühl bei der Sache. Wurden wir gerade aus unserer Galaxie
rausbefördert? *Ich habe bisher noch nicht mal Nordamerika verlassen.*

„Dieser Planet liegt in einer kleinen Galaxie, der wir den
Namen Ophis-Cluster gegeben haben."

„Ophis ... Das klingt wie das griechische Wort für Schlange", flüsterte ich. Mein Gedanke wurde bestätigt, als plötzlich die Metallwand hinter dem Colonel aufleuchtete und ein Bild auf die glatte Oberfläche projiziert wurde. Atemlose Stille senkte sich über den Raum, als wir die Darstellung eines Sternensystems betrachteten, das vermutlich keine von uns je gesehen hatte. Die Planeten und glitzernden Sterne wanden sich schlangengleich über den Bildschirm. Plötzlich wechselte das Bild und zeigte nun einen großen, bräunlichen Planeten der von einem Ring aus etwas, das nach Asteroidentrümmern oder irgendeiner Art von Raumgestein aussah, umgeben war. Das Ganze ähnelte optisch dem Saturn.

„Das ist P14256ABX. Unser Radarsystem hat eine massive Energiequelle auf diesem Planeten geortet, die Verbindung, die wir als IX189 bezeichnen. Das Problem ist nun, dass wir nicht einfach da runtergehen und sie uns holen können. Der Planet wird von einer primitiven, kriegerischen Alien-Spezies bewohnt, mit der wir bislang keinen Kontakt aufgenommen haben. Wir haben die Planetenoberfläche noch nicht betreten, sondern haben eine Zeit lang Daten aus dem Orbit gesammelt. Jetzt, wo wir genug Informationen besitzen, widmet sich unser Orbitalschiff anderen Projekten und unsere Mission kann beginnen."

Ein weiteres Bild erschien an der silbernen Wand, verschwommen und schwer zu erkennen. Einen Moment später entfuhr mir ein leiser Aufschrei, als mir klar wurde, dass das eine Aufnahme von einem der Bewohner des Planeten war, ein waschechter, lebendiger Alien. Erneut hörte man aufgebrachtes Raunen und eine der Frauen begann zu weinen.

*So eine verdammte Scheiße.* Ich war immer davon ausgegangen, dass in einem so großen Universum wie unserem irgendwo noch mehr Leben zu finden war. Ich hätte nur nie gedacht, dass ich mal etwas davon in Realität sehen würde, und sei es nur auf einem körnigen Foto wie dem hier.

„Ihr wollt mich wohl verarschen." Kat starrte mit zusammengekniffenen Augen auf den Bildschirm und lehnte sich so weit sie konnte über den Tisch. „Ist das so eine Ufo-Verschwörungsscheiße? Konnten sie kein besseres Foto schießen?"

Berechtigte Frage. Die Aufnahme sah aus wie eine vom Loch-Ness-Monster oder Bigfoot. Einzelheiten konnte ich an dem Wesen nicht ausmachen, nur dass es aufrecht auf zwei Beinen zu gehen schien. Oder waren es drei? Bevor ich genauer hinsehen konnte, verschwand das Foto und wurde durch ein Bild von einer Wüste ersetzt.

„Unseren Informationen zufolge ähnelt die Atmosphäre auf dem Planeten unserer mit einem etwas geringeren Sauerstoffgehalt. Ähnlich wie in hoch gelegenen Bergregionen auf der Erde. Das sollte kein Problem für Sie darstellen, solange Sie nicht exzessiv Sport betreiben. Wir haben Ihre medizinischen Vorgeschichten überprüft und Sie sollten alle in der Lage sein, sich so einer Umgebung anzupassen."

*Moment mal.* Warum spielte es für uns eine Rolle, wie die Atmosphäre beschaffen war? Warum mussten wir über die Aliens auf dem Planeten Bescheid wissen? Es sei denn, sie hatten vor …

„Oh mein Gott." Theresas Gesicht wurde unter ihrer Sonnenbräune aschfahl. „Sie wollen uns da abladen. Sie wollen uns tatsächlich auf der Oberfläche eines Alien-Planeten aussetzen."

„Nein, das kann nicht sein", gab ich hastig zurück. Gänsehaut breitete sich auf meinem ganzen Körper aus. Das ergab doch keinen Sinn. Überhaupt keinen. „Ich bin eine Liguistik-Doktorandin. Braucht man nicht eine umfassende Ausbildung, um Astronautin zu werden?"

„Süße, ich bin Tierarzthelferin. Ich sollte echt nicht hier sein." Theresa schien die leisen Worte kaum über die Lippen zu bringen.

Kat schüttelte den Kopf, doch dann wandte Melanie sich zu uns um. Sie wirkte resigniert. „Linguistik-Doktorandin klingt für mich stark nach jemandem, der zur Alien-Übersetzerin werden soll. Und Tierarzthelferin – na ja, vielleicht sollst du Erkenntnisse über die heimische Fauna gewinnen? Hat er nicht gesagt, dass es hier auch eine Botanikerin gibt?"

„Ehm, nein", entgegnete ich. „Mein Forschungsfeld ist Übersetzung in der Popkultur, genauer gesagt, die Erstellung von Untertiteln für beliebte Filme und Serien. Ich schaue für meine Forschung mehr oder weniger den ganzen Tag Animes. Das wird mir auf einem Alien-Planeten genau kein Stück weiterhelfen. Ganz sicher nicht."

Melanie zuckte mit den Schultern und drehte sich wieder nach vorn. *Ja, ja, schon verstanden, das ist nicht auf deinem Mist gewachsen.* So ungern ich es auch zugeben wollte, erschien es mir doch immer wahrscheinlicher, dass sie recht hatte.

Der Bildschirm verwandelte sich wieder in eine leere Metallwand, als er die Darstellung abschaltete. Ungläubig blinzelnd starrte ich weiter auf die Stelle. *Das war's? Mehr bekommen wir nicht?*

„Wir werden voraussichtlich zwei Wochen benötigen, um P14256ABX zu erreichen. Während unserer Reise erhalten Sie weitere Anweisungen für die Mission und Ihre Aufgaben."

„Unsere Aufgaben?" Kat sprang erneut auf. Chapman machte einen Schritt auf sie zu, doch Colonel Jackson hob eine Hand. „Meine einzige Aufgabe besteht darin, von Ihnen und diesem Wahnsinn wegzukommen."

Ich stand ebenfalls auf, ebenso wie Theresa und Melanie. Auf gar keinen Fall würde ich mich gegen meinen Willen in irgendeinen interstellaren Alien-Dolmetscherjob reinziehen lassen. Ich musste an die Uni denken, an meine Studenten und hatte ein Leben, das auf mich wartete. Auch ein paar der anderen Frauen erhoben sich und ihre Stimmen wurden lauter und wütender.

Kat ließ den Blick zufrieden grinsend über die zornigen Frauen wandern, die eine nach der anderen ihre Plätze verließen. „Sehen Sie? Wir wollen das nicht und Sie können uns nicht zwingen. In die Vans haben Sie uns vielleicht verfrachtet, aber Sie schaffen uns nie im Leben alle von diesem Planeten runter."

Colonel Jacksons Miene blieb ausdruckslos. Alle Anwesenden standen nun und warteten auf seine Reaktion. Er sagte nichts, sondern zog nur ein kleines schwarzes Objekt aus seiner Hosentasche und richtete es auf die Wand, die gerade noch als Bildschirm gedient hatte. Er drückte einen Knopf und plötzlich schien die komplette Wand zu verschwinden, einfach so, direkt vor unseren Augen. Und was wir dann zu Gesicht bekamen, ließ mich mit einem erstickten Keuchen wieder auf meinen Stuhl sinken, als meine Brust eng wurde und meine Knie unter mir nachgaben.

Das war die Erde. In der Größe einer Murmel und sie wurde von Sekunde zu Sekunde kleiner, bis sie zunehmend vom Schwarz verschluckt wurde, das sie zu allen Seiten umgab, während sie sich immer weiter von uns entfernte. Nein. Während *wir* uns weiter entfernten. Kat blieb der Mund offen stehen und einige der anderen Frauen begannen zu weinen.

„Ich befürchte, Katerina", sagte der Colonel eisig, „dass dieser Zug bereits abgefahren ist."

Wenig später wurden wir alle zurück in unsere Quartiere gebracht, wobei uns Soldaten auf Schritt und Tritt folgten. Keine von uns zeigte im Moment noch viel Kampfgeist, nicht mal Kat. Nachdem wir gesehen hatten, wie unser Planet, die einzige Welt, die wir kannten, vor unseren Augen verschwand ... Na ja ... Das hatte unsere Fluchtpläne sehr wirkungsvoll vereitelt.

Theresa und Kat kletterten über die Leitern in die oberen Stockbetten, während Melanie und ich uns auf die unteren fallen ließen. Eine Weile lang herrschte Schweigen, während wir alle darüber nachdachten, was uns hier gerade passierte. Aber Kat hielt nicht lange durch.

„Ich glaub denen das nicht", meinte sie giftig.

„Du glaubst ihnen was nicht? Denkst du, die lügen? Sind wir noch irgendwo auf der Erde?" Theresa klang über mir so hoffnungsvoll, dass es mir das Herz brach.

„Nein, ich glaube, dass der Teil stimmt", mischte Melanie sich ein und ich nickte. Mein Bauchgefühl sagte mir, dass wir wirklich weit weg von zu Hause waren.

„Ja, nein, das habe ich schon verstanden. Tschüss, großer blauer Planet. Auf Nimmerwiedersehen", sagte Kat. „Ich glaube denen nur nicht, dass diese Mission rechtmäßig ist, und auch nicht, dass sie uns danach wieder nach Hause lassen."

Ich biss die Zähne zusammen, um die Tränen zurückzudrängen, die mir in die Augen schossen. „Sag das nicht", brachte ich erstickt hervor.

„Tut mir leid, aber denk doch mal nach. Diese Mission ist so geheim, dass sie uns entführen mussten, um uns hierherzubringen. Glaubst du im Ernst, dass sie uns danach einfach so in unser Leben zurücklassen? Und was ist mit der Tatsache, dass wir alle Frauen sind, hm? Und dass wir alle jung oder Studentinnen und definitiv keine Expertinnen sind, die man auf so einer Mission dabeihaben will? Warum schicken sie nicht die Crème de la Crème, erstklassige Wissenschaftsleute, um das zu erledigen?"

Ich presste die Handballen auf meine brennenden Augen. Darauf hatte ich keine Antworten.

Aber Melanie schon.

„Sie schicken nicht ihre besten Leute, weil sie davon ausgehen, dass wir sterben werden." Ihre Worte schlugen ein wie eine Bombe. „Sie hoffen darauf, dass wir zumindest nützliche Informationen sammeln können, wenn wir wie durch ein Wunder doch etwas für sie erreichen. Aber sie schicken nicht ihre besten Wissenschaftler auf eine Selbstmordmission." Ihre Stimme wurde tiefer und ein harter Unterton schwang in ihr mit. „Und dass wir nur Frauen sind, tja ... Ich wette, sie hoffen darauf, dass man uns vielleicht nur vergewaltigt, wenn man uns nicht sofort umbringt."

„Oh mein Gott, nein, Melanie." Ich setzte mich auf und schaute zu ihr rüber. Sie lag reglos auf der Matratze und starrte auf die Unterseite von Kats Bett.

„Keine Ahnung, wie es euch geht, aber wenn ich nicht zurückkomme, wenn ich einfach spurlos verschwinde, wird niemand nach mir suchen", flüsterte sie kaum hörbar.

Kat seufzte. „Nach mir auch nicht. Meine Mutter ist ein Junkie und ich habe sie seit Jahren nicht mehr gesehen. Mein Dad sitzt im Knast."

Theresa stöhnte auf. „Oh verflucht. Ist bei mir das Gleiche. Ich bin als Pflegekind aufgewachsen, gerade in eine neue Stadt gezogen, habe mich von meinem Freund getrennt und der ist der Einzige, der mich dort kannte."

Panik stieg in mir auf. Das konnte doch nicht wahr sein. Bei mir war das anders, oder? Ich war niemand, der einfach so verschwinden konnte, ohne eine Spur zu hinterlassen? Jemand, den keiner vermissen würde? Ich hatte Grammy! *Hatte Grammy. Vergangenheit.* Aber was war mit meinem Doktorvater Dr. MacLaren? Er würde sicher eine Vermisstenanzeige aufgeben. Andererseits ... Was, wenn meine Uni in dieser Sache mit drinsteckte?

Meine Kehle wurde schmerzhaft eng und ich biss mir so hart auf die Lippen, dass ich Blut schmeckte. Sie hatten recht. So was von recht. Auf der Erde waren wir Niemande und jetzt wurden wir zu Niemanden, die auf einem weit entfernten Planeten starben.

*Auf gar keinen Fall.*

Jede Faser meines Körpers rebellierte gegen diese Aussicht. Ich sprang auf und tigerte durch den Raum. Die anderen beobachteten mich.

„Okay, vielleicht hast du recht. Wahrscheinlich sogar. Aber ich werde ganz sicher nicht irgendwo in einer anderen Galaxie sterben."

Kat setzte sich auf und in ihren blauen Augen zeigte sich wieder etwas mehr Feuer. „Was hast du vor? Ich bin total für ein bisschen Meuterei."

Mir entfuhr ein scharfes, humorloses Auflachen.

„Hier steht alle paar Meter bewaffnetes Militärpersonal. Ich glaube nicht, dass wir gegen die eine Chance hätten."

„Was dann?", fragte sie. „Zumindest würden wir mit wehenden Fahnen untergehen. Und zu unseren Bedingungen."

„Wenn wir was in die Richtung versuchen, sterben wir mit an Sicherheit grenzender Wahrscheinlichkeit. Melanie hat gerade schon treffend festgestellt, dass wir entbehrlich sind. Aber was, wenn wir während der nächsten beiden Wochen alles lernen und alles dafür tun, um dort unten zu überleben? Er hat gesagt, dass wir in der Atmosphäre atmen können. Vielleicht können wir entkommen und uns da irgendwie durchschlagen."

„Und vielleicht sind die Aliens ja freundlich", fügte Theresa hinzu und in ihrer Stimme schwang wieder dieser herzzerreißend hoffnungsvolle Unterton mit.

Kat brach in schallendes Gelächter aus. „Aber sicher doch. Hast du das Ding auf dem Foto gesehen? Das ist nicht wie einer der Golden Retriever in deiner Tierarztpraxis."

„Das wissen wir nicht. Wir wissen gar nichts über sie. Aber wer auch immer das hier in die Wege geleitet hat, hat dafür gesorgt, dass eine Linguistin an Bord ist." Theresa schaute über den Rand ihres Betts zu mir rüber. „Also müssen sie Grund zu der Annahme haben, dass die Aliens eine Sprache besitzen und irgendwie intelligent sind. Vielleicht können wir mit ihnen kommunizieren."

„Ja, das wird sicher super laufen. ‚Hey, Aliens. Bitte versucht nicht, uns zu vögeln oder umzubringen. Ach und übrigens, könntet ihr unserem Militär was von dem supertollen Energiezeug abgeben, das euren Planeten am Laufen hält?'"

„Ach, keine Ahnung." Theresa schnaufte leise und ließ sich wieder nach hinten auf die Matratze fallen. „Aber Cece hat recht. Bei einer Meuterei werden wir einfach erschossen. Ich würde mein Glück ehrlich gesagt lieber auf dem Planeten versuchen."

„Von unseren eigenen Leuten erschossen oder von einem Alien gefressen werden. Wen kümmert's", murmelte Kat und legte sich wieder hin. Melanie drehte sich mit dem Gesicht zur Wand.

„Hört mal, wir müssen jetzt nicht sofort einen Plan haben", sagte ich und setzte mich auf mein Bett. „Aber versprechen wir uns doch, dass wir alles tun, um irgendwie lebend aus dieser Sache rauszukommen. Dass wir aufmerksam sind, uns in den nächsten Wochen alles aneignen, was wir können, um die bestmöglichen Voraussetzungen zu haben."

„Ich mache mit", stimmte Theresa sofort zu.

„Okay", sagte Kat.

Melanie schwieg, nickte aber leicht.

Ich schluckte. *Na ja, immerhin etwas.* Ich legte mich auf mein Bett und versuchte, den enormen Druck zu ignorieren, der sich in meiner Brust aufbaute. Theresas Worte gingen mir immer wieder und wieder durch den Kopf. *Vielleicht können wir mit ihnen kommunizieren ...* Verdammt. Wenn jemand eine Chance hatte, sich mit unseren neuen Alien-Kumpels anzufreunden, dann wohl ich.

Wenn mich das mal nicht zu Höchstleistungen beflügelte.

# KAPITEL DREI
## Cece

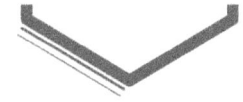

DIE NÄCHSTEN BEIDEN Wochen rauschten nur so an uns vorbei. Unsere Tage bestanden aus Essen, Schlafen und dem Versuch, die Sprache des Planeten zu entschlüsseln, auf den wir mit irrsinniger Geschwindigkeit zuhielten. Nach dem Frühstück wurden wir jeden Tag in unterschiedliche Ausbildungsräume geführt. Meiner war ein winziges, dunkles Büro mit einem Computer und einem Paar Kopfhörer, auf dem ich mir die Bruchstücke der Alien-Sprache anhören konnte, die unser Orbitalschiff hatte aufnehmen können. Die Audiodateien und das wirklich körnige Bildmaterial waren bereits von Linguisten auf der Erde analysiert worden, deren Gehaltsklasse weit über meiner lag, doch selbst sie waren daraus nicht sonderlich schlau geworden. Bislang hatten wir eine Liste mit Nomen, bei deren Bedeutung wir uns relativ sicher waren, geschlossen aus dem Aufenthaltsort der Aliens und was sie dort auf den dazugehörigen Videos und Fotos taten. Abgesehen davon hatte ich eine Sprache ohne Kontext vor mir und auch keinerlei weitere Hinweise.

Ich lauschte Tag für Tag den verrauschten Aufnahmen und versuchte, zumindest ein allgemeines Verständnis dafür zu bekommen, in was für eine Situation wir da hineingeworfen wurden. Die Aliens mussten über einen recht humanoiden Mund verfügen, da ich die meisten Laute nachbilden konnte, wenn auch mit etwas Mühe. Der Klang ihrer Sprache war guttural, viele der Konsonanten wurden von einem Klicklaut im hinteren Bereich des Rachens begleitet. Und ihre Stimmen waren tief und laut. Als ich mir zum ersten Mal die Kopfhörer aufgesetzt und den Play-Knopf gedrückt hatte, schlug mir das Herz bis zum Hals und ich bekam eine Gänsehaut, als ich diese seltsame, tiefe Stimme hörte. Eine Stimme vom anderen Ende des Universums, deren Knurren in meinen Ohren vibrierte.

Jeden Abend, wenn wir ins Bett gingen und das Licht gelöscht wurde, lag ich wach und ging immer wieder die wenigen Wörter im Kopf durch, die ich kannte, während ich versuchte, das Wirrwarr des Rests zu entschlüsseln. Noch lange, nachdem die anderen eingeschlafen waren, wälzte ich mich von einer Seite auf die andere und meine Anspannung nahm mit jedem Tag zu, den wir dem Planeten näher kamen, ohne dass ich einen linguistischen Durchbruch erreichte. Unser Überleben könnte von mir und meinen Kommunikationsfähigkeiten abhängen. Ich musste meinen Job besser machen. Ich musste *irgendwas* machen.

Aber die zwei Wochen näherten sich ihrem Ende und ich hatte bis dato nur ein paar weitere Nomen identifiziert, die die anderen Linguisten scheinbar übersehen hatten. Soweit ich das beurteilen konnte, bedeutete *ablik* offenbar Waffe. Oder vielleicht Stock. Oder Schaufel. *Valok* bezeichnete etwas auf dem Boden, das die Aliens aufzuheben und aufzuschneiden schienen, bevor sie es aßen. Vielleicht ein kleines Tier, dessen Blut und Gedärme sie aussaugten. *Eklig.* Dazu kamen etwa fünfzig andere Nomen, die ich mir bereits intensiv eingeprägt hatte und auf meinem Weg durch die Gänge, unter der Dusche oder beim Essen des schrecklichen Schiffsfraßes wie ein Mantra wiederholte. Sogar auf der Toilette. Aber das war alles. Mehr hatte ich nicht. Eine Handvoll Nomen, um den Versuch zu starten, mit einer Alien-Spezies zu verhandeln. *Aber nur kein Druck.*

Am letzten Tag ließ mich die Panik nicht mehr los, weil ich wusste, dass wir heute auf die Oberfläche geschickt werden würden. Den anderen schien es genauso zu gehen. Kat, Theresa, Melanie und ich zogen uns schweigend die schlichten grauen Uniformen an, mit denen wir kurz nach unserer Ankunft auf dem Schiff ausgestattet worden waren. Über die leichte Sporthose und das Tanktop folgte eine hellbraune, langärmelige Solarschutzjacke, in deren Kapuze ein Augenschutz integriert war. Außerdem waren wir bereits mit Versorgungspaketen ausgestattet worden, in denen sich Essensrationen, Wasserflaschen, Erste-Hilfe-Zubehör und eine futuristische Sonnencreme befanden, die man sicher nicht so einfach im Laden kaufen konnte. Sie wurde dick aufgetragen und verlieh unserer Haut einen blauen Ton.

Chapman und ein paar der anderen Soldaten trugen ebenfalls Solarschutzjacken über ihren Uniformen, als sie uns ein paar Minuten später abholten.

„Zeit zu gehen", sagte sie, wobei ihr Gesicht vollkommen ausdruckslos blieb.

Unsere kleine Vierertruppe tauschte Blicke miteinander, doch wir sagten nichts. Was denn auch? *Viel Glück und sterbt bitte nicht.*

Wir wurden durch den langen, gebogenen Gang in einen Teil des Schiffs geführt, den wir noch nie gesehen hatten, und blieben vor einigen großen Metalltüren stehen. Chapman holte eine Art Plastikkarte aus ihrer Tasche und hielt sie an ein kleines Display neben den Türen, woraufhin diese sich geräuschlos öffneten.

„Willkommen auf der Brücke." Sie winkte uns in den Raum dahinter.

„Woah", flüsterte Theresa und Kat stieß einen Pfiff aus. Ich sog scharf Luft ein. *Woah* traf es ganz gut.

Wir hatten uns in den vergangenen Wochen an das Raumschiff gewöhnt und es fühlte sich nicht mehr so fremd an wie am Anfang. Aber das hier? Das sah aus, als wäre es direkt aus einem Science-Fiction-Film entsprungen. Die Brücke bestand aus einem großen Halbrund mit mindestens einem Dutzend verschiedener Arbeitsplätze und Konsolen, an denen Militärpiloten und -techniker auf Tastaturen tippten und konzentriert an Bildschirmen arbeiteten. Colonel Jackson stand ganz vorn, die Arme hinter dem Rücken verschränkt, und hinter ihm entdeckte ich einen riesigen Bildschirm, der uns wie eine gewaltige Windschutzscheibe einen ersten Blick auf den Planeten erlaubte.

Die Fotos, die wir gesehen hatten, kamen nicht einmal annähernd an die Realität heran, mit der wir nun konfrontiert wurden. Der Planet strahlte mit seiner tief kupferfarbenen Oberfläche eine wilde Schönheit aus und der Asteroidengürtel umspannte ihn wie ein Nietengürtel.

„Mir war nicht klar, dass wir schon so dicht dran sind", sagte ich angespannt. Ich war noch nicht bereit dafür. Das waren wir alle nicht. *Das kann doch nicht wahr sein.*

„Gut, alle sind da und haben ihre Ausrüstungspakete dabei." Colonel Jackson nickte zufrieden, als wir uns den anderen Frauen anschlossen, die bereits auf der Brücke versammelt waren. „Wir werden die Planetenoberfläche in etwa fünfzehn Minuten erreichen."

*Ach du Scheiße. Fünfzehn Minuten? Fünfzehn Minuten, bis wir vielleicht vom Angesicht dieser Welt gepustet werden? Fantastisch.*

„Müssen wir uns nicht irgendwie anschnallen oder so?", fragte eine der Frauen, doch Colonel Jackson schüttelte den Kopf.

„Nein, unsere Technik ist deutlich fortgeschrittener als das, was Sie aus Filmen kennen. Die Landung sollte reibungslos verlaufen, aber ich würde Ihnen empfehlen, sich an der hinteren Wand auf den Boden zu setzen, falls es doch etwas holprig wird."

Mit zitternden Händen nahm ich meinen grauen Stoffrucksack ab und klammerte mich daran fest, nachdem ich mich gesetzt und ihn zwischen meinen Beinen abgestellt hatte. Theresa schenkte mir ein schwaches Lächeln. Ihr Gesicht schimmerte blau von der Sonnencreme, mit der wir uns alle eingeschmiert hatten.

Colonel Jackson blieb im vorderen Teil der Brücke stehen. „Wie Sie bereits wissen, werden wir nach der Landung auf der Oberfläche im Schiff bleiben, bis die Planetenbewohner zu uns kommen. Wir schätzen sie als sehr territorial und verbunden mit dem Land ein, also wird das vermutlich nicht lange dauern. In der Gegend, in der wir landen, sind aktuell etwa die Hälfte der sechzehn Tageslichtstunden vergangen."

„Ich freue mich echt drauf, ein paar territoriale Aliens zu begrüßen, ohne Verben oder Adjektive oder die Phrase für ‚freundlich gesinnte Menschen, bitte esst uns nicht' zu kennen", murmelte ich finster und Theresa tätschelte mir aufmunternd das Knie. Immerhin versuchte sie, mir ein bisschen Trost zu spenden, aber ich sah, dass meine Worte ihr Angst machten. Ich war nicht die Einzige, die davon ausging, dass mein Mangel an Alien-Sprachkenntnissen unser Untergang sein könnte.

Der Colonel gab ein paar weitere Anweisungen und erinnerte uns an Dinge, die wir bereits wussten – keine aggressiven, plötzlichen Bewegungen, nur so weit nähern, wie es zur Kommunikation notwendig war –, bevor er an einer der Hauptkonsolen mit Blick auf die Windschutzscheibe Platz nahm.

„Los geht's. Befehl zur Ausführung des Landeprotokolls erteilt."

Auf die Oberfläche des Planeten hinabzusinken, war tatsächlich nicht wie im Film. Es fühlte sich eher wie eine ganz normale Flugzeuglandung an. Wir wurden ein bisschen durchgerüttelt, aber dann waren wir auch schon unten und wirbelten dabei eine Menge kupferfarbenen Staub vom Sandboden auf.

Der Colonel stand grinsend wieder auf, schlüpfte in seine eigene Solarschutzjacke und wandte sich mit triumphierend ausgebreiteten Armen an uns. „Willkommen auf ..."

Ein ohrenbetäubendes Krachen gefolgt von einem unmenschlichen Kreischen zerriss die Luft. Glas explodierte in unsere Richtung und etwas Scharfes, Blutiges und Schwarzes durchbohrte die Brust des Colonels, zerriss seine Uniform. Er ging reglos zu Boden, als sich das Etwas wieder zurückzog.

Schreie erfüllten den Raum und noch mehr von dem furchtbaren Kreischen, wie Metall, das über Metall schabte.

Ich konnte nicht fassen, was da gerade passierte. Colonel Jackson und die Piloten und Soldaten, die im vorderen Teil der Brücke gearbeitet hatten, lagen blutend und tot auf dem Boden. Mir blieb der Mund vor Entsetzen offen stehen, als mein Verstand endlich verarbeitete, warum.

Alien-Kreaturen, die ich nicht identifizieren konnte, drangen durch die zerbrochene Scheibe ins Schiff ein. Sie waren ganz anders als alles, was ich von der Erde kannte – mindestens einen Meter groß ähnelten sie einer Mischung aus großer Krabbe, Spinne und Skorpion. Sie krabbelten auf kräftigen, schwarz gepanzerten Beinen in den Raum und stachen dabei mit ihrem stachelbewehrten Schwanz auf die Soldaten ein.

Theresa und ich verharrten wie gelähmt auf unserem Platz, doch Melanie sprang auf. Kat folgte ihrem Beispiel und die beiden zogen uns ruppig an den Armen.

„Hoch mit euch, los!", schrie Kat über den Krach hinweg und ich schüttelte endlich meine Starre ab und kam unsicher auf die Beine.

„Wir müssen hier raus." Melanie klang seltsam ruhig und unbeeindruckt.

Auch die anderen Frauen sprangen nun auf. Die verbliebenen Soldaten feuerten mit ihren Waffen auf die grauenvollen Kreaturen, aber das schien denen nicht viel anzuhaben. *Die waren stark genug, die Wand eines verdammten Raumschiffs zu durchbrechen. Was soll da eine Kugel ausrichten?*

Kat schien der gleiche Gedanke zu kommen. „Wir sind auf einem fremden Planeten, in einem Raumschiff aus der Zukunft und ihr habt nicht mal ordentliche Waffen dabei?", brüllte sie Chapman an, die sich zwischen uns und die Kreaturen gestellt hatte. Sie war blass und feuerte ihre Pistole mit zusammengebissenen Zähnen wieder und wieder auf die Dinger ab.

„Mach die verdammte Tür auf!", schrie Kat und hämmerte gegen den Eingang, durch den wir vor nicht allzu langer Zeit hereingekommen waren. Wir drängten uns davor zusammen, viele kratzten an der glatten Oberfläche und versuchten, einen Spalt darin zu finden. Ein Muskel in Chapmans Wange zuckte, aber sie feuerte weiter. Die Krabbenviecher waren von ihren ersten Opfern abgelenkt und begannen, die Leute zu fressen, die sie im vorderen Teil der Brücke erlegt hatten, doch sie machten kurzen Prozess mit den Leichen und hielten danach auf uns zu.

„Wir sind die Nächsten!", rief ich, packte Chapman an der Schulter und schüttelte sie so fest ich konnte. Das schien sie aus ihrer schießwütigen Trance zu reißen. Ihr Blick huschte zwischen ihren gefallenen Kameraden und uns hin und her.

„Scheiß drauf. So hatte ich mir das nicht vorgestellt", murmelte sie, fummelte die Schlüsselkarte erneut aus ihrer Hosentasche und rammte sie gegen das Display an den Türen. Die glitten auf und wir stolperten in einem heillosen, kopflosen Durcheinander hinaus.

„Los, los, los!", trieb Chapman uns an, während sie die Pistole weiterhin auf die Kreaturen gerichtet hielt, die uns inzwischen fast erreicht hatten. Gerade, als das erste der Viecher mit dem stachelbewehrten Schwanz nach ihr stechen wollte, sprang sie durch die Tür und schlug in der gleichen Bewegung die Schlüsselkarte gegen das Display auf der Außenseite. Die Türen schlossen sich und klemmten dabei eins der zappelnden schwarzen Beine der Kreatur ein. Ich erwartete eigentlich, dass die Wucht der sich schließenden Türen das Bein abtrennen würde, doch das Vieh nutzte seine wahnsinnige Alien-Stärke, um das Metall langsam wieder auseinanderzudrücken.

„Das wird sie nicht lange aufhalten. Abmarsch!", schrie Chapman und deutete mit der Waffe den Gang hinunter. „Folgt mir!"

Für Fragen blieb keine Zeit. Wir rannten hinter ihr den Gang entlang. Weil Chapman sich hinten bei uns aufgehalten hatte, war sie noch am Leben. Alle anderen auf der Brücke nicht mehr. *Verdammte Scheiße. Nur noch wir sind übrig.*

Chapman führte uns zur anderen Seite des Schiffs und dort in etwas, das wie ein Laderaum aussah: eine große, offene Halle, an deren Wänden sich Ausrüstung und Kisten stapelten. Sie rannte zum Keypad auf einer Seite des Raums und tippte hektisch etwas ein, bevor sie ihre Schlüsselkarte gegen das kleine Display daneben presste. Ein lautes, metallisches Klicken ertönte, gefolgt von einem Geräusch, als würde etwas ins Rollen kommen, wie ein Garagentor, das sich öffnete. Ich schnappte nach Luft, als die gegenüberliegende Wand des Laderaums nach oben fuhr. Sonnenlicht strömte herein.

„Moment, wie sieht der Plan aus?", rief ich, während sie schon in Richtung der Öffnung rannte. „Wollen wir etwa da raus?"

Chapman fuhr zu uns herum und starrte uns an. Wir anderen Frauen drängten uns zusammen, viele weinten und zitterten. „Ihr wollt hierbleiben? Tut euch keinen Zwang an. Aber diese Viecher haben unsere verstärkten Schilde durchbrochen. Schilde, die für interstellare Reisen ausgelegt sind. Es gibt auf dem ganzen Schiff kein Versteck, in dem sie euch nicht aufspüren werden. Ich werde mich jedenfalls nicht verkriechen und auf den Tod warten. Da versuche ich mein Glück lieber draußen." Sie deutete mit der Waffe auf die inzwischen komplett offene Wand des Laderaums. „Kommt mit oder lasst es bleiben. Eure Entscheidung."

Damit rannte sie los. Fluchend folgte Kat ihr, dann Melanie, dann einige der anderen Frauen. Mir drehte sich der Magen um und in diesem Moment stellte ich mit Erschrecken fest, dass ich meinen Rucksack auf der Brücke zurückgelassen hatte. Kein Essen. Kein Wasser. Gar nichts.

Aber Chapman hatte eine Waffe und vielleicht so was wie einen Plan. Das war immerhin etwas.

„Sie hat recht", sagte ich zu den anderen. Etwa die Hälfte der Gruppe stand noch mit mir im Laderaum. „Diese Krabbendinger werden auf der Suche nach uns das Schiff auseinandernehmen. Wir müssen hier weg." Ich wollte niemanden zurücklassen, wenn es sich vermeiden ließ, aber zweifellos hatte das Geräusch des sich öffnenden Tors die Aufmerksamkeit der Kreaturen auf der anderen Seite des Schiffs erregt oder würde es jeden Moment. Wir mussten weg. Jetzt.

Theresa schluchzte, griff dann jedoch nach meiner Hand und nickte. Ihre Tränen hinterließen verschwommene blaue Linien in der Sonnencreme auf ihren Wangen.

„Hoffentlich habt ihr alle beim Alien-Einmaleins gut aufgepasst", presste sie hervor, als wir uns in Bewegung setzten. Die anderen waren uns dicht auf den Fersen und ich biss die Zähne zusammen, als wir nach draußen auf den glühend heißen Sand traten. Oh, ich hatte sogar sehr gut aufgepasst. Ich hatte mein Bestes für die Vorbereitung getan.

Jetzt konnte ich nur noch hoffen, dass das reichte.

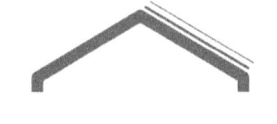

# KAPITEL VIER
## Buroudei

MEHR ALS VIERZEHN TAGE waren vergangen, seit die Lavrika mich zu den heiligen Teichen gerufen hatten. Vierzehnmal war die Sonne der gezackten Bahn der Monde von einer Seite des Himmels zur anderen gefolgt. Vierzehn Tage, in denen ich auf der Suche nach Hinweisen zu den Klippen von Uruzai zurückgekehrt war. Auf der Suche nach irgendetwas. Egal was. Etwas, das mir mehr Aufschluss über die seltsame Vision oder meine noch seltsamere Gefährtin geben könnte.

Es wurde immer schwerer, mir Ausreden einfallen zu lassen, warum ich allein hierherkommen musste. Selbst Galok, der mir vorbehaltlos vertraute, wirkte zunehmend beunruhigt. „Überlass das den Jägern und Wächtern, Buroudei. Unser Gahn sollte sich nicht mit so alltäglichen Verrichtungen abgeben", sagte er jedes Mal, wenn ich ihm mitteilte, dass ich auf die Jagd oder auf Patrouille an unseren Grenzen ging, und schaute mich dabei an, als würde er an meinem Verstand zweifeln. Vielleicht war ich ja wirklich verrückt geworden. Noch nie zuvor hatte ich mich so getrieben von einem einzigen, beinahe zwanghaften Bedürfnis gefühlt. Dem Bedürfnis nach Antworten. Dem Bedürfnis, dieses kleine, blasse Gesicht wiederzusehen.

Ich verlagerte das Gewicht auf meinem *irkdu*, meinem Reittier, dessen riesiger Körper mich mühelos über den Sand in Richtung der Klippen von Uruzai trug – wieder einmal. Als wir uns der Höhlenöffnung näherten, beäugte mich die dort Wache haltende Lavrikala misstrauisch, sagte aber nichts. Die Lavrikala hatten sich mittlerweile an meine Besuche gewöhnt. Ich stieg nie ab, versuchte nie, die Höhlen zu betreten, also ließen mich die heiligen Wächterinnen recht unbeeinträchtigt auf dem Gelände auf und ab reiten. Jeder Versuch, in den Höhlen nach Antworten zu suchen, wäre vergebens. Krieger durften sich nur auf Einladung der Lavrika dorthin begeben. Abgesehen davon war es nur unseren Heilerinnen erlaubt, zu kommen und zu gehen, wann immer sie ihren Vorrat vom Blut der Lavrika auffüllen mussten.

*Vielleicht haben die Lavrika mich belogen. Mich auf eine falsche Fährte gelockt, die ich ignorieren sollte.*

Aber nein, das waren blasphemische Gedanken. Vor vielen Generationen hatten unsere Vorfahren die Visionen der Lavrika missachtet. Und das hatte uns bis an den Rand der Ausrottung getrieben. Wir hatten uns bis heute nicht von diesen Fehlern erholt.

Ich seufzte und starrte eine Weile auf den Sand, dann zum Himmel hinauf.

Nichts. Nichts Neues. Alles war wie immer.

*Moment.*

Ich kniff die Augen zusammen und versuchte, das seltsame, dunkle Objekt in der Ferne genauer auszumachen. Es fiel langsam vom Himmel herab und je näher es dem Boden kam, desto lauter drang ein fremdartiger, surrender Laut an meine Ohren.

Mein Reittier bockte und bewegte sich unruhig unter mir, als seine feinen Sinne das Ding am Himmel wahrnahmen. Schweigend zog ich meine Axt aus ihrer Schlaufe an meinem Gürtel und packte meinen Speer fester, bevor ich mich nach vorn lehnte. Die Lavrikala suchte sich einen sicheren Stand und hielt ihren Speer, als würde sie sich auf einen Angriff vorbereiten. Sie wirkte beunruhigt, aber fest entschlossen und ließ den Himmel keinen Moment aus den Augen.

„Ich werde gehen", rief ich ihr zu. Was auch immer das war, wie auch immer die Bedrohung aussah, ich würde die Lavrikala und die Höhlen davor schützen.

Die Kreatur flog wie eine *krixel*, aber ich erkannte nichts an ihr, das Flügeln gleichkam. Dass ich sie auf diese Entfernung erkennen konnte, sagte mir, dass sie größer als eine *krixel* war, größer als jedes Tier, dem ich je begegnet war. Es besaß einen runden, flachen Körper, der mich an die Scheiben erinnerte, mit denen unsere Jungen gern spielten. Als es landete, bebte die Erde und mein *irkdu* warf brummend den Kopf von einer Seite zur anderen. Ich verstärkte den Druck meiner Oberschenkel an seinem Körper, um es unter Kontrolle zu halten, und schnalzte dann mit den Zungen. Axt und Speer hielt ich weiterhin bereit.

Mein *irkdu* setzte sich abrupt in Bewegung und seine zahlreichen Beine trugen uns rasch über die Sandfläche. Es blieb keine Zeit, zu den Zelten zurückzukehren und meine Männer zu sammeln – wir waren schon beinahe an dem fallenden Fliegeding angelangt. Doch als ich die markerschütternden Schreie der *zeelk* vernahm und sah, wie sie sich aus dem Sand gruben und auf die abgestürzte Kreatur zuhielten, brachte ich mein *irkdu* mit einem schrillen Pfiff zum Stehen. Jetzt wünschte ich mir doch, meine Männer an meiner Seite zu haben. Die *zeelk* waren grauenhafte, aggressive Tiere, die selbst den stärksten Sandmeer-Krieger in Stücke zu reißen vermochten. Mit der Unterstützung meines *irkdu* konnte ich es mit ein paar der Dinger allein aufnehmen, aber dort krabbelten sicher mehr als zehn *zeelk* auf die vom Himmel gefallene Kreatur zu. Ich hatte keinen Grund, mich einzumischen, also wartete ich wachsam, meine Waffen immer in Bereitschaft.

An der Vorderseite der Kreatur befand sich ein durchsichtiger Schild aus Knochen, den die *zeelk* durchbrachen und so ins Innere des Körpers gelangten. Die Kreatur schien die Landung nicht überlebt zu haben und ich sah auch kein Blut aus ihren Wunden laufen. Die *zeelk* befanden sich nun alle in dem Ding und ich konnte ihr furchtbares Kreisen zusammen mit lautem Krachen hören. Und dann andere Schreie – höher und leiser, die mir bis tief ins Mark fuhren. Meine Brust wurde eng und ich umklammerte die Waffen so fest, dass meine Fingerknöchel knacksten. In dem großen Tier befanden sich noch andere. Kreaturen, die noch am Leben waren.

Plötzlich tat sich ein Spalt in der Seite des abgestürzten Tiers auf und seine glänzende Haut zog sich nach oben zurück. Mein *irkdu* schnaubte und brummte, doch ich hielt es an Ort und Stelle und verengte die Augen ein wenig. Ich erwartete, *zeelk* aus der neuen Öffnung krabbeln zu sehen, als würde sie die Kreatur irgendwie ausspucken. Doch stattdessen erkannte ich etwas, das mich wie versteinert zurückließ.

Eine zweibeinige Kreatur in seltsamer Kleidung rannte aus der entstandenen Bauchöffnung. Die Kapuze rutschte nach hinten und entblößte ein bleiches Gesicht. Ein tiefes Knurren entrang sich meiner Kehle. *Könnte das ...?*

Aber nein, diese Kreatur besaß Haare in der Farbe von Feuer. Meine Gefährtin sah anders aus. Aber es war unbestreitbar, dass die flammenhaarige Kreatur dem gleichen Volk angehörte wie meine Gefährtin. Sie stolperte im Sand und blieb kurz stehen, um über die Schulter zu sehen. Mehr Kreaturen wie sie folgten ihr, offenbar alle weiblich. Ihre Hauttöne variierten von Blassrosa bis zu Dunkelbraun und auch die Haare auf ihren Köpfen wiesen verschiedene Farben, Formen und Beschaffenheit auf. Eine von ihnen schien gar keine Haare zu besitzen. Ich ließ den Blick über die Gruppe schweifen, aber keine von den Frauen war die, die ich in den heiligen Teichen erblickt hatte. Angst fraß sich durch meine Eingeweide, ein Gefühl, das ich nicht mehr verspürt hatte, seit ich ein Junges gewesen war. Angst, dass meine Gefährtin irgendwo in dem Tier gefangen oder bereits von widerlichen *zeelk* ermordet worden sein könnte. Ich stieß einen Schrei aus und mein *irkdu* stürmte los.

Jetzt rannte eine zweite Gruppe von Frauen aus dem abgestürzten Tier. Und ganz vorn entdeckte ich sie. Mir war, als würde alles andere von einem Moment auf den anderen seine Bedeutung verlieren. Es gab kein Sandmeer, keine *zeelk*, keinen Himmel, keine Sonne, keine Klippen. Es gab nur noch sie, die wie ein einzelner Stern in der Dunkelheit erstrahlte. Wie ein Leuchtfeuer, ein Signal, eine wundervolle, schicksalhafte Explosion. *Meine Gefährtin.* Mein Körper pulsierte unter dieser neuen Erkenntnis, als eine heilige Macht sich in mir ausbreitete und sich in einem wilden Brüllen aus meiner Kehle entlud. Mein *irkdu* zog das Tempo weiter an.

Meine Gefährtin hielt sich an einer anderen Frau fest, die jedoch stolperte und fiel. Als meine Gefährtin zu ihr herumfuhr, flog ihr helles Haar in einer merkwürdigen und wunderschönen Wolke um ihren Kopf herum. Sie rief etwas, das ich nicht verstand, und half der Frau beim Aufstehen.

Doch dann folgten ihnen die *zeelk* und krabbelten kreischend aus dem aufgeschnittenen Bauch, aus dem die Frauen gerade gekommen waren. Ein *zeelk* hielt direkt auf die beiden zu und mich durchflutete eine Welle Furcht einflößender Wut, wie ich sie noch nie verspürt hatte. Sie explodierte geradezu in mir und breitete sich mit finsterer Hitze in meine Gliedmaßen aus. Ich hob den Speer, dessen Spitze aus dem Stachel eines *zeelk* gemacht war, den ich in meiner Jugend getötet hatte. Nur dieser vermochte ihre schwarzen Panzer zu durchdringen. Unsere *ablik*-Waffen waren stark und scharf, aber sie konnten nur Schaden anrichten, wenn sie die ungeschützten Gelenke der *zeelk* perfekt trafen.

Ich winkelte den Arm an und ließ meinen Speer durch die Luft fliegen, bis er sein Ziel mit tödlicher Sicherheit in dem *zeelk* fand. Das widerwärtige Geschöpf brach zusammen und seine Beine krümmten sich im Todeskampf in Richtung seines Körpers. Ich riss ein *ablik*-Messer aus den *dakrival*-Lederriemen auf meinem Rücken und warf es nach einem weiteren *zeelk*, das sich in Reichweite befand, doch die Waffe prallte von seinem Panzer ab. Ich knirschte mit den Fangzähnen, zog ein weiteres Messer und warf, wobei ich versuchte, mein Ziel möglichst ruhig zu fixieren und die Bewegungen meines *irkdu* auszugleichen.

Diese Klinge fand ihr Ziel und traf die Stelle zwischen der Körperpanzerung und einem der Beine des *zeelk*. Es schrie auf,

sank zu Boden und versuchte dann, sich mit seinem verwundeten Bein durch den Sand davonzuschleppen. Es war nicht tot,
aber für den Moment reichte es.

Ich schaute mich wieder nach meiner Gefährtin um. Sie
zerrte die andere Frau auf die Beine, die scheinbar außer sich
vor Panik war. Ich knurrte wütend. Sie machte meine
Gefährtin langsamer und hinderte sie an der Flucht. Aber gleichzeitig verspürte ich auch Stolz. Meine Gefährtin war kein
Feigling.

Ich hatte die Gruppe inzwischen beinahe erreicht, aber immer noch keinen Plan. Ich konnte es unmöglich allein mit
all den *zeelk* aufnehmen, ich hatte nur noch ein paar Klingen
zur Verfügung. Für mich war es gerade am wichtigsten, meine
Gefährtin aus dem Getümmel zu holen und so schnell wie
möglich von hier fortzubringen. Aber das würde bedeuten,
die anderen Angehörigen ihres Volks hier zurückzulassen, und
dieser Gedanke war mir unerträglich.

*Bring sie zuerst in Sicherheit. Um den Rest kannst du dich
später kümmern.*

Die flammenhaarige Frau war zurückgekehrt und half, die
Frau am Boden auf die Füße zu ziehen. In einer Hand hielt
sie ein schwarzes Objekt. Es sah aus, als wäre es aus *ablik*
gemeißelt, mit einer langen, schnauzenförmigen Öffnung. Als
ein weiteres *zeelk* auf sie zukrabbelte, machte ich mich bereit,
meine Axt zu schleudern, doch bevor ich dazu kam, zielte sie
mit dem Schnauzending auf das *zeelk* und dann krachte es plötzlich ein paarmal hintereinander Furcht einflößend laut. Die
Waffe oder was auch immer das war, verblieb in ihrer Hand
und doch schien es, als hätte sie es irgendwie geschafft, die
Panzerung des *zeelk* zu durchschlagen. Es strauchelte und ging

nur wenige Schritte von der kleinen Gruppe entfernt zu Boden. Die übrigen Frauen rannten in alle Richtungen davon, während noch mehr *zeelk* aus dem Bauch des abgestürzten Tiers krochen.

Fast hatte ich sie erreicht, fast war ich bei meiner kleinen Gefährtin, als die flammenhaarige Frau sich umdrehte und mich entdeckte. Sie riss ihre seltsam gefärbten Augen auf und rief den anderen etwas zu, bevor sie ihre *ablik*-Schnauzenwaffe hob und direkt auf meine Brust zielte. Ich ignorierte sie. Keine Waffe der Welt würde mir jetzt Einhalt gebieten. Nicht einmal hunderttausend *zeelk* könnten mich von der Frau mit den langen, hellen Haaren fernhalten. Ich hörte, wie das *ablik*-Schnauzending ein leises Klicken von sich gab, und die flammenhaarige Frau warf es mit einem gepeinigten Aufschrei in den Sand.

Und dann rannten sie alle los. Alle drei, zusammen mit den anderen. Sie verteilten sich und flohen über die Sandebene fort von der abgestürzten Kreatur und den *zeelk*. Und von mir.

*Warum läuft sie vor mir weg?*

Meine Gefährtin sank mit ihren winzigen, schmalen Füßen bei jedem Schritt in den Sand ein. Sie würde den *zeelk* nie entkommen und schon gar nicht meinem *irkdu*, dessen zahlreiche Beine perfekt an die Fortbewegung über den Sand angepasst waren. Und trotzdem versuchte sie es, mit kräftigen Beinbewegungen und fliegendem Haar. Ihre Hartnäckigkeit war ebenso faszinierend wie ärgerlich. Mir gefiel das Feuer in ihr, das sie trotz der Aussichtslosigkeit vorwärtstrieb. Was mir weniger zusagte, war die Tatsache, dass sie gerade vor mir wegrannte.

Mein *irkdu* lief seitlich neben ihr und mit einer schnellen Drehung meines Oberkörpers beugte ich mich hinunter, schnappte sie mit einem Arm und hielt die Axt in der anderen Hand bereit.

„Du bist jetzt in Sicherheit." Ich warf sie quer über meinen Schoß, sodass ihre runde, feste Kehrseite in die Luft ragte. Die Frau war kleiner, als ich zunächst angenommen hatte, viel kleiner, als ich aus meiner Vision in den heiligen Teichen geschlossen hatte. Sie schrie, trat wie wild um sich und schaffte es schließlich, sich so zu drehen, dass sie der Länge nach auf dem *irkdu* lag. Ihre Füße trafen mich gegen die Brust, was jedoch keinen Effekt hatte, und es schien, als wollte sie gleichzeitig von meinem Reittier springen und sich mit aller Macht daran festklammern.

Mit der freien Hand packte ich sie am Rückenteil ihrer seltsamen Kleidung und zerrte sie nach oben, sodass sie aufrecht zwischen meinen Beinen saß. Und noch immer wehrte sie sich. Ihre kurzen, stumpfen Klauen gruben sich in meinen Unterarm, den ich mit festem Griff um ihren Oberkörper geschlungen hatte. So viel Temperament wäre normalerweise amüsant gewesen. Aber hier und jetzt, mit den *zeelk* im Sand um uns herum, machte es die Sache … komplizierter.

Nicht, dass es schwierig war, sie festzuhalten. Nein, daran lag es nicht. Trotz ihrer wilden Entschlossenheit war sie viel kleiner als ich und viel, viel schwächer. Ich konnte sie leicht mit einem Arm sicher halten und ihren schmalen Rücken an meine Brust drücken. Aber es lenkte mich ab. Ihr Gezappel störte meine Konzentration und ihre Haare flogen mir in die Augen und verdeckten mir die Sicht. Und die brauchte ich dringend. Mein Hörvermögen war gut, aber ihre Schreie und das uns umgebende Chaos minderten den Vorteil, den meine Ohren mir andernfalls verschaffen könnten.

Sie riss den Kopf nach hinten und traf mich an der Kehle, was mich husten ließ. Im gleichen Moment streifte ein Bündel ihrer Haare meine Augen und zwang mich zum Blinzeln.

„Bekomm deine Haare unter Kontrolle, Frau, sonst muss ich sie dir abschneiden."

Die Vorstellung, irgendetwas an ihrem Äußeren zu verändern, bereitete mir Kummer, aber als schließlich Haare in meinem Mund landeten und ich mich daran verschluckte, gelangte ich zu der Erkenntnis, dass es vielleicht notwendig war.

Sie brüllte noch etwas und einen Moment später verspürte ich einen leichten Schmerz in meinem Unterarm, wie den Stich einer *drizel*-Fliege.

Sie biss mich.

Ich grinste. Ihre kleinen, stumpfen Zähne waren mir im heiligen Teich schon aufgefallen. Die würden meiner zähen Haut keinen Schaden zufügen. Sie biss kräftiger zu, doch ich ignorierte sie.

*Zumindest bekomme ich ihre Haare nicht ins Gesicht, solange sie den Kopf unten lässt.*

Da ihr Mund nun anderweitig beschäftigt war, schrie sie auch nicht mehr, sondern gab eine Art tiefes Grunzen von sich, während sie weiter versuchte, meine Haut zu durchdringen. Jetzt, wo mich ihre Stimme nicht mehr ablenkte, hörte ich mehr von dem Geschehen um uns und ich zog triumphierend Luft ein, als ich einen Kriegsruf vernahm und dazu die Geräusche vieler *irkdu*, die brüllend zum Angriff übergingen.

Mit einem Zungenschnalzen und Druck meiner Oberschenkel wendete ich mein Reittier, um meine Männer zu begrüßen.

Nur waren das nicht meine Männer. Ich verengte die Augen, ohne den Griff um meine sich windende, immer noch beißende Frau zu lockern, während etwa fünfzehn Krieger auf *irkdu* am Horizont mit erhobenen Äxten und fliegenden Speeren am Horizont erschienen.

*Gahn Fallos Männer. Eine Jägergruppe, allem Anschein nach.*

Sie metzelten die *zeelk* nieder und zogen auf dem Weg über das Schlachtfeld Frauen zu sich auf ihre Reittiere. Ich beobachtete das Geschehen und ließ mein *irkdu* anhalten. Sollte ich zu ihnen stoßen? Die Wahrscheinlichkeit war groß, dass sie mich ebenso auseinanderzureißen versuchten wie die *zeelk*. Normalerweise würde ich eine Gelegenheit, die Waffen mit Gahn Fallos Männern zu kreuzen, mit Freude ergreifen, aber fünfzehn zu eins waren schlechte Voraussetzungen, selbst für mich. Außerdem musste ich jetzt an meine Gefährtin denken und ihre Sicherheit war oberstes Gebot. Die letzte noch fliehende Frau wurde gerade auf ein *irkdu* gezogen und die verbleibenden *zeelk* fielen. Dass sie sich alle weiblichen Kreaturen schnappten, war nicht erbaulich, aber immer noch besser, als wären die kleinen, zerbrechlichen Wesen von den *zeelk* verspeist worden. Meine Gefährtin saß sicher in meinen Armen, also gab es keinen Grund für mich zum Verweilen. Mit einem Ruf lenkte ich mein *irkdu* wieder in die richtige Richtung und wir machten uns über den Sand davon.

Je mehr wir uns von dem Getümmel entfernten und meine Kriegerinstinkte sich langsam wieder etwas entspannten, desto bewusster wurde ich mir des Gefühls meiner Gefährtin an meinem Körper. Selbst der wirkungslose Biss ihrer winzigen Zähne fühlte sich gut an und als ich den Griff meines Arms um sie verstärkte, drückte sich ihr frecher Hintern fester gegen meinen Schritt. Es gab nichts Besseres, als direkt nach der Schlacht das Lager mit einer Frau zu teilen, während der Körper noch vom Kampf in Flammen stand. Mein Schaft war schon bereit und dehnte meinen *dakrival*-Lederlendenschurz bis an seine Grenzen. Aber meine Gefährtin schien nicht besonders erpicht darauf zu sein. Sie hatte von meinem Arm abgelassen und ich sah, dass entzückende Spuren von ihren Zähnen in meiner Haut zurückgeblieben waren. Sie brüllte wieder etwas, das ich nicht verstand, und die Worte kamen ihr fließend und schnell über die Lippen, wie Blut, das durch meine Finger rann. Ihr Gesicht konnte ich im Moment nicht sehen, aber der Klang ihrer weichen, hohen Stimme deutete darauf hin, dass sie wütend war.

„Warum bist du zornig? Verstehst du nicht, dass ich dich vor den *zeelk* gerettet habe?"

Ein weiterer Schwall wütender Worte ergoss sich aus ihrem Mund, woraus ich schloss, dass sie es entweder wirklich nicht verstand oder es zwar tat, aber trotzdem unzufrieden war.

*Möglicherweise ist meine Gefährtin etwas ... schwieriger ... als ich gehofft hatte.*

Entweder das oder sie war überaus töricht. Sicher hatte sie doch nicht bei den *zeelk* bleiben wollen?

Ich musste versuchen, mit ihr zu sprechen. Ihr in die seltsamen Augen sehen. Ihr klarmachen, wie tief unsere neue Verbindung zueinander reichte. Wie wichtig sie war. Damit sie verstand, dass es nichts brachte, sich dagegen zu wehren.

*Nicht hier.*

Sich auf offenem Sand aufzuhalten, war keine gute Idee, vor allem nicht, weil sie so fürchterlich zerbrechlich war. Wir hielten auf die Klippen von Uruzai zu. Im vorderen Teil befand sich der Eingang zu den heiligen Teichen, aber die Klippen als solche waren eine massive Felsformation, auf deren anderer Seite sich weitere Höhlen, Täler und kleine Flächen mit *valok*-Pflanzen befanden. Dort nisteten die *krixel*, aber wenn wir auf dem Boden blieben und nicht hinaufkletterten, war es wohl sicher genug.

Wir setzten unseren Weg fort und nach einer Weile, in der ihr Gezappel, die Bisse und das Kratzen weiter anhielten, erreichten wir die andere Seite der Klippen. Ich lenkte mein *irkdu* durch das schmale Tal zwischen den gewaltig aufragenden Felswänden hindurch. Schließlich gelangten wir an einen kleinen Spalt, den ich gut kannte. Dieser führte zu einer kleinen, sonnenbeschienenen Fläche, an deren Rändern *valok*-Pflanzen gediehen. Auf dieser runden Ebene zügelte ich mein *irkdu* und stieg mit meiner Frau in den Armen ab. Ich hielt sie jedoch weiter gepackt, da sie nun mit festem Boden unter den Füßen ihre Bemühungen verstärkte und mir praktisch aus dem Arm sprang. Ihre Füße verloren den Halt, als sie sich verzweifelt drehte und wand. *Zeigt sie wohl auch so viel Energie, wenn sie das Bett mit mir teilt?*, huschte es mir durch den Kopf.

Noch immer hielt ich die Axt in der freien Hand. Ich tätschelte meinem *irkdu* mit der flachen Seite der Klinge den Rücken und ließ es damit wissen, dass es sich *peet* zum Grasen suchen durfte, die harte Pflanze, von der sich seine Art ernährte. Es rollte sich auf dem begrenzten Platz fest zusammen und machte sich dann auf, zurück durch den Spalt. Ich wusste, dass es sich nicht weit von seinem Herrn entfernen würde.

Die Kreatur, die sich da immer noch verbissen gegen mich wehrte, war eine ganz andere Sache. Ich zweifelte nicht daran, dass sie sofort versuchen würde, so weit wie möglich von mir wegzukommen, sobald sich ihr die Gelegenheit dazu bot. Ich verstand nur nicht, warum. Wenn ein Krieger die Teiche der Lavrika aufsuchte und die Vision seiner Gefährtin erhielt, weckte das die Verbindung auch in seiner Gefährtin. Zumindest beim Volk des Sandmeers. Aber meine Gefährtin stammte nicht aus dem Sandmeer.

Ich stellte mich so, dass ich mich zwischen dem Spalt und einzigem Ausgang und ihr befand, bevor ich sie schließlich losließ. Wie erwartet, floh sie sofort, bis sie nicht mehr weiterkam und sich mit dem Rücken auf der gegenüberliegenden Seite gegen die Felswand presste. Jeder Tropfen Blut in meinem Körper verlangte danach, zu ihr zu gehen und sie wieder zu berühren, doch ich ließ die Hände sinken und steckte die Axt zurück in die Schlaufe an meinem Gürtel.

Endlich bekam ich auch die Gelegenheit, ihr Gesicht genauer zu betrachten. Ihr echtes Gesicht, real und blass und so perfekt, das von der Sonne beschienen wurde. Die Farbe ihrer Augen strahlte sogar noch kräftiger als im heiligen Teich und sie zog die lächerlich dünnen, flachen Brauen wütend zusammen. Ihr kleiner, rosiger Mund stand offen und sie atmete keuchend. Ihr Blick huschte zum Spalt und dann auf der Suche nach einem Fluchtweg über die kleine Fläche. Meine seltsam hübsche Gefährtin hatte noch nicht gelernt, dass sie vor mir nicht fliehen konnte.

Ein Knurren vibrierte in meiner Kehle, doch ich schluckte es hinunter und richtete das zu enge Leder meines Lendenschurzes. Alles in mir schrie danach, das Lager mit ihr zu teilen, und zwar *sofort*, aber das würde ich nicht tun. Nicht, wenn ihr die Abneigung so deutlich ins Gesicht geschrieben stand.

Ihr Gesicht ...

Mein Herz zog sich schmerzhaft zusammen, als mir auffiel, dass sie viel fahler wirkte als in den heiligen Teichen. Eine seltsame blaue Substanz bedeckte ihre Haut. Blut? Ihre Haut war schließlich blass, das könnte durchaus auch auf ihr Blut zutreffen.

Mit einem großen Schritt überwand ich die Distanz zwischen uns und drängte sie mit meinem Körper gegen die Felswand. Ich umfasste ihren zarten Kiefer mit beiden Händen, tastete ihre Kopfhaut und ihr Gesicht auf der Suche nach Verletzungen ab. Da war nichts, aber etwas von dem blau-weißen Zeug blieb an meinen Fingern kleben. Vielleicht eine Art Kriegsbemalung. Ich schnaubte leise. Es war nicht zu leugnen, dass sie sich mit bewundernswertem Einsatz gegen mich gewehrt hatte, aber eine Kriegerin war sie sicher nicht. Zumindest keine ordentlich ausgebildete.

Sie war wie erstarrt und atmete in kurzen Stößen durch ihre merkwürdig nach oben gebogene Nase. Ich suchte weiter, schob ihre Haare beiseite und ließ den Blick über ihre Haut schweifen, damit ich auch ja keine Verletzung übersah. Da entdeckte ich ihn. Einen kleinen Schnitt knapp unterhalb ihres winzigen Ohrs. Plötzlich bildete sich ein kleiner Tropfen roter Flüssigkeit und fügte sich in die schmale Spur ein, die bereits über ihren unglaublich zarten Hals rann. Ich fauchte aufgebracht. Wie leicht wäre es, diesen Hals zu zerquetschen. Meine

Gefährtin war so verletzlich, dass einen Moment lang Übelkeit in mir aufstieg.

Vorsichtig betastete ich die Wunde, wobei ich sorgsam auf meine Klauen achtete. Ihre Haut war unfassbar weich, wie die Blütenblätter einer *rindla*-Pflanze. Eine falsche Bewegung konnte sie zerfetzen. Meine Lippen zuckten und sie schnappte nach Luft, als ich über die Verletzung strich und meine Fingerspitzen mit ihrem Blut benetzte. Blut von dieser Farbe hatte ich noch nie zuvor gesehen – dieses erlesene, dunkle Rot, wie von *axrekal*-Beeren, aus denen man eins der wirkungsvollsten Gifte auf Zaphrinax gewann. Ich hob die Finger an die Lippen, kostete davon, und ein scharfer, berauschender Geschmack explodierte auf den drei Segmenten meiner Zunge.

Wieder stieg ein Knurren in meiner Kehle auf, doch dieses Mal ließ es sich schwerer niederkämpfen, und mein Glied pochte verlangend. Ich sah ihr tief in die Augen und leckte erneut über meine Finger. Die weiche, rosige Haut um den weißen Teil ihrer Augen weitete sich. Dann senkte ich den Mund stöhnend auf ihren Hals, nahm ihr Blut direkt von ihrer weichen Haut auf, obwohl ich wusste, dass das meine Gefährtin wütend machen würde und sie wieder versuchen würde, vor mir zu fliehen.

Was für ein merkwürdiges und doch zauberhaftes Wesen das Schicksal als meine Gefährtin erwählt hatte. Ein Wesen mit Haut in der Farbe von Milch. Und Blut in der Farbe von Gift.

In all den Jahren des Kriegs war mir nie ein Gift untergekommen, das derart süß schmeckte. So süß, dass ich den Tod mit offenen Armen empfangen würde.

Zu jeder Zeit und immer wieder.

# KAPITEL FÜNF

## Cece

ACH DU SCHEISSE. OFFENBAR waren diese Aliens Vampire. Wieso war das bisher niemandem in den Informationen aufgefallen, die wir über sie gesammelt hatten? Ich hatte nicht mal bemerkt, dass ich blutete, bis dieser Kerl/Alien/Wasauchimmer mit einem Finger über die Wunde strich und dann das Blut davon *ableckte*. Und nun fuhr er mit der Zunge – einer Freak-Zunge, die sich in drei Teile aufspaltete – immer wieder über meinen Hals.

Ich war wie erstarrt vor Angst, dass eine falsche Bewegung ihn von Zungen zu Zähnen wechseln ließ. Eine seiner riesigen Hände hatte er seitlich an mein Gesicht gelegt, die andere ruhte auf meiner Hüfte. Etwas unverwechselbar Sexuelles lag in der Position unserer Körper zueinander und als sich sein sehr, sehr harter Schaft (zumindest ging ich davon aus, dass es sich darum handelte) gegen meinen Bauch drückte, sog ich scharf Luft ein. *Jetzt habe ich ein Problem.*

Ich musste mich aus dieser Situation befreien. Ich musste irgendwas tun, sonst würde ich gleich in der Horizontalen enden. Oder auf dem Speiseplan. Vielleicht nicht mal in der Reihenfolge. *Oh Gott.*

Seine Zunge oder zumindest ein Teil davon strich über den Rand des Schnitts an meinem Hals und ein heißer Blitz durchzuckte meinen Körper. Fieberhaft überlegte ich, wie ich mich retten konnte. Körperlich überwältigen konnte ich dieses Monster auf keinen Fall. Ich schrie leise auf, als seine Zunge tiefer glitt und mein Schlüsselbein unter meiner Jacke erforschte.

*Zunge. Zunge! Sprache!*

Welche Worte hatte ich gelernt? Mein Hirn war wie leer gefegt. *Komm schon, komm schon ...*

„*Ablik!*", platzte ich heraus und der Alien verharrte mitten in der Bewegung. „*Ahbluhk? Oblique?*" Ich konnte mich gerade nicht an die genaue Aussprache erinnern. Aber so oder so schien es gewirkt zu haben. Der Alien zog sich langsam zurück. Meine Haut fühlte sich heiß an, wo sein Mund gerade noch gewesen war, und meine Hand klatschte laut auf meinen Hals, als ich mir instinktiv an die Stelle griff. Ich spürte das Blut, das langsam aus der Wunde quoll, und die Feuchtigkeit von seinem Speichel an meiner Handfläche, während ich meinen Entführer nun zum ersten Mal genauer musterte.

Seine Haut war tief kupferfarben, was sich an seinen Schultern, Füßen und dem Ende seines Schwanzes dunkler zu braun und schwarz färbte. Jep. Ein Schwanz. Er war lang, aber nicht dünn wie der einer Katze. An der Wurzel war er genauso dick wie seine muskulösen Oberschenkel und nach hinten lief er zu einer schmalen Spitze aus, einem Känguruschwanz nicht unähnlich, aber ohne das Fell. Auch seine Füße sahen wie die von Kängurus aus – lang und dunkel mit einer kräftigen Klaue in der Mitte und zwei kleineren links und rechts daneben.

Seine Sprunggelenke saßen in einem merkwürdigen Winkel höher am Bein und wirkten stark.

Mit ihren jeweils vier Fingern und einem Daumen waren seine Hände fast menschlich, doch die schwarzen Klauen sahen aus, als könnten sie meine Haut spielend leicht zerfetzen. Von den Schienbeinen bis zu den Schultern sah er beinahe aus wie ein Mann – allerdings ein riesiger Mann, der locker über zwei Meter groß war und Muskeln wie ein Bodybuilder besaß. Ich reckte den Hals, um ihm ins Gesicht zu sehen. Die untere Hälfte – das kantige Kinn und der Mund – war bis auf die Fangzähne und Zungen nicht besonders außergewöhnlich. Doch bei der oberen Gesichtshälfte hörte das schon wieder auf.

Seine Nase war nach unten und zur Seite flach, wie die einer Katze. Seine Haut war unter den prominenten, dunklen Augenbrauen bronzefarben, was in einem Verlauf bis zu seinem Haaransatz in Schwarz überging, und seine Haare fielen ihm in einem dicken schwarzen Zopf über den Rücken. Auffällig waren seine spitzen, aufrecht stehenden Ohren, die sich seitlich oben am Kopf befanden, wie die kupierten Ohren eines Dobermanns. Und dann waren da noch seine Augen. Was zum ... Diese *Augen*. So etwas hatte ich noch nie gesehen. Sie waren groß und schwarz mit schimmernden, kupferfarbenen Funken in der Mitte, die umherwirbelten, sich ausdehnten und wieder zusammenzogen. Es sah aus, als würden winzige, metallische Galaxien in seinen Augen existieren, deren Sterne von einer merkwürdigen Gravitation bewegt wurden. Wenn ich nicht solche Angst hätte, dass dieser Kerl oder dieses Tier oder was auch immer er war, mich umbringen und meine Knochen in der Wüste verbuddeln würde, hätte ich ihre fremdartige Schönheit glatt bewundert.

Aber genau davor hatte ich Angst. Also klammerte ich mich an das, was scheinbar seine Aufmerksamkeit erregt und ihn ausgebremst hatte.

„*Ablik*", wiederholte ich, doch meine Stimme klang viel zu quietschig. Seine Ohren zuckten und er neigte den großen Kopf zur Seite, dann ließ er mich los und machte einen Schritt von mir weg. Bevor ich jedoch erleichtert aufatmen konnte, zog er ein Messer aus einem der lederartigen Riemen, die er um den Torso gebunden trug.

*Oh shit!* Hatte ich ihn beleidigt? Was bedeutete *ablik* noch mal? War es Stock? Waffe? Er hielt das Messer vor sich, das eher einer Machete glich, in seinen Händen aber viel kleiner aussah. *Oh, oh. Vielleicht denkt er, dass ich ihn bedrohe. Toll gemacht.*

„Nein, nein, tut mir leid. Ich meinte nicht *ablik*. Ich meinte ... hm ... Gott, ich kann mich an nichts mehr erinnern. Vielleicht könntest du das Messer mal einen Moment wegstecken, ja? Braver Alien ..."

Er legte den Kopf erneut schief und zog die Augenbrauen zusammen. Die kupferfarbenen Splitter und Schlieren sammelten sich in der Mitte seiner Augen. Es schien, als würde er sich auf etwas konzentrieren. Dann streckte er das Messer in meine Richtung und ich zuckte zurück und kniff die Augen zu. Der Schmerz blieb aus. Stattdessen hörte ich seine tiefe, grollende Stimme, die von den Felswänden und in meinem Körper widerhallte.

„*Ablik*."

Langsam öffnete ich ein Auge, dann das andere und ließ meine Hände sinken, als ich merkte, dass er auf die glänzende schwarze Klinge seines Messers deutete.

„*Ablik*", wiederholte er und zückte dann seine Axt, die aus dem gleichen Material gefertigt zu sein schien. „*Ablik*." Er deutete auf die schwarzen Schneiden.

„Oh", sagte ich und entspannte mich ein wenig. Also war unsere Interpretation offenbar richtig gewesen. *Ablik* bedeutete Waffe? Oder vielleicht bezeichnete es das dunkle Material, aus dem die Waffen bestanden.

Vorsichtig streckte ich die Hand aus und strich mit den Fingern über die flache Seite der Axt. Die Schneiden fühlten sich extrem glatt und hart an.

„*Ablik?*"

Er stieß ein vibrierendes Jaulen aus, das womöglich so etwas wie Zustimmung ausdrückte.

*Okay, cool. Dann haben wir ja schon mal ein Wort, das wir beide verstehen.*

Welche kannte ich noch? Solange wir miteinander redeten, leckte er mich nicht ab oder machte andere komische Dinge. Und das war auch gut so. Ich ignorierte bewusst das aufregende Kribbeln, das ich überall spürte, wo seine bizarre Zunge mich berührt hatte. Diesem Gefühl konnte ich später noch auf den Grund gehen.

„Ähm ... ähm ... Was ist mit *valok*?" Wenn ich mich richtig erinnerte, war das ein kleines, am Boden lebendes Tier, das die Aliens aufsammelten und roh verzehrten.

Er zog die dunklen Brauen leicht nach oben und die schimmernden Funken in seinen Augen bewegten sich nach außen. Er trat noch einen Schritt zurück und drehte sich um, achtete aber immer noch darauf, zwischen mir und dem Spalt in der Wand zu bleiben. *Verdammt.* Aber wohin sollte ich denn überhaupt fliehen? Ich hatte doch gesehen, was diese riesigen

Krabbendinger mit den Piloten und Soldaten gemacht hatten. Immerhin hatte dieser Kerl mich bis jetzt nur abgeleckt. Und mir war trotz des Durcheinanders nicht entgangen, dass er sogar ein paar der fiesen Krabbelviecher nur mit seinen primitiven Klingen um die Ecke gebracht hatte, fast als würde er mich beschützen. Immer davon ausgehend, dass er den Krabbenspinnen nicht einfach nur einen wohlschmeckenden Erdfrauensnack hatte wegschnappen wollen. Mein Blick huschte über seinen muskulösen Körper, die stahlharten Brustmuskeln, breiten Schultern und kräftigen Oberschenkel. Der Lendenschurz saß immer noch verräterisch eng. *Igitt.* Na ja, solange er *das da* unter Kontrolle hielt, war alles im grünen Bereich. *Dann werde ich wohl mein Glück mit dem Känguru-Gladiator versuchen. Für den Moment.*

Er steckte die Axt zurück in die Schlaufe an seinem Gürtel und säbelte mit dem Messer etwas am Fuß der Felswand neben mir ab, das wie eine Pflanze aussah. Es war klein, grau-grün und erinnerte stark an einen Kaktus von der Erde. Er ging vorsichtig damit um, immer auf die gefährlich aussehenden Stacheln auf seiner glatten, trockenen Oberfläche bedacht. Dann kam er wieder zu mir und hielt es mir hin.

„*Valok*", sagte er. Anschließend schlitzte er das Kaktusding in der Mitte auf, zog die Pflanzenhälften auseinander und zeigte mir einen klebrigen, durchsichtigen Brei in der Mitte. Ah. Das hatten wir also auf den Aufnahmen gesehen. Es war kein Tier, sondern eine Pflanze, die man öffnete und das Innere aussaugte. Wie ein Alien-Trinkpäckchen.

Er machte eine auffordernde Bewegung, dass ich davon probieren sollte, doch ich schüttelte heftig den Kopf. „Nein, danke, Mr. Alien. Ich habe keine Ahnung, ob mein menschlicher Magen das da verträgt."

Apropos Magen – meiner sackte mir in die Kniekehlen, als ich mich daran erinnerte, dass ich keine menschliche Ausrüstung oder Vorräte dabeihatte. Kein Wasser. Kein Essen. Keine Sonnencreme oder Ersatzkleidung.

*Vielleicht komme ich ja irgendwie zum Schiff zurück ...*

Möglicherweise waren die Spinnenkrabben ja inzwischen weg. Aber was war mit den anderen Frauen, meinen Freundinnen? Ich war so darauf konzentriert gewesen, mich gegen diesen Kerl zu wehren, als er mich packte, dass ich keine Ahnung hatte, was mit den anderen passiert war. Panik durchflutete mich bei diesem Gedanken.

„Wir müssen zurück!" Ich gestikulierte wild in Richtung des Spalts, durch den wir gekommen waren. „Zurück!"

Der Känguru-Galdiator schaute mich an, als hätte ich nicht mehr alle Tassen im Schrank. Und vielleicht hatte er ja recht, zurückzugehen war Wahnsinn. Damit würde ich mich selbst in große Gefahr bringen, von ihm mal ganz abgesehen. Auch wenn er vorhin offensichtlich keine gravierenden Schwierigkeiten gehabt hatte. *Wenn es ganz schlimm gekommen ist, kann ich sie vielleicht wenigstens begraben.* Die Vorstellung, dass Theresa, Melanie, Kat und die anderen leblos und allein in der Sonne lagen, ließ Übelkeit in mir aufsteigen.

Ich schüttelte den Kopf und biss die Zähne zusammen. Was immer ihnen auch passiert war, ich musste zurück. Um Vorräte zu holen. Und zu sehen, ob es noch andere Überlebende gab.

„Zurück, gehen wir *zurück*." Verdammt noch mal. Wie konnte ich dieser Mauer von einem Mann begreiflich machen, was ich von ihm wollte? Ich kannte kein einziges Verb, keine Präposition. Nur eine willkürliche Ansammlung von Nomen, die sich bis jetzt als eher nicht zutreffend herausstellten. Die unübersehbare Beule in seinem Lendenschurz sagte mir, dass seine Absichten alles andere als ehrenhaft waren. Aber ich würde da draußen ohne ihn keine zwei Sekunden lang überleben.

*Tja, Cece, da hast du dir ja was Schönes eingebrockt.*

Meine Muttersprache in Kombination mit wilden Gesten brachte uns nicht weiter. Auch nicht die Phrasen auf Japanisch, Französisch oder Spanisch, die ich ihm an den Kopf warf. Der Alien hatte die *valok*-Pflanze auf den Boden fallen lassen, das Messer wieder in den Riemen auf seinem Rücken gesteckt und beobachtete mich nun mit einem undeutbaren Gesichtsausdruck. Er behielt die Hände locker an den Seiten, doch sein ganzer Körper vibrierte praktisch vor Anspannung. Mir war klar, dass er reagieren würde, sobald ich auch nur einen Finger rührte. Nur wie er reagieren würde, wusste ich nicht.

*Es gibt wohl nur einen Weg, das rauszufinden ...*

Ich sog scharf Luft ein, täuschte dann eine Bewegung zu einer Seite an, bevor ich auf die andere und den Spalt in der Felswand zurannte. Zwei Schritte weit kam ich, bevor er einen seiner steinharten Arme um meine Taille schlang und mich mit einem Ruck nach hinten gegen seinen Oberkörper zog. Er sagte etwas in seiner gutturalen Sprache und ich musste verärgert feststellen, dass ich kein einziges Wort erkannte. *In was bin ich da ausgebildet worden? Wie sind sie überhaupt auf die Idee gekommen, dass ich es je schaffe, mit denen zu kommunizieren?*

Der Alien sprach weiter und mir rieselte ein Schauer über den Rücken, als sein Atem dabei über mein Ohr und meinen

Hals strich. Und dann war da noch die Erektion, die sich gegen meinen Rücken drückte.

„Okay, okay, mein Großer. Jetzt ist nicht der richtige Zeitpunkt für … Was auch immer dir da gerade durch den Kopf geht." Seine Hände glitten an meinen Seiten hinunter zu meinen Hüften und ich spürte seinen Mund erneut an meinem Hals. Hitze breitete sich unter meiner Haut aus und absurderweise auch zwischen meinen Beinen. Er stieß ein kehliges, warnendes Knurren aus, ein animalischer Laut, dem etwas tief in meinem Inneren antwortete. Ich kniff die Oberschenkel ein wenig zusammen.

Einen Moment lang passierte nichts weiter. Mir kam allerdings der Gedanke, dass er mich vermutlich schon getötet, gegessen oder vergewaltigt hätte, wenn er das vorgehabt hätte. Ihn aufhalten konnte ich nicht, aber bislang hatte er keine Anstalten gemacht, mir etwas zu tun. Ja, da war dieser schräge Augenblick gewesen, als er mir das Blut vom Hals geleckt hatte, aber er hatte mich auch vor dem Angriff der Killerkrabben bewahrt und er wollte mich dazu bringen, das stachelige Aloe-Ding zu essen. *Er benutzt Werkzeuge und eine Sprache und reitet auf einem offensichtlich domestizierten Tier.* Und die fast schon beunruhigende Intelligenz in seinen seltsamen Augen war nicht zu übersehen. *Ich wünsche, ich könnte mich mit ihm unterhalten. Vielen Dank auch, Colonel Jackson, und Sie können mich gern mal am Arsch lecken.*

Aber als seine großen, heißen Hände unter meine Jacke schlüpften und über meine Taille nach oben wanderten, wurde mir sehr bewusst, dass der Kerl im Moment kein großes Interesse an Konversation hatte. Ich drehte mich in seinen Armen um und legte die Hände flach auf seine Brustmuskeln, wobei ich die Finger auf seiner unglaublich dicken Haut spreizte. Ich erinnerte mich noch gut, dass meine Zähne kaum eine Spur in seinem Arm hinterlassen hatten, als ich ihn mit aller Kraft gebissen hatte. *Woraus besteht der Kerl denn bitte?*

Seine Haut war jedoch nicht nur dick. Sie fühlte sich glatt und warm an und die Übergänge von Kupfer zu Braun und Schwarz waren auf seltsame Art schön. Für einen Moment vergaß ich, was ich gerade hatte tun und sagen wollen. Zumindest, bis er meinen Hintern umfasste.

Ich zuckte nach Luft schnappend zusammen und klatschte ihm dann mit den flachen Händen auf die harte Brust. „Hör auf damit!“

Er zog die Brauen zusammen, sagte dann etwas und legte die Hände wieder an meine Taille. Doch dann kehrten sie einen Moment später wieder zu meinem Hintern zurück. Er beobachtete mich aufmerksam und die metallischen Funken in seinen Augen hatten sich über die komplette Fläche ausgebreitet, was seine Augen fast schon schimmern ließ. Er neigte den Kopf auf eine neugierig-mutwillige Art zur Seite und zog einen Mundwinkel nach oben. *Oh mein Gott, er findet meine Reaktion lustig.*

Wut kochte in mir hoch und ich setzte meinen finstersten Gesichtsausdruck auf. „Nein.“ Ich gab mir alle Mühe, einen warnenden Unterton in meine Stimme zu legen, und das schien Wirkung zu zeigen. Die metallischen Funken in seinen Augen zogen sich sofort zur Mitte hin zusammen und das angedeutete Grinsen, das seine Mundwinkel umspielte, verschwand. Er sagte wieder etwas, von dem ich kein Wort verstand. Ich konnte jedoch ausmachen, dass er mir offenbar eine Frage stellte – nur was er da fragte, blieb ein Rätsel.

„Tut mir leid", erwiderte ich leise. „Ich habe keine Antworten."

Sein Gesichtsausdruck verdunkelte sich, doch einen Moment später ließ er mich los. Und dieses Mal machte er einen Schritt beiseite und gewährte mir so Zugang zum einzigen Ausgang. Ich stutzte und fragte mich unwillkürlich, ob das wohl eine Falle war, doch er beobachtete mich nur ausdruckslos und folgte jeder meiner Bewegungen mit seinem Blick.

Okay, na dann.

Langsam lief ich den Weg zurück, den wir gekommen waren, und ...

... sah mich einem Monster gegenüber.

Ich fuhr zurück, als das Ding fauchte, und hob die Hände, um mein Gesicht zu schützen, als Mr. Känguru-Gladiator plötzlich einen Klicklaut von sich gab. Das Monster schnaubte, drehte sich dann um und bewegte sich von uns weg. Ich schaute ihm angespannt hinterher und das Herz schlug mir immer noch bis zum Hals.

Das war natürlich das Ding, auf dem wir hergeritten waren. Aber von seinem Rücken aus hatte ich nicht bemerkt, wie gruselig es tatsächlich war. Seine Haut war dunkelgrau-violett und sein Kopf und Körper erinnerten vage an die eines Alligators auf der Erde – wenn Alligatoren auf der Erde denn etwa zwanzig Augen hätten. Und statt vier Beinen hatte es Hunderte, die es über den Sand trugen wie einen Tausendfüßer. Und es war riesig, größer als jeder Alligator. Eher wie ein kleiner Wal. Mit wirklich, wirklich großen Zähnen.

*Gibt es keine Alien-Pferde, wo der Kerl herkommt? Muss ich mich jetzt wirklich mit einem Dino-Tausendfüßer rumschlagen?*

Trotz der Hitze erschauderte ich, als ich seine vielen insektenhaften Beine beobachtete, wie sie sich wellenförmig vorwärtsbewegten. Zumindest schien es den Befehlen des Aliens zu folgen.

Ich drehte mich um und fand selbigen direkt hinter mir vor. Er schien den Blick keinen Moment von mir zu nehmen und starrte mich so durchdringend an, dass ich schluckte.

„Dann sollte ich wohl mal aufhören, dich Alien-Kerl zu nennen, oder? Wie heißt du?"

*Na klar. Als würde er diese Frage verstehen.*

Also Zeit für ein bisschen Pantomime und ein dummes Tarzan-Rollenspiel. Nur war das hier kein Rollenspiel, sondern mein echtes Leben.

Ich legte mir eine Hand auf die Brust. „Ich bin Celia. Cece. Cece." Ich klopfte mir ein paarmal auf die Brust, um meine Aussage zu unterstreichen. Erst befürchtete ich, dass ich die Sache noch ein paarmal wiederholen musste, doch er schien ziemlich schnell zu begreifen. *Okay, definitiv ein intelligentes Kerlchen. Oder, eh, Alien.*

Er imitierte meine Geste, indem er eine klauenbewehrte Hand auf seine eigene Brust legte.

„Gahn Buroudei." Kurz hielt er inne, bevor er noch etwas hinzufügte, das bei mir jedoch zum einen Ohr rein- und direkt zum anderen wieder rausging.

„Tut mir leid, das habe ich nicht verstanden. Hast du einen Spitznamen? Ich heiße Celia, aber die meisten nennen mich Cece." Ich deutete erneut auf mich. „Cece."

Er stutzte und die hellen Flecken in seinen Augen pulsierten leicht, bevor er sich wieder eine Hand auf die Brust legte. „Buroudei."

Dann machte er etwas Seltsames. Er wickelte seinen Schwanz nach vorn um seinen Körper und bedeckte mit der schwarzen Spitze einen Moment lang seine Augen. Nur eine Sekunde lang, dann sank sein Schwanz in die Ausgangsposition zurück. Keine Ahnung, was das bedeuten sollte, also konzentrierte ich mich auf das, was er gesagt hatte.

„Buroudei ... Okay, ja, damit kann ich arbeiten. Ich hoffe nur, dass das wirklich dein Name ist und du mir nicht gerade das Wort für Brust oder Herz oder so beibringen willst. Hast du überhaupt ein Herz? Ach, vergiss es."

Ich verstummte, während er mich immer noch beobachtete. In seinen fremdartigen Augen lag etwas Dunkles, Tiefes, das ich nicht näher benennen konnte.

Dann öffnete er den Mund und seine Stimme ertönte in einer Mischung aus Knurren und Schnurren. „Sziszi."

Mein Name klang aus seinem Mund gleichermaßen furchtbar wie befriedigend. Bizarr und faszinierend. Und er schickte mir ein heißes Kribbeln über den Rücken und Gänsehaut über meinen Körper. Es fühlte sich an, als würde er auf etwas tief in mir reagieren. Als wüsste er etwas über mich, das mir selbst unbekannt war.

Und das gefiel mir ehrlich gesagt kein Stück.

# KAPITEL SECHS
## Buroudei

NICHT ZUM ERSTEN MAL frage ich mich, ob die Lavrika sich nicht einen grausamen Scherz mit mir erlaubten. Sie hatten die heilige Gefährtenbindung in mir erweckt, doch scheinbar nicht in Sziszi. So etwas war in meinem Volk noch nie passiert. Es war schon vorgekommen, dass Gefährten oder die Bindung abgelehnt wurden, aber dafür musste sie ja zumindest vorhanden sein. Meine seltsame, kleine Gefährtin schien gar nichts davon zu empfinden. Zumindest wirkte sie nicht, als würde sie etwas außer Angst und Wut und den Wunsch zur Flucht empfinden.

Das war höchst rätselhaft. Und nicht nur verwirrend und kompliziert, es brach mir auch das Herz. Die Männer, die mir von der Macht des Gefährtenbands berichtet, die mich vor dem Ausmaß dieser Liebeskrankheit gewarnt hatten, hatten nicht übertrieben. Mein ganzer Körper, meine komplette Existenz war nur noch auf sie und das Jetzt konzentriert. Wie konnte sie das nicht sehen? Und wie konnte sie nicht das Gleiche fühlen?

Also ließ ich sie gehen. Für den Moment. Weit würde ich sie nicht kommen lassen, sie aber beobachten und ihre Gebräuche erlernen, während ich ihr beibrachte, was es bedeutete, die Gefährtin eines mächtigen Gahns zu sein. Bald würde sie verstehen. Das musste sie. Ich wollte lieber nicht darüber nachdenken, was passierte, wenn sie es nicht tat.

Sie sprach weiter mit mir und die wohlklingenden Worte kamen ihr in rascher Abfolge über die Lippen. Es beeindruckte mich zutiefst, dass sie mit nur einem Zungensegment in einer derartigen Geschwindigkeit reden konnte. Das breite, rosafarbene Ding war geschickter, als ich vermutet hätte. Ich folgte ihr zurück durch die Klippen nach draußen auf die Sandebene. Sie betrachtete den Horizont mit ihren leuchtenden Augen, deutete dann auf etwas und drehte sich zu mir. Mein Blick landete auf den Überresten des abgestürzten Tiers in der Ferne.

Ah. Sie wollte also dorthin zurück. Zum Schauplatz des Beinahe-Gemetzels. Ich knurrte, woraufhin sie die Augenbrauen zusammenzog, was möglicherweise auf Verärgerung hindeutete.

„Dorthin bringe ich dich nicht zurück. Es ist nicht sicher, meine Sziszi."

Sie gab weitere, helle Laute von sich, aber ich würde nicht nachgeben. In diesem Punkt konnte nicht einmal sie mich überzeugen. Wobei sie das gar nicht versuchte. Sie spuckte mir wütend ein paar Worte hin und marschierte dann los. Ich wartete einen Moment lang, um zu sehen, was sie vorhatte, doch sie drehte sich nicht um, sondern lief einfach geradeaus über den Sand weiter. Ein Muskel zuckte in meiner Wange. *Sie wird nicht stehen bleiben. Sie wird nicht zurückkommen.*

Ich ignorierte den schmerzhaften Stich in meiner Brust bei der Vorstellung, dass sie mich ohne einen weiteren Blick zurücklassen könnte. Darüber, was das zu bedeuten hatte, konnte ich jetzt nicht nachdenken. Über ihre Sicherheit dagegen schon. Mit jedem Schritt, den sie tat, brachte sie sich in Gefahr.

Hastig rannte ich ihr hinterher und schnappte mir ihre Hand, als ich sie erreichte. Sie blieb abrupt stehen und wirbelte zu mir herum. Ich versuchte, die Geste zu imitieren, die sie vorhin benutzt hatte, um ihren Unmut über meine Handlungen auszudrücken. Sie hatte dabei den Kopf schnell immer wieder von einer Seite zur anderen bewegte. Das machte ich jetzt auch, obwohl es sich ungewohnt anfühlte. Sie stutzte und ihr Gesichtsausdruck wurde ein wenig weicher, was ein freudiges Kribbeln durch meinen Körper schickte. Die Freude verwandelte sich jedoch schnell in Sorge, als mir auffiel, dass die Stellen auf ihrem Gesicht, wo ich die Kriegsbemalung weggewischt hatte, sehr rot geworden waren.

*Das ... kann nicht gut sein.*

Ich ließ den Blick über ihre Kleidung wandern und bemerkte die Kapuze an ihrem seltsamen Umhang. Vielleicht war das eine Art Gesichtsschutz. Aber was sie im Gesicht verletzt haben könnte, wusste ich nicht. Und das erfüllte mich mit noch mehr Sorge. Ich schnappte mir den fremdartigen, steifen Stoff und zog ihr die Kapuze über den Kopf, wo ich sie vorsichtig, aber bestimmt zurechtrückte. Sziszi beobachtete mich scharf und kaute dabei mit ihren nicht sehr beeindruckenden Zähnen auf ihrer rosigen Unterlippe herum.

*Seltsam.* Ich schaute genauer hin. Jetzt sah ihre Haut sogar noch röter aus und sie riss die Augen auf. Dann gab sie einen erstickten Laut von sich, wandte sich eilig ab und marschierte von mir weg. Ich presste die Lippen aufeinander, als mir aufging, dass sie sich weiter in Gefahr begeben würde, wenn ich sie nicht aufhielt. Resigniert ging ich ihr nach, hob sie hoch und warf sie mir mit Leichtigkeit über die Schulter.

Wie erwartet, war sie nicht erfreut darüber.

Es folgte wieder Gestrampel und Geschrei, begleitet von zornigen Worten, die ich als solche ausmachen konnte, aber nicht verstand. *Ahh-schloch. Tüh-rann.*

Ich rief mein *irkdu* mit einem leisen Pfiff zu uns und stieg behände auf, wobei mich Sziszi kaum behinderte.

„Du kannst im Sitzen reiten wie vorhin oder auf meiner Schulter bleiben wie ein Junges, das sich nicht zu benehmen weiß. Die Entscheidung liegt bei dir."

Sie hielt inne, lauschte und gab dann einen langen, mehr als erzürnten Satz von sich, bevor sie endlich aufhörte, nach mir zu treten. Zufrieden positionierte ich sie so, dass sie wieder zwischen meinen Beinen saß. Mein Schaft pochte nachdrücklich, aber ich ignorierte ihn und verfluchte das Unglück, das mich mit einer Gefährtin gestraft hatte, die ich nicht verstand und die mich nicht zu wollen schien. Doch als ich einen Arm schützend um ihre schmale Mitte legte, sie an mich zog und die Bewegungen ihrer Brust bei jedem Atemzug an meiner spürte, fühlte ich mich gar nicht so sehr vom Unglück verfolgt. Das Schicksal hatte mir etwas Heiliges und Fremdartiges zuteilwerden lassen. Jetzt lag es an mir, das Ganze zu verstehen. Mein Glied pochte erneut und ich trieb mein *irkdu* seufzend an.

Das würde ein langer Ritt werden.

Wir mussten eine weite Strecke zurücklegen, bevor wir die Zelte meines Clans erreichten. Ein Teil der Reise lag im Schatten der Klippen, doch die überwiegende Zeit hielten wir uns auf offenem Sand auf. Ich hielt meine Axt bereit und achtete sorgsam auf die Umgebung. Kurz betrauerte ich den Verlust meines Speers. Er war eine sehr wirkungsvolle Waffe gewesen. Doch ich tröstete mich mit dem Gedanken, dass ich zusammen mit einigen meiner Männer an den Ort der *zeelk*-Schlacht zurückkehren und dort mehr Speerspitzen sammeln konnte – gesetzt den Fall, dass Gahn Fallos Krieger nach der Ergreifung der Frauen nicht alles geplündert hatten.

*Die Frauen.* Das war ein weiteres Problem, um das ich mich kümmern musste. Inmitten des Getümmels hatte ich sie Gahn Fallos Männern gern überlassen, wenn das bedeutete, dass die garstigen *zeelk* meiner zarten Gefährtin nicht mehr zu nahe kamen. Jetzt gelangte ich aber immer mehr zu der Erkenntnis, dass Sziszi vor allem deswegen zurückkehren wollte, um die anderen Angehörigen ihres Clans zu suchen. Ich erinnerte mich daran, wie sie versucht hatte, der zu Boden gegangenen Frau beim Aufstehen zu helfen und sie in Sicherheit zu bringen. Ja, sie würde sich nicht zufriedengeben, bevor wir die anderen Frauen nicht aufgespürt hatten. Aber dafür brauchte es Zeit zur Vorbereitung und ein strategisches Vorgehen. Für sie würde ich das tun. Natürlich. Doch wir brauchten Männer. Und einen Plan.

Wenn ich ganz ehrlich zu mir selbst war, dann tat ich das auch nicht nur, um Sziszis Gunst zu gewinnen. Wenn eine dieser Frauen als meine Gefährtin erwählt worden war, dann waren andere vielleicht mit den Männern meines Clans verbunden. Zum jetzigen Zeitpunkt kam bei uns nur eine Frau auf drei Männer im fruchtbaren Alter. Das könnte der größte Segen sein, der unserem Clan seit Generationen zuteilwurde. Doch meine optimistische Stimmung schwand, als mir klar wurde, dass Gahn Fallo vermutlich zum selben Schluss für seine eigenen Männer kommen würde. Er war ein brutaler Gegner, aber nicht dumm.

Sziszi plapperte fast den ganzen Ritt über ohne Pause, doch dann fiel mir plötzlich auf, dass sie schwieg. Ich war so darauf konzentriert gewesen, den Sand nach Anzeichen von Bewegung abzusuchen, dass ich gar nicht bemerkt hatte, seit wann sie still war. Die Sonne ging gerade unter und das lange, gebrochene Band der Monde erhob sich und tauchte alles in dunstige Schatten. Sterne glitzerten am violetten Himmel. Sziszi lehnte nun mit ihrem vollen Gewicht an meinem Oberkörper. Das Gefühl beschleunigte meinen Herzschlag. Spürte sie nun endlich auch das Gleiche wie ich? Erlebte sie die heilige Verbindung? Sie war mir gerade so nah, wie sie es bislang noch nie freiwillig getan hatte. *Das muss etwas zu bedeuten haben.*

Ich neigte den Kopf und murmelte ihren Namen gegen ihre Kapuze, doch dann verstärkte ich den Griff um ihre Taille, als ich es roch. Der sonst so verführerische Duft entsetzte mich in diesem Moment zutiefst.

Sziszis Blut.

# KAPITEL SIEBEN
## Cece

DIE SONNE GING UNTER und ich hatte weder eine Ahnung, wo wir waren, noch wo wir hinritten und fühlte mich *nicht gut*. Zum Glück hatte Buroudei mir die Kapuze übergezogen, die ich schon ganz vergessen hatte, um mich vor der sengenden Sonne zu schützen – und zwar auf eine dermaßen groteske, fast zärtliche Art, dass es mich beinahe aus den Socken haute. Doch ich fühlte mich trotzdem vollkommen unvorbereitet auf diese Umweltbedingungen. Mir war unter der Solarschutzjacke unfassbar heiß, doch ich konnte sie nicht ausziehen, weil ich keine Sonnencreme zur Verfügung hatte. Meine Kehle wurde immer trockener und ich bereute zunehmend, dass ich das Kaktustrinkpäckchen abgelehnt hatte, das er mir vor Stunden angeboten hatte.

*Das war doch vor Stunden, oder?* Mein Zeitgefühl war komplett durch den Wind. Es kam mir vor, als würden wir uns seit Tagen über den gleichen Sandabschnitt bewegen. Meine Oberschenkel brannten wie Feuer, weil der Stoff meiner Hose die Haut beim Reiten wund rieb, und meine Muskeln verkrampften sich so stark, dass sie langsam taub wurden. Buroudei schien sich auf dem Rücken des Giganten pudelwohl zu fühlen. Er hatte nicht mal eine Hose oder Chaps an und benutzte auch keinen Sattel oder etwas Ähnliches. Allerdings war er auch deutlich größer als ich, hatte längere Beine aus von Haus aus verstärktem Alien-Leder. Für meine schwachen, kurzen Menschenbeine war die Sitzposition so unbequem und schmerzhaft, wie sie nur sein konnte.

Da mir aber keine andere Wahl blieb, biss ich eben die Zähne zusammen und hielt es aus. So gut ich konnte zumindest. Aber als sich schließlich die ersten Sterne zögerlich am Himmel zeigten, hatte ich mein Limit erreicht. Ich sackte gegen Buroudei und wehrte mich nicht mehr gegen ihn, sondern war sogar dankbar für den Halt, den mir sein steinharter Körper bot. Mir war schwindelig und ich atmete keuchend durch den geöffneten Mund. Der Himmel, die Wüste, alles wurde schwarz und meine Sicht verschwamm.

*Ich mache einfach nur die Augen zu und …*

„Sziszi!" Buroudeis Stimme glich einem scharfen Knurren und er zog mich von seinem Reittier, als er abstieg. Als er jedoch versuchte, mich im Sand auf meine eigenen Füße zu stellen, verwandelte sich jeder Knochen in meinem Körper in Gelee und ich brach mit einem schmerzerfüllten Aufschrei zusammen. Mein Kopf hämmerte, meine Lippen waren aufgesprungen und ich hatte das Gefühl, als hätte ich einen Wattebausch im Mund. Ich schaute an mir runter und stöhnte auf.

Meine Hosenbeine waren blutverkrustet und klebten an den Innenseiten meiner Oberschenkel. Der Stoff war noch intakt, aber meine Haut darunter ganz offensichtlich nicht. Die Stunden auf dem Rücken des Dino-Tausendfüßers forderten ihren Tribut. Mein Zustand war deutlich schlechter, als ich ihn eingeschätzt hatte, und ich ließ mich resigniert auf den Rücken in den Sand sinken. *Was hat das alles denn noch für einen Sinn?* Es war so einfach, hier liegen zu bleiben und nie wieder aufzustehen.

Na ja, das wäre es gewesen, wenn ein gewisser Alien nicht gerade neben mir einen Nervenzusammenbruch erster Güte bekommen würde. Er kniete an meiner Seite und fletschte die Zähne wie ein Irrer. Knurrend schnappte er in die Luft und die Funken in seinen Augen hatten sich so dicht in der Mitte zusammengezogen, dass sie fast wie normale Iriden aussahen. Fast.

„Du hast schöne Augen", murmelte ich. Ich hatte das Gefühl zu schweben. Oder zu fallen. Vielleicht war das ja alles nur ein durchgeknallter Traum. *Vielleicht wurde ich ja beim Joggen von einem Auto angefahren und hänge nun im Wachkoma fest. Oder das hier ist die Hölle.*

Aber als Buroudei mich erneut hochhob und seine stahlharten und trotzdem irgendwie sanften Arme mich umfingen, fühlte es sich eigentlich nicht an, als wäre ich in der Hölle. *Wenn das die Hölle ist, bin ich wenigstens nicht allein.*

Nur am Rande bekam ich mit, wie Buroudei mit mir wieder auf den Rücken seines Reittiers sprang. Statt mich jedoch wieder so wie vorhin hinzusetzen, hielt er mich an seine Brust gedrückt und für einen absurden Moment fühlte ich mich beinahe sicher, beinahe wieder vollständig – was ich seit Grammys Tod nicht mehr empfunden hatte.

Buroudei spornte sein Reittier offenbar mit knappen, harschen Befehlen zu mehr Tempo an, doch wenn er mit mir sprach, war seine Stimme weiterhin leise, wenn auch angespannt. Seine Lippen strichen über den Stoff meiner Kapuze und er hielt mich fest, als wäre ich etwas Wertvolles und Zerbrechliches. Ich ließ den Kopf gegen seine warme Brust sinken und kuschelte mich dagegen. Mit Einbruch der Dämmerung schwitzte ich nicht mehr, sondern zitterte heftig vor Kälte. Das schien ihm Sorgen zu machen, denn er verstärkte seinen Griff um mich noch, als könnte er mein Zittern allein durch Muskelkraft und seinen Willen bändigen. Beinahe hätte ich laut aufgelacht. Wenn jemand das fertigbrachte, dann vermutlich dieser Kerl.

Ich drehte das Gesicht in Richtung seiner Brust, sodass meine Nase, Lippen und dann meine Stirn über seine glatte Haut strichen. Seine Muskeln spannten sich unter meinem Mund an, als ich flüsterte: „So, so warm.“

Und in diesem kleinen Moment, bevor ich die Augen schloss und mich von der Dunkelheit verschlingen ließ, fühlte ich mich vollständig. Doch die Schwärze war nicht kalt. Kein bisschen. Sie umfing mich mit warmen Armen und in ihr hallte mein Name mit fremdartigem Klang wider.

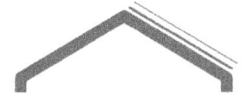

# KAPITEL ACHT
## Buroudei

SCHANDE ÜBER MICH. Zehntausendfache, schmerzhafte Schande über mich. Schande über meine Dummheit und meine Ignoranz und meinen Stolz. Dafür, dass ich gedacht hatte, diese eigenartige Kreatur einfach so für mich zu beanspruchen, ohne an Konsequenzen zu denken. Meine Torheit kannte keine Grenzen und jetzt war meine Gefährtin verwundet und blutete. *Wie kann sie nur so unglaublich weich und zerbrechlich sein?* Das widersprach jeglicher Logik und allem, was ich kannte. Wenn das eine Art Prüfung war, der mich die Lavrika unterzogen, bestand ich sie gerade mit ziemlicher Sicherheit nicht. Und tat dabei meiner Gefährtin Unrecht, was den inakzeptabelsten Teil der ganzen Sache darstellte.

Ich fauchte und knurrte dann mein *irkdu* an, dass es schneller und noch schneller laufen sollte, so schnell es konnte. Seine zahlreichen Beine flogen nur so durch die Luft, dass der Sand hinter uns aufstob, während es durch die zunehmend kühler werdende Wüste jagte.

Sziszi hatte überaus beunruhigend am ganzen Körper gezittert, doch nun war sie komplett erschlafft und das war irgendwie noch schlimmer. Ich verbiss mir ein gequältes Aufheulen und zwang mich, meine Sorge und Trauer in wilde Entschlossenheit zu verwandeln. *Ich werde sie rechtzeitig zur Heilerin bringen. Eine andere Möglichkeit gibt es gar nicht.*

Sie durfte nicht sterben. Das ging einfach nicht. Es war unmöglich. Undenkbar. Ich würde es schlichtweg nicht erlauben. Sie war gerade erst in mein Leben gestolpert, aber ich wusste schon jetzt, dass ich sie nicht wieder gehen lassen würde. Nicht, solange Atem und Blut noch in meinem Körper verweilten. Ich hatte mehr Männer niedergestreckt als jeder andere meines Clans, hatte als Junges schon *zeelk* allein mit meinen Klingen erlegt. Ich war ein Gahn meines Volks. Und doch wusste ich mit einer Endgültigkeit, die so schrecklich war, dass ich am liebsten auf die Knie gesunken wäre, dass ich ohne sie gar nichts war.

Deswegen verfluchte ich mich selbst. Und auch wenn es blasphemisch war, verfluchte ich die Lavrika ebenso. Weil sie mich so wundervoll, so schmerzhaft verletzlich gemacht hatten.

*Wenn sie stirbt, wird meine Raserei kein Erbarmen kennen.*

Der Himmel und die Wüste waren bereits im tiefen Schwarz der Nacht versunken, als wir endlich die Zelte meines Clans erreichten. Im Moment lebten hier etwa fünfzig von uns: dreißig Männer, zehn Frauen und zehn Junge. Die Ansammlung von Zelten aus gegerbten *dakrival*-Häuten wurde vom Schein des abendlichen Feuers erhellt. Unser Clan lagerte derzeit an einer großen Felsformation, an der *valok*-Pflanzen und *peet*-Gras wuchsen. Unsere *irkdu* waren gut ausgebildet und mussten daher nicht angebunden werden, wenn wir sie gerade nicht brauchten. Sie bewegten sich langsam zwischen den Felsbrocken hindurch und fraßen sich nach Verrichtung ihrer Tagespflichten am *peet*-Gras satt.

Der Großteil des Clans hatte sich sicher inzwischen um das Abendfeuer in der Mitte unseres kleinen Zeltdorfs versammelt. Ich konnte nur beten, dass unsere erfahrenste Heilerin, eine ältere Frau namens Rika, ebenfalls dort war und ich nicht erst die Zelte auseinandernehmen musste, um sie zu finden.

Ich schrie meinem *irkdu* zu, auch noch den Rest des Wegs hinter sich zu bringen, als mir ein hochgewachsener Krieger ins Auge fiel, der seinen Speer zum Gruß hob. Galok, mein engster Vertrauter, lief auf mich zu.

„Buroudei! Ich wollte mich schon auf den offenen Sand begeben, um dich zu suchen. Komm, feiere mit uns. Die Jäger haben heute drei *dakrival* erlegt und die besten Fleischstücke für dich aufgehoben."

Ich presste Sziszi an meine Brust – Sziszi, deren Haut inzwischen furchtbar kalt war –, machte einen Satz von meinem *irkdu*, bevor es zum Stehen kam, und landete in der Hocke, nur um direkt wieder aufzuspringen. Galoks Grinsen verblasste, als er uns sah, und er überwand die verbleibende Distanz zwischen uns mit ein paar schnellen Schritten.

„Buroudei, mein Freund, was ist ... Was ist *das*?" Er starrte auf das Bündel in meinen Armen und die Sichtsterne in seinen Augen pulsierten neugierig und verwirrt zugleich. Ich hatte Tage Zeit gehabt, mich an die Existenz dieser Kreatur zu gewöhnen, nachdem ich sie in den heiligen Teichen gesehen hatte. Aber ich hatte niemandem von meiner Vision erzählt, also überraschte der Anblick dieser Frau Galok natürlich. Doch Erklärungen mussten warten. Ich roch nur noch Sziszis Blut. Es nahm mir die Luft zum Atmen.

„Keine Zeit dafür. Ich brauche Rika. Jetzt."

Galok bewies einmal mehr, dass er zu den Besten der Besten gehörte, denn er erkannte sofort den Ernst der Situation und nickte nur, ohne weitere Fragen zu stellen. „Geh zum Zelt der Heilerinnen, ich suche Rika. Los, los!"

Ich rannte los. Galok tat es mir in Richtung der großen Feuerstelle gleich, wo die anderen sich das Essen schmecken ließen.

Das Zelt der Heilerinnen war das größte im Dorf, sogar größer als meins. Hier schlief nachts niemand, aber tagsüber arbeiteten unsere drei Heilerinnen Rika, Balia und Balias Nachwuchs Zofra darin. Sie mischten Salben, bereiteten Verbände vor und behandelten die unterschiedlichsten Leiden unserer Clan-Mitglieder. Als ich dort ankam, fegte ich die Zeltklappe mit solcher Wucht beiseite, dass ich die dicke Haut beinahe einriss, bevor ich schnell ins dunkle Innere trat.

An einer Seite befanden sich Regale aus *dakrival*-Knochen, in denen alles von Stoffen über Kräuter und Schüsseln zum Zerstoßen und Zermahlen gelagert wurde. Darunter waren Gefäße mit Blut der Lavrika im Sand vergraben. Es gab drei Betten aus *dakrival*-Leder im hinteren Teil und auf eins davon legte ich nun Sziszi. Ihre Lippen sahen nicht mehr so rosig aus wie zuvor, sondern fahl, was aber auch an den Lichtverhältnissen liegen konnte.

Ich schaute mich suchend um und fand eine Kerze aus getrocknetem *valok*-Gel, sowie zwei Feuersteine. Rasch schlug ich die Steine aneinander, bis die Kerze sich durch einen Funken entzündete und ich sie an Sziszis Gesicht halten konnte. Die Flamme flackerte und erhellte ihre zarten Gesichtszüge – ihre glatte Stirn, die erhabene Nase. Ich biss die Zähne zusammen. So gern würde ich sie berühren, doch ich hatte Angst, dass ich alles nur noch schlimmer machte. So furchtbar hilflos hatte ich mich noch nie in meinem Leben gefühlt.

Plötzlich hörte ich ein Rascheln hinter mir, als Rika dicht gefolgt von Galok das Zelt betrat.

Rika war unsere älteste Frau, groß, imposant und würdevoll. Sie hätte leicht eine Lavrikala werden können – sie war trotz ihres fortgeschrittenen Alters stark genug, um als heilige Wächterin zu dienen. Doch die Lavrika hatten sie nicht zu sich berufen. Und unser Clan konnte sich deswegen glücklich schätzen, da sie eine überaus fähige Heilerin war.

Sie grüßte mich respektvoll, indem sie die Augen kurz mit dem Schwanz bedeckte, doch ich knurrte nur und machte eine abwehrende Handbewegung. „Verschwende deine Zeit nicht mit Formalitäten, Rika. Sieh dir meine Frau an."

Ihre Sichtsterne waren vom Alter silbergrau gefärbt und zogen sich nun ruckartig in ihren großen Augen zusammen, als sie den Blick auf Sziszi senkte und scharf Luft einsog. Sie warf ihren langen weißen Zopf über die Schulter nach hinten, kniete sich neben das Bett und witterte prüfend, während sie Sziszis Kopf und Gesicht mit sanften, aber festen Bewegungen untersuchte.

„Was ist das für eine Kreatur, Gahn Buroudei? Woher stammt sie?", fragte Rika leise.

Galok war zu uns getreten und stand nun neben mir, während er das Geschehen beunruhigt und fasziniert zugleich beobachtete.

„Das weiß ich nicht. Sie und andere wie sie haben eine Art fliegendes Tier verlassen, das jenseits der Klippen von Uruzai abgestürzt ist. Sie wurden von *zeelk* angegriffen, von denen ich zwei erlegen konnte. Diese Frau habe ich mitgenommen, als Gahn Fallos Männer eintrafen. Sie haben die verbleibenden *zeelk* getötet und den Rest der Frauen verschleppt." Ich spürte Galoks fragenden Blick, ignorierte ihn jedoch. Meine Aufmerksamkeit galt allein meiner kleinen, reglosen Gefährtin. „Sie blutet. Sieh dir zuerst ihre Beine an, Rika. Hol das Blut der Lavrika, sie muss schnell geheilt werden."

Doch Rika schüttelte den Kopf und arbeitete sich weiter mit einer Langsamkeit vor, die mich in den Wahnsinn trieb. „Sie ist anders als alle anderen Kreaturen des Sandmeers. Jemanden wie sie habe ich noch nie zuvor gesehen. Ich weiß nicht, ob unsere Heilungsmethoden bei ihr Wirkung zeigen. Ich muss sie erst weiter untersuchen."

Drängende Panik explodierte in meiner Brust und mir entfuhr ein Knurren. Ich pirschte im Zelt auf und ab, während Rika das merkwürdige Material von Sziszis fremdartiger Kleidung genauer betrachtete.

„Sie atmet und besitzt einen Herzschlag wie wir. Doch er ist sehr schnell."

Mir wurde das Herz schwer. „Ist das schlecht?"

Rika warf mir einen kurzen Blick zu. „Das weiß ich nicht, mein Gahn. Es kann sein, es kann nicht sein. Sie ist nicht wie wir."

Rika machte sich nun an Sziszis Kleidung zu schaffen und fand schließlich ein kleines Stück am oberen Rand, das ihren Umhang mit einem *Zrrrp* der Länge nach in der Mitte öffnete. Sie schob den steifen Stoff beiseite, zuckte dann aber mit einem erschrockenen Keuchen zurück. Ich riss ebenfalls die Augen auf und mir entfuhr ein Fauchen.

„Gahn, trägt diese Frau ein Kind in sich?"

Sziszi hatte Brüste, die sich deutlich unter dem dünnen grauen Material der Kleidung abzeichneten, die sie unter dem Umhang trug. Die Frauen des Sandmeers entwickelten nur während einer Schwangerschaft Brüste. Sie schwollen an, um die Jungen zu versorgen, und wurden dann wieder flach, wenn das Junge abgestillt wurde.

„Das weiß ich nicht", antwortete ich wahrheitsgemäß und wählte meine Worte sehr sorgfältig. „Aber ich denke nicht." Dass die Lavrika einem Krieger eine Gefährtin offenbarten, die bereits ein Kind in sich trug, war noch nie vorgekommen. Ich holte tief Luft. „Diese Frau heißt Sziszi. Sie ist meine Gefährtin. Ich habe ihr Gesicht in den Teichen der Lavrika vor mehr als vierzehn Tagen gesehen."

Schweigen senkte sich über das Zelt. Rika schaute mich unverwandt aus verengten Augen an und ihre Sichtsterne hatten sich zu kleinen, hellen Flecken zusammengezogen. Galok gaffte erst mich, dann meine Gefährtin mit offenem Mund an. Mir gefiel der hoffnungsvolle Hunger in seinem Blick nicht, den er über ihren Körper streifen ließ, nur um dann bei ihren vollen Brüsten zu verharren. Ich fletschte die Zähne und mein Schwanz zuckte drohend in seine Richtung, was ihn sofort Haltung annehmen und den Kopf heben ließ.

„Ihr müsst jetzt beide gehen. Ich muss mich konzentrieren. Gahn Buroudei, kannst du mir noch irgendetwas mitteilen, das hilfreich sein könnte?"

Ich öffnete den Mund, schloss ihn dann aber wieder und das Gefühl der Hoffnungslosigkeit kehrte zurück. „Nein. Gar nichts."

„Dann geh."

Galok verließ das Zelt als Erster, warf jedoch mehr als einen verstohlenen Blick über die Schulter. Ich wandte mich ebenfalls zum Gehen, drehte mich dann jedoch mit einem Ruck wieder um, weil ich den letzten Schritt nicht tun konnte. Ich kniete mich neben Rika, griff nach einer von Sziszis Händen und drückte ihre winzigen Fingerknöchel gegen meine Stirn. Einen Moment später legte ich ihre Hand vorsichtig wieder zurück.

„Lass sie nicht sterben", sagte ich zu Rika.

In meiner Stimme lag ein warnendes Grollen, doch sie erwiderte meinen Blick ruhig. „Ich werde tun, was ich kann."

Ich gab mir noch einen weiteren Augenblick, bevor ich mich erhob, auch wenn alles in mir schrie, an Sziszis Seite zu bleiben. Doch ich konnte jetzt nichts für meine Gefährtin tun. Und deswegen hätte ich am liebsten laut aufgeheult.

Galok wartete vor dem Zelt auf mich. Er war der Größte in unserem Clan, sogar größer als ich. Seine langen Haare fielen ihm offen über die breiten Schultern und den Rücken. Er begleitete mich, als ich mich angespannt vom Zelt der Heilerinnen entfernte. Kurz spielte ich mit dem Gedanken, mich zu den anderen ans Abendfeuer zu setzen, entschied mich dann jedoch dagegen. Ich hatte nicht das Bedürfnis nach Gesellschaft. Allerdings schien Galok nicht die Absicht zu hegen, so bald von meiner Seite zu weichen.

„Buroudei, erzähl mir mehr. Erzähl mir alles, was du über diese Frauen weißt." In seiner rauen Stimme schwang so viel unausgesprochene Sehnsucht mit. Das konnte ich ihm nicht verübeln – da wir nur noch so wenige Frauen hatten, nicht nur in unserem Clan, sondern auch in den umliegenden, mussten viele Krieger sich mit einem einsamen, enthaltsamen Leben ohne Junge abfinden. Doch jetzt tat sich plötzlich die Möglichkeit auf, dass sich das ändern könnte.

Ich seufzte und fuhr mir ruppig mit einer Hand über die Ohren und Haare. Es fiel mir schwer, mich mit Galok zu unterhalten oder an seiner erwachten Hoffnung Anteil zu nehmen, weil meine eigene, kostbare Gefährtin reglos auf dem Lager der Heilerinnen lag.

„Wie ich Rika bereits gesagt habe: Mehr weiß ich nicht, Galok."

„Komm schon, Buroudei. Du verschweigst etwas. Wie viele waren da und sehen sie alle so aus wie deine Sziszi?"

Ich zwang meine Gedanken, zu dem Getümmel auf der Sandebene zurückzukehren. „Vielleicht zwei Dutzend, aber ich bin mir nicht sicher. Und soweit ich es sehen konnte, nur Frauen. Sie sahen sich mehr oder weniger ähnlich, waren aber sehr unterschiedlich gefärbt. Und ihre Größe variiert ebenfalls."

„Haben sie alle Brüste?" In Galoks Stimme schwang jungenhafte Ehrfurcht mit. Wir blieben an den Felsen stehen, zwischen denen die *irkdu* grasten. Mein eigenes Reittier hatte sich zu seinen Artgenossen gesellt und kaute nun *peet*-Gras im Licht der Sterne.

„Das weiß ich nicht." Die Frauen hatten alle die gleichen, formlosen Umhänge getragen, die die Form ihrer Körper verbargen. Ich hatte nicht einmal gewusst, dass meine eigene Gefährtin so aussah.

„Es ist merkwürdig. Eine Frau ohne Junges, aber mit Brüsten."

Ich warf meinem Freund einen warnenden Blick zu. Galok war mein engster Vertrauter und als solcher konnte er bei mir weiter gehen als alle anderen. Aber gerade stieß er an meine Grenzen. Seine Sichtsterne waren weit über seine Augen verteilt und wirbelten wild durcheinander, während seine Lippen sich entspannt zu einem entrückten Grinsen verzogen. Als er meinen Blick auffing, schluckte er schnell und schaute zur Seite. Er machte einen Satz nach vorn und erklomm den ihm am nächsten liegenden Felsbrocken, um sich darauf in einer sitzenden Position niederzulassen.

„Komm, Buroudei. Du kannst gerade nichts für deine Gefährtin tun und etwas sagt mir, dass du nicht schlafen würdest, wenn du jetzt in ein Zelt zurückkehrst."

Da hatte er recht. Hinter mir lag ein langer Tag voller Kampf und Ritt über den offenen Sand. Mein Körper schmerzte vor Erschöpfung. Und doch würde ich unter keinen Umständen jetzt schlafen können. Ich hangelte mich an der zerklüfteten Seite des Felsens nach oben und setzte mich mit gekreuzten Beinen neben Galok, die Ellbogen auf die Knie gestützt. Von hier aus hatten wir einen guten Überblick über unsere Zelte und das Feuer, um das sich unsere Clan-Leute versammelten. Mein Blick richtete sich jedoch direkt wieder auf das Zelt der Heilerinnen und verharrte dort.

„Dann hat Gahn Fallo also die anderen?"

„Ja."

„Und was planst du, dagegen zu unternehmen?"

„Ich habe noch keinen konkreten Plan. Aber ich habe nicht vor, sie ihm alle zu überlassen."

Bei Galoks Antwort hörte ich das Grinsen in seiner Stimme. „Darauf hatte ich gehofft, mein Freund." Er hielt einen Moment inne und ließ die Beine über den Rand des Felsbrockens baumeln, stützte sich nach hinten auf die Hände ab und schaute hinauf zum Himmel.

„Die Männer werden sich ohne Schwierigkeiten davon überzeugen lassen, sich Gahn Fallo entgegenzustellen, wenn sie dadurch die Chance auf eine potenzielle Gefährtin bekommen."

Ich schnaubte spöttisch. „Wann musste ich je einen Mann unseres Clans von irgendetwas überzeugen?" Ich gab Befehle. Und diese Befehle wurden immer befolgt, ohne hinterfragt zu werden.

„Das stimmt. Aber du weißt, was ich damit meine. Die Männer wären begeistert von der Aussicht auf neue Frauen, selbst wenn sie sich dafür *zeelk* oder *krixel* oder den Speeren von Gahn Fallo stellen müssen, dessen Zahl uns zwei zu eins überlegen ist. Insbesondere, wenn wir uns mit ihnen fortpflanzen können. Die Tatsache, dass die Lavrika diese Frau für dich erwählt haben, ist ein wichtiges Zeichen, mein Freund. Ich wünsche dir das glücklichste aller Leben mit vielen Jungen."

Freundschaftliche Wärme breitete sich in meiner Brust aus und ich legte Galok eine Hand auf die Schulter, um sie zu drücken. „Das wünsche ich mir auch. Davon ausgehend, dass sie die Nacht überlebt." Die Worte fühlten sich wie Gift in meinem Mund an, doch Galok klopfte mir nur auf den Rücken.

„Daran hege ich keinen Zweifel. Eine Frau, die zu deiner Gefährtin berufen wurde, muss einen *ablik*-harten Willen besitzen. Sie muss stark sein, um dir ebenbürtig zu sein."

Ich runzelte die Stirn.

„Und deine Gefährtin muss genug Verstand für euch beide besitzen, um den *dakrival*-Dung zwischen deinen Ohren auszugleichen." Galoks derbes Lachen löste das Gewicht ein wenig, das auf meiner Brust lastete. Nur ein wenig.

Wir waren noch nicht lange hier, aber mein Schwanz zuckte schon jetzt vor ungeduldiger Anspannung. „Ich glaube, ich werde zum Zelt der Heilerinnen zurückkehren. Ich will nach Sziszi sehen."

Galok gab einen rügenden Laut von sich, wie eine Frau, die ihr Junges schalt. „Gib Rika Zeit. Du wirst sie nur ablenken und im Weg sein."

Er hatte recht. Ich stand jedoch trotzdem auf und sprang mit einem großen Satz in den Sand hinunter. Galok blieb mir dicht auf den Fersen und landete mit kraftvoller Eleganz neben mir.

„Ich werde Rika nicht ablenken. Aber ich kann Sziszi nicht länger fernbleiben. Es ist wie ein Zwang, Galok. Eine Sehnsucht, die mir keine Ruhe lässt, solange ich ohne sie bin." Galok warf mir einen skeptischen Blick zu, doch ich winkte nur ab. „Vergiss es. Das kannst du nicht verstehen, solange du keine Gefährtin hast."

Galoks Miene verfinsterte sich. „Du hast recht. Ich habe keine Gefährtin und kann es nicht verstehen."

*Zwanzigtausendfache Schande über mich.* Ich war heute Abend noch dümmer als sonst. Erneut legte ich ihm eine Hand auf die Schulter. „Es tut mir leid, mein Freund. So habe ich das nicht gemeint. Ich bin krank vor Sorge und Sehnsucht. Das ist neu und seltsam und es vernebelt mir den Verstand. Dass du keine Gefährtin hast – nun, das werden wir schon bald in Ordnung bringen. Du bist stark, loyal und kampferfahren, niemand verdient das mehr als du. Ich hege keinen Zweifel, dass die Lavrika bald zu dir kommen werden. Und wir holen uns deine kostbare Gefährtin zusammen mit den anderen von Gahn Fallo zurück."

Galok musterte mich einen Moment und seine Sichtsterne zogen sich eng zusammen, bevor sie sich wieder verteilten und er sich entspannte. Mit entschlossener Miene umfasste er meine Ellbogen. „Danke, Buroudei."

Wir gingen zurück in Richtung der Zelte. „Darf ich den anderen weitergeben, was du mir erzählt hast?"

Ich dachte einen Moment über die Frage nach. Die anderen würden es ohnehin herausfinden, sobald sie einen Blick auf Sziszi erhaschten. Es gab keinen Grund, es zu verheimlichen.

„Ja. Geh und teil die Kunde mit ihnen." Das würde den Clan-Leuten einen guten Grund zum Feiern geben. Neue Frauen, frisches Blut und neue Jungen, die bald geboren wurden. Die Männer würden heute mit neuem Elan schmausen. Aber mehr als der Schatten eines Lächelns gelang mir nicht. Zu groß war die Sorge um Sziszi, um mich an der freudigen Erwartung zu beteiligen.

Galok machte sich auf in Richtung des Abendfeuers und ich wandte mich dem Zelt der Heilerinnen zu. Hinein ging ich jedoch nicht, obwohl es mich danach verlangte. Stattdessen ging ich davor im Sand in die Hocke.

Ich würde heute Nacht hier kampieren. Und jede weitere Nacht, solange es nötig war. Reglos wie ein Fels in der Wüste wartete ich und mein Herz war das Einzige, was sich noch bewegte.

Doch es bewegte sich nicht einfach nur.

Es dröhnte wie Donner.

# KAPITEL NEUN
## Cece

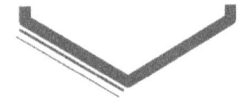

DAS ERSTE, WAS ICH beim Aufwachen spürte, war ein dumpfes Pochen in meinem Kopf. Dann die Trockenheit in meinem Mund. Stöhnend leckte ich mir mit schwerer Zunge über die Lippen und öffnete die Augen. Ich befand mich unter einer Art Planenüberdachung oder vielleicht in einem Zelt, das jedoch ein flaches Dach besaß, mehr wie ein Pavillon. Ich starrte benommen auf das hellbraune Material über mir und bemerkte schließlich an dem unsteten Flackern, dass irgendwo neben mir ein Feuer brennen musste. Erst eine ganze Weile später fiel mir wieder ein, wo ich war.

Doch dann brachen die Erinnerungen mit einem Mal über mich herein, als jemand oder etwas neben mir sprach. Ich drehte den Kopf ruckartig zur Seite und keuchte erschrocken auf, als ich einen weiteren Alien entdeckte. Doch das war nicht mein Alien. *Moment mal. Mein Alien?* Dieser schien älter zu sein, zumindest nach menschlichen Maßstäben und gemessen an dem langen weißen Flechtzopf und den silbernen Funken in den Augen. Die etwas weicheren Gesichtszüge zusammen mit der Kleidung, die sich von Buroudeis unterschied, ließ mich zu dem Schluss kommen, dass es sich hierbei um eine Frau handelte. Sie trug einen einfachen Überwurf aus gewebtem Stoff, der an eine Tunika erinnerte, und von einem Gürtel aus dem gleichen, lederartigen Material zusammengehalten wurde, das Buroudei als Riemen am Körper trug.

„Wo ist Buroudei?", fragte ich, weil dieser Alien das Einzige war, was mir auf dieser Welt auch nur ein bisschen vertraut war. Und den ich offenbar plötzlich als „meinen Alien" betrachtete.

Die Alien-Frau reagierte auf den Namen und ihre Augen glitzerten ein wenig. Sie sagte wieder etwas und ihre Stimme klang höher und weicher als Buroudeis, was meine Annahme ihres Geschlechts verstärkte, doch auch bei ihr schwang ein tiefes Grollen mir. *Vielleicht hat er mich ja mit nach Hause genommen und bei seiner Mutter abgeladen.*

Sie sagte wieder etwas und deutete dann mit einem knubbeligen, klauenbewehrten Finger auf meine Beine. Ich setzte mich vorsichtig auf und schlug die Lederdecke beiseite, die mich bislang warm gehalten hatte. Hitze schoss mir in die Wangen und breitete sich über meinen Hals aus, als mir bewusst wurde, dass ich nackt war. Hastig riss ich die Decke wieder zurück und presste sie mir gegen die Brust. Die Alien-Frau neigte den Kopf zur Seite, sagte etwas und gestikulierte dann erneut in Richtung meiner Beine. Mit immer noch heißem Gesicht hob ich die Decke ein wenig an und schaute nach.

Meine Oberschenkel waren mit leichtem Stoff verbunden worden. Ich tastete darauf herum und verspannte mich automatisch, weil ich Schmerz erwartete, doch der blieb aus. Ich verspürte noch eine leichte Steifheit in den Muskeln, blutete aber offenbar nicht mehr. Als ich vorsichtig den Rand des Verbands anhob, entfuhr mir ein überraschter Laut. Meine Haut glänzte rosig und sah frisch verheilt aus. *Wie lange habe ich geschlafen? Eine Woche? Zwei?*

Aber dafür fühlte ich mich nicht hungrig und schwach genug. Das ergab alles keinen Sinn.

Die Alien-Frau schien meine Verwirrung zu verstehen. Sie sprach weiter und griff nach einem kleinen Tongefäß, dessen Deckel sie abnahm, bevor sie es mir hinhielt. Erst war ich misstrauisch, doch auf der anderen Seite hatte sie mich offensichtlich mit irgendeinem Alien-Zauber geheilt, also würde sie mir wohl nicht jetzt noch etwas antun. Ich warf einen Blick in das Gefäß.

Es sah aus, als wäre es mit radioaktiv verseuchter Milch gefüllt. Die dicke weiße Flüssigkeit glühte. Die Alien-Frau stellte das Gefäß zurück und tat so, als würde sie die Finger hineintauchen und sie dann über die Innenseiten ihrer Oberschenkel reiben. *Ah. Dann ist das Zeug also so was wie Wund- und Heilsalbe auf Steroiden. Verstanden.* Was auch immer es war, ich war dankbar dafür. Der Schmerz in meinen Beinen war praktisch verschwunden, doch mich plagten weiterhin Kopfschmerzen und meine trockene Kehle.

„Habt ihr Wasser da?"

Sie schaute mich verständnislos an.

Ich tat, als würde ich aus einer Tasse trinken und deutete auf meine Kehle. „Durst. Brauche Wasser."

Sie schien zu verstehen und erhob sich, um zur anderen Seite des Zelts hinüberzugehen, von wo sie einen der stacheligen Kakteen holte, die Buroudei mir vorhin gezeigt hatte. *Valok.* Sie schnappte sich ein kleines, scharfes Werkzeug aus einem der Regale und schlitzte den *valok* der Länge nach auf, wie Buroudei es getan hatte, bevor sie ihn öffnete und mir hinhielt.

Ich biss mir auf die Lippe. War das sicher? Es erschien mir nicht besonders klug. Auf der anderen Seite war mein Ende sowieso nahe, wenn sie kein Wasser hatten. Also konnte ich das genauso gut auch ausprobieren. Wer wusste schon, wie weit ich von unserem Schiff und den Vorräten entfernt war. Also atmete ich noch einmal tief durch, nahm die *valok*-Pflanze entgegen und schlürfte einen Teil des Innenlebens aus.

Prompt musste ich husten, als ich es runterschluckte. Das Zeug schmeckte bitterer, als ich erwartet hatte. Wie grüner Tee, den man zu lang hatte ziehen lassen. Doch soweit ich das beurteilen konnte, passierte nichts Schlimmeres. Als mein Körper auch einen Moment später noch nicht dagegen rebellierte, ließ ich es drauf ankommen und saugte noch mehr vom glitschigen Gel der Pflanze aus. Als der *valok* schließlich mehr oder weniger komplett leer war, fühlte ich mich tatsächlich überraschenderweise besser. Es hatte meinen Durst gelöscht und meine Kopfschmerzen ließen bereits nach. *Sieh mal einer an, mit den magischen Aloe-Pflanzen und der radioaktiven Milch haben die Leute hier ihre medizinischen Fähigkeiten echt gut ausgebaut.*

Die große Alien-Frau wirkte zufrieden und nahm mir die *valok*-Hülle aus den Händen, um sie in einer Ecke zu entsorgen und etwas anderes zu holen. Beim Näherkommen erkannte ich, dass sie eine Art Teller in der Hand hielt, der aussah, als wäre er aus einem Knochen geschnitzt. Darauf befand sich etwas, das ich als Fleisch identifizierte.

Mein Magen konnte sich nicht entscheiden, ob er sich umdrehen oder knurren wollte. Ich war zweifellos hungrig, aber vielleicht doch noch nicht hungrig genug, um das da zu essen. Doch sie machte eine drängende Geste und redete wieder auf mich ein. Ich konnte praktisch die Stimme meiner Großmutter durch sie hören, die mich anwies, mein Fleisch und Gemüse zu essen, damit ich genug Energie und Kraft hatte. *Großmütter, die junge Leute zum Essen drängten, waren offenbar universell. Wortwörtlich.*

Der Gedanke ließ mich nachgeben, weswegen ich den Teller entgegennahm und den Inhalt genauer betrachtete, um etwas zu finden, das irgendwie essbar aussah. Das, was mir wie rohe Innereien vorkam, ließ ich außen vor und entschied mich stattdessen für ein Stück, das an einen Streifen leicht verbranntes Rindfleisch erinnerte.

Ich nahm einen Bissen. Es schmeckte kräftig nach Wild und war furchtbar zäh und schwer zu kauen. Doch genießbar war es absolut. Ich verbrachte die nächsten Minuten mit Essen und war mir sicher, dass ich gerade vollkommen durchgeknallt aussah – wie ich nackt in einem Alien-Zelt saß und mir mit bloßen Händen Fleisch in den Mund stopfte. Aber mit jedem Bissen, den ich vertilgte, fühlte ich mich gestärkter. Als ich satt war, reichte ich der Frau den Teller zurück. Sie nahm ihn entgegen und verschwand dann durch die Zeltklappe nach draußen.

Ich seufzte zufrieden, oder zumindest so zufrieden, wie ich angesichts meiner Situation eben sein konnte. Klar, ich war von meinen eigenen Leuten auf einem fremden Planeten ausgesetzt worden und hatte nur knapp eine Krabbenspinnenapokalypse überlebt, aber ich fühlte mich auch um ein Vielfaches besser als noch vor ein paar Stunden und schien außerdem ein paar neue Freunde gefunden zu haben. Oder zumindest so etwas wie Verbündete. Hoffentlich.

Einen Moment später hörte ich ein Rascheln und wandte mich zur Zeltklappe in der Erwartung, die Alien-Frau zurückkommen zu sehen. Doch sie war es nicht. Ich unterdrückte ein erschrockenes Aufkeuchen und riss mir die Decke, die an meinem Körper runtergerutscht war, bis zu den Schultern hoch.

Nein, das war definitiv nicht die Frau von vorhin. Dieser Alien war groß, unglaublich muskulös und starrte mich an, als wäre ich ein Stück köstliches Fleisch auf einer Servierplatte. Da stand Buroudei.

Sein Blick war so wahnsinnig gierig, dass es mich nicht groß gewundert hätte, wenn er sich auf mich gestürzt und mir ein Stück aus dem Arm gebissen hätte. Doch das tat er nicht. Er überwand nur die Distanz zwischen uns mit ein paar langen Schritten. Er zog den Schwanz nach vorn und bedeckte mit der Spitze seine Augen, bevor er ihn wieder nach hinten sinken ließ und sich neben mich kniete. Dann griff er nach meinen Händen und hielt sie beinahe ehrfürchtig fest. Ich lachte angespannt und entriss ihm eine Hand, um die Decke vor meinem Oberkörper festzuhalten.

„Auch schön, dich wiederzusehen. Danke, dass du mich hergebracht und dafür gesorgt hast, dass ich zusammengeflickt werde. War das deine Mom?" Ich deutete in die Richtung, in die die Frau verschwunden war.

Er neigte den Kopf zur Seite und gab dann ein paar Worte von sich. Ich verstand nur die letzten Silben richtig, die er noch einmal wiederholte. „Rika." Er wies ebenfalls in die Richtung und sagte noch einmal „Rika". Dann deutete er auf sich. „Buroudei."

„Okay, verstanden. Keine Sorge, deinen Namen vergesse ich schon nicht, Buroudei."

Als ich seinen Namen aussprach, stoben die glitzernden Funken in seinen Augen nach außen und er gab ein gutturales Stöhnen von sich. Er senkte die Lippen auf meine Hand, die er noch immer in seiner hielt. Und da war sie wieder, diese irre Zunge, deren drei lange Segmente sich nun einen Weg über meine Handfläche suchten. Als er die empfindliche Haut meines Handgelenks erreichte, verbiss ich mir einen Aufschrei. Das fühlte sich viel zu gut an. War das eine Form von Begrüßung, die ich nicht verstand? Das Gleiche hatte er schon an meinem Hals gemacht. Auf all dem Bildmaterial, das wir studiert hatten, war nie ein Alien zu sehen gewesen, der einen anderen bei einem Aufeinandertreffen ableckte. Und aus irgendeinem Grund fühlte sich die Vorstellung, dass Buroudei seine Zunge bei irgendwem anderes einsetzen könnte … falsch an.

*Ach du Schande. Bist du etwa eifersüchtig?*

Zwischen den intensiven Bewegungen seiner Zungen murmelte Buroudei leise vor sich hin und hielt den Blick dabei fest auf mich gerichtet. Ich verstand kein einziges Wort, das seinen Furcht einflößenden Mund verließ, aber etwas an seinem Tonfall fühlte sich an, als würde er mir etwas Wichtiges mitteilen. Als würde er mir ein Versprechen geben. Ich wünschte nur, dass ich ihn verstehen könnte.

Ich beobachtete ihn weiter, während er sich leidenschaftlich zu meiner Ellenbeuge vorarbeitete. Seine Gesichtszüge wirkten zweifellos fremdartig, doch ihnen wohnte auch eine wilde Schönheit inne. Mal von seinem gottgleichen Körperbau ganz abgesehen – seine breiten Schultern und die festen Muskeln. Klar, seine Ohren und Klauen und der Schwanz und die *Zungen* waren schon echt seltsam, aber irgendwie passte es alles zusammen und erschuf ein raues, starkes und viel zu anziehendes Gesamtbild.

Hitze flammte an jeder Stelle, über die er leckte, unter meiner Haut auf und kroch meinen Arm hinauf bis in meinen Bauch und dann tiefer zu meinem Schritt. Etwas Animalisches tief in mir reagierte auf seine Berührung. Etwas Beängstigendes und Neues, von dem ich mir nicht sicher war, ob ich es kontrollieren konnte.

Oh *Gott*, ich wurde spitz von einem Alien.

Ich kniff meine frisch verheilten Oberschenkel zusammen und Buroudei fuhr zurück und fauchte etwas, bevor er mir die Decke von den Beinen riss.

„*Entschuldige* mal!" Hektisch bedeckte ich meinen nackten Schritt wieder. Doch da schaute Buroudei gar nicht hin. Stattdessen untersuchte er die Verbände aufmerksam. Er schob eine Klaue unter den Rand eines Stoffstreifens und zog ihn vorsichtig zurück. Sein Gesicht wirkte, als würde er Schmerzen leiden, und seine Stimme klang, als würde Stahl zerbersten.

„Wenn du mich gerade gefragt hast, wie es mir geht: Rika hat das gut wieder in Ordnung gebracht." Ich zupfte am Rand der Verbände und zeigte ihm einen Streifen glänzender, gesunder Haut. „Siehst du?"

Das tat Buroudei. Er sah tatsächlich sogar ein bisschen zu viel, denn er erstarrte zur Salzsäule und seine Muskeln spannten sich an, als sein Blick nach oben zu der Stelle wanderte, an der meine Oberschenkel zusammentrafen und die die zusammengeknüllte Decke kaum verbarg. Mir stockte der Atem, als ich ihn dabei beobachtete, wie er mich betrachtete.

Und dann beugte er sich mit einem gutturalen Laut über mich und erforschte mit der Zunge die Haut, die ich ihm gerade gezeigt hatte. Gleichzeitig umfasste er mit seinen großen Händen meine Hüften und entlockte mir mit beidem ein Aufkeuchen. Seine Fangzähne strichen über meine Haut und ich schrie auf, als mir ein elektrisches Kribbeln direkt in den Schritt fuhr.

*Ist das krank? Ist es falsch?*

Wahrscheinlich schon. Aber in diesem Moment war mir das vollkommen egal. Zum ersten Mal seit Grammys Tod fühlte ich mich nicht allein. Und ehrlich gesagt waren die letzten Wochen so krass gewesen, dass man mir wohl kaum einen Vorwurf machen konnte, wenn ich jetzt ein bisschen durchdrehte, oder? Dass ich das geschehen ließ? Es wollte?

Ich schob die Beine ein wenig auseinander.

Buroudei strahlte so viel Hunger aus und das Gefühl traf mich wie ein Hammerschlag und hallte tief in meinem Inneren wider. Er streichelte über die Verbände an meinen Oberschenkelinnenseiten und senkte das Gesicht zwischen meine Beine, wo er tief einatmete und dann mit der Nase stöhnend durch die feinen Haare auf meiner Vulva fuhr. Immer wieder strich er über meine Pussy auf und ab, die mein vollkommen schräges, aber unbezwingbares Verlangen immer feuchter werden ließ. Ich hatte das Gefühl, in eine Art Fiebertraum abzurutschen.

Und als seine Zunge ihren Weg zu meinem sehnsüchtig ziehenden Eingang fand, wusste ich, dass ich daraus nicht aufwachen wollte.

# KAPITEL ZEHN
## Buroudei

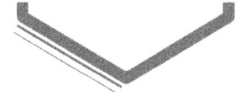

ICH HATTE SZISZIS BLUT für süß gehalten, doch das war nichts, *nichts* im Vergleich zu dem hier. Das war Nektar, Ambrosia und erfüllender und berauschender als selbst das heilige Blut der Lavrika. Ich dankte meinen vor langer Zeit verstorbenen Eltern inbrünstig für meine drei starken Zungen und wünschte mir gleichzeitig, dass ich noch mehr hätte. Mehr Zungen, mehr Münder, mehr Hände. Ich wollte alles von mir an meine neue Gefährtin schmiegen.

In mir tobte ein Hunger, wie ich ihn noch nie zuvor empfunden hatte. Mit Zanixia das Lager zu teilen, verblasste im Vergleich zu diesem verzehrenden Verlangen und der verzweifelten Sehnsucht. Dieser Sucht.

Der mittlere Teil meiner Zunge umkreiste Szizis feuchte Öffnung, während die äußeren Segmente die unglaublich weiche Haut darum erforschten. Haut, die merkwürdiger- und großartigerweise von dunklen Haaren bedeckt war. Es war überraschend und unfassbar erotisch, dort Haare vorzufinden. Stöhnend atmete ich noch einmal tief ihren Duft ein, der zusammen mit ihrem Geschmack meinen Körper erbeben und meinen Schaft schmerzhaft hart werden ließ.

Ich bewegte mich ein wenig nach oben und traf mit der Mittelzunge auf eine feste Erhebung, die Sziszi laut aufschreien ließ, als ich darüberleckte. Sie bog den Rücken durch und stemmte sich mit den Hüften beinahe von der Lagerstatt hoch. Knurrend beobachtete ich ihre Reaktion und fuhr fort, die kleine Stelle zu erforschen, während ihre Feuchtigkeit meine Lippen und mein Kinn benetzte. Das schien ihr immense Lust zu bereiten, gemessen an den zittrigen Stöhnlauten, die sie von sich gab. Bei den Frauen des Sandmeers befanden sich alle lustspendenden Stellen innerhalb ihres Geschlechts. Dass bei meiner Gefährtin eine derart offen zugänglich war, entfachte ein heißes Feuer in mir. Mir gefiel, wie leicht ich sie dazu bringen konnte, die Kontrolle zu verlieren.

Ich reizte die Erhebung immer wieder, während die äußeren Segmente meiner Zunge über die Seiten strichen. Sziszi presste sich noch immer die gegerbte *dakrival*-Haut gegen die Brust und ich unterdrückte ein verärgertes Grollen bei dem Anblick. Stattdessen verdoppelte ich die Bemühungen meiner Zungen. *Ich werde ihr so viel Lust bereiten, dass sie nicht mehr in der Lage sein wird, ihren Körper vor mir zu verbergen. In ihrer Ekstase wird sie mir jedes herrliche Stückchen ihrer perfekten Haut offenbaren und bis ich mit ihr fertig bin, wird sie mich anflehen, mich mit ihr zu vereinen.*

Sie sagte keuchend etwas, und obwohl ihre Worte für mich keinen Sinn ergaben, waren sie wunderschön, weil sie von ihr kamen. Überraschenderweise hatte sich Röte auf ihrem Gesicht ausgebreitet, ihre rosigen Lippen waren leicht geöffnet und sie beobachtete mich aus weit aufgerissenen, leuchtenden Augen. Mein Schaft pochte, als ich die Hände ein bisschen weiter zur Mitte schob, sodass meine Daumen auf den Innenseiten ihrer Oberschenkel ruhten, direkt an ihrem Schritt. Damit schob ich ihre Beine weiter auseinander und konzentrierte mich mit der Mittelzunge weiterhin auf die kleine Erhebung, während die Außensegmente sich nach unten zu ihrem feuchten Eingang vortasteten. Die Vorstellung, wie ich meine harte Länge gegen diese feuchte Hitze drückte, ließ mich beinahe die Kontrolle verlieren, mich beinahe meinen Samen ergießen, ohne dass ich meine Härte auch nur ein einziges Mal anfasste. Ich drängte die Welle des Verlangens zurück, die in mir aufbrandete, und konzentrierte mich nur auf meine Zungen und Sziszis köstliche Hitze.

Sziszi sagte etwas, das wie *ahfak* klang, unser Wort für Morgensonne. Mir war klar, dass sie das nicht meinte, aber das Bild gefiel mir – das Herannahen von Hitze und Licht, die ersten Strahlen von Helligkeit in der Finsternis. Sziszi näherte sich ihrem Höhepunkt, drängte mir die Hüften entgegen und kniff die hübschen Augen zu, während sie den Kopf in den Nacken warf. Ich beobachtete sie mit hungriger Faszination und sog jedes Stöhnen, jede ruckartige Kopfbewegung, jedes Beben ihrer Oberschenkel in mich auf. Mein Stolz – und mein Schaft – waren begeistert, als meine Vorahnung sich bewahrheitete: Als sie ihren lustvollen Höhepunkt erreichte, hob sie mit einem Aufschrei die Hüften von der Bettstatt und vergaß die *dakrival*-Haut vollkommen. Die Decke rutschte zur Seite und entblößte einen glatten, weichen Bauch und runde, blasse Brüste mit harten, rosigen Spitzen. Diese zarten, fest zusammengezogenen Brustwarzen betrachtete ich nun gierig. *Die werde ich als Nächstes mit dem Mund untersuchen.*

Sziszi gab eine ganze Reihe unverständlicher Laute von sich, doch das letzte Wort war unmissverständlich. Weil es mein Name war. Mein Name war das Letzte, was ihr über die Lippen kam, als sie den Höhepunkt ihrer Lust erreichte.

Meine Selbstbeherrschung stand gefährlich auf der Kippe. Nicht in ihr sein zu dürfen, peinigte mich quälend.

*Das ist also die Macht der heiligen Gefährtenbindung.*

Es fühlte sich an, als würde sie mich zerstören und gleichzeitig vervollständigen.

Ich kam mit einem erstickten Knurren auf die Knie und ließ eine Hand besitzergreifend auf Sziszis Hüfte ruhen, während ich mit der anderen meinen Lendenschurz mit einem Ruck wegriss und meine Härte freigab.

„Ich habe Jahre auf dich gewartet, meine Sziszi", raunte ich, obwohl ich wusste, dass sie mich nicht verstand. „Jahre um Jahre, in denen ich mich nach jemandem gesehnt habe, von dessen Existenz ich nichts wusste. Und jetzt, da du hier bist, bist du alles und noch mehr. Du bist seltsam. Und du bist perfekt. Und du gehörst mir."

Sziszi öffnete die Augen und schaute mich benebelt an. Doch als ihr Blick auf meine harte Länge fiel, blieb ihr der Mund offen stehen und sie wurde mit einem Mal hellwach. Und dann schüttelte sie heftig den Kopf von einer Seite zur anderen, wie sie es vorhin schon getan hatte, als sie unzufrieden gewesen war.

„Neineineineineineinein."

Die Bedeutung ihrer Worte war unmissverständlich. Und sie unterstrich sie noch, indem sie die *dakrival*-Haut wieder an sich riss und ihre wunderschönen Brüste damit bedeckte, bevor sie abwehrend eine Hand ausstreckte, als würde sie damit eine Mauer zwischen uns errichten. Eine winzige, weiche Mauer, die ich mit einem Fingerschnippen zum Einsturz bringen könnte. Aber es war und blieb eine Mauer.

Mein Herz zog sich schmerzhaft zusammen und ich umfasste ihr Gesicht mit beiden Händen, um ihr in die Augen zu sehen. „Warum verweigerst du dich mir?"

Ihr blieb jedoch keine Zeit, um in ihrer Sprache darauf zu antworten. Denn in diesem Moment zuckten meine Ohren, als sie das Geräusch mehrerer *irkdu* vernahmen, die über den offenen Sand auf unsere Zelte zuhielten, zusammen mit dem Rufen fremder Stimmen, das von harschen Antworten meiner Männer quittiert wurde. Waffen wurden gezogen und ich erhob mich eilig, legte meinen Lendenschurz wieder an und wandte mich von Sziszi ab. Dieses Gespräch, wenn man es denn so nennen wollte, musste warten. Wenn feindliche Krieger im Anmarsch waren, könnten Sziszi und der Rest des Clans in Gefahr sein. Eine dunkle Welle brach über mich herein.

*Vielleicht will Gahn Fallo nun auch noch die eine Frau, die seine Männer nicht mitgenommen haben.* Der Gedanke fühlte sich an wie geschmolzenes *ablik* in meinem Bauch, das erst alles verbrannte und dann hart wurde. *Soll er nur versuchen, meine Sziszi zu rauben. Ich werde Zaphrinax in Flammen setzen und alles niederbrennen, bevor ich sie wieder gehen lasse.*

„Bleib hier und sei leise. Ich komme wieder. Geh nicht nach draußen", sagte ich zu ihr, während ich zwei meiner Messer aus den Riemen auf meinem Rücken zog.

Sziszi zog verwirrt die Augenbrauen zusammen, aber mir blieb keine Zeit für weitere Erklärungen. Der Feind umzingelte uns in diesem Moment.

Ich verließ das Zelt mit den Klingen in den Händen und Sziszis Geschmack auf meinen Lippen. Geschwind rannte ich zwischen den Zelten hindurch in Richtung der Geräusche. Das Abendfeuer kam in Sicht und ich erkannte die Frauen, die sich mit ihren Jungen rasch zurückzogen. Meine Krieger hatten sich auf der anderen Seite des Feuers mit Speeren, Messern und Äxten bewaffnet versammelt und erwarteten meinen Befehl.

Galok kam in meine Richtung geeilt, blieb jedoch stehen, als er sah, dass ich bereits alarmiert war und von allein zu ihnen stieß. Einen Moment später erreichte ich ihn und wir umrundeten das Feuer gemeinsam, um dann von meinen Kriegern gefolgt das Zeltdorf zu verlassen.

„Es ist Gahn Irokai", informierte Galok mich auf dem Weg.

Das überraschte mich. Gahn Irokais Gebiet befand sich Tage von hier entfernt am Fuß der Berge am äußersten Rand des Sandmeers. Unsere Territorien grenzten nicht aneinander und wir hatten im Moment keinen Grund für eine Auseinandersetzung – seit Generationen gab es zwischen unseren beiden Clans keine Kämpfe um Land oder Nahrung mehr. Ich war sicher gewesen, dass es sich um Gahn Fallo handelte, dessen Gebiet unserem am nächsten war und mit dessen Männern wir oft im Streit lagen. Meine Krieger brüllten und zeigten ihre Fangzähne und Klingen und ich hielt den Blick fest auf die dunklen Schatten der Eindringlinge gerichtet. Es war eine kleine Gruppe, eher ein Jagdtrupp. Definitiv nicht Gahn Irokais gesamte Mannstärke.

Gahn Irokais dröhnende Stimme erhob sich über das warnende Knurren meiner Krieger. „Gahn Buroudei! Ich komme in Frieden und erbitte sicheres Geleit zu deinem Zelt. Ich er-suche dich um ein Gespräch."

Meine Männer hielten inne und beobachteten mich schweigend, während sie darauf warteten, dass ich eine Entscheidung traf. Jeder Krieger, der zur Rolle eines Gahns auf-stieg, war kampferprobt und deswegen als mögliche Bedro-hung einzustufen. Aber die Bewohner des Sandmeers handel-ten für gewöhnlich nicht heimtückisch. Wäre Gahn Irokai auf einen Kampf aus, hätten er und seine Männer uns längst mit Kriegsgeschrei und fliegenden Klingen angegriffen. Doch sie kamen ruhig und ohne gezogene Waffen auf uns zu. Ich trat vor und steckte meine Messer wieder weg, ließ die Gruppe auf ihren *irkdu* jedoch nicht aus den Augen.

Sie waren nur zu fünft. Ganz vorn ritt Gahn Irokai auf dem größten *irkdu* und an seiner Seite sein bester Krieger Taliok. Die Namen der anderen kannte ich nicht.

Als sie sich schließlich in Speerwurfweite befanden, stiegen Gahn Irokai und Taliok ab, dicht gefolgt von den Kriegern, und legten das letzte Stück Weg zu Fuß zurück. Gahn Irokai war eine imposante Erscheinung und auch wenn seine Haare zunehmend ergrauten, war sein Blick scharf wie eh und je. Talioks vernarbtes Gesicht zeigte eine finstere Miene. Sie hoben beide die Schwänze in einer respektvollen Be-grüßung vor die Augen, was mich überraschte und ein wenig beruhigte. Ich erwiderte die Geste mit einem Brummen und meine Männer folgten meinem Beispiel.

„Bringt ihre *irkdu* zum *peet*-Gras zwischen den Felsen", wies ich Malachor und Rawk an, die beiden Krieger, die direkt hinter mir standen. „Bleibt bei den Tieren und haltet sie davon ab, miteinander zu kämpfen." Unsere *irkdu* gehorchten uns hervorragend, doch wie ihre Herren waren auch sie von Natur aus territorial. Der Geruch der neuen Tiere könnte sie schnell aggressiv machen. Malachor und Rawk quittierten den Befehl mit einem Heben der Schwänze und führten die Reittiere dann weg. Gahn Irokai bedeutete zwei seiner Männer, sie zu begleiten, und kam dann mit Taliok und dem verbleibenden Krieger zu mir.

„Du siehst, dass ich mit wenigen Kriegern vor dir stehe, ohne meine Waffen zu ziehen."

Ich zuckte mit dem Schwanz, um mein Verstehen auszudrücken. „Das tue ich. Du und deine Männer haben hier heute Abend keinen Schaden zu fürchten." Ich hielt kurz inne und fuhr dann mit einem leisen Grollen in der Stimme fort. „Aber solltet ihr eine Gefahr darstellen, werde ich meine Krieger und *irkdu* nicht davon abhalten, euch in Stücke zu reißen."

Gahn Irokai brummte. „Wie es unter Gahns sein sollte."

Wir umrundeten gemeinsam das Feuer und gingen zwischen den Zelten hindurch zu meinem eigenen, dem zweitgrößten nach dem Zelt der Heilerinnen. Gahn Irokai und ich liefen Seite an Seite, gefolgt von Galok, Taliok und Gahn Irokais drittem Krieger. Dieser stellte sich Galok als Oxriel vor.

Ich behielt Gahn Irokai aus dem Augenwinkel immer im Blick. Er schien jedoch zu seinem Wort zu stehen und nicht in feindlicher Absicht hier zu sein. Doch ich würde wachsam bleiben. Insbesondere, da ich jetzt etwas so Wertvolles zu beschützen hatte.

Selbst unter diesen überraschenden Umständen, des unerwarteten Besuchs eines anderen Gahns, kehrten meine Gedanken wieder zu Sziszi zurück. Ich blieb wie angewurzelt stehen. „Teelk, Vaxilkai, geht und bewacht das Zelt der Hei-

lerinnen. Sorgt dafür, dass niemand hineingeht. Oder her-
auskommt", rief ich einer Gruppe von Kriegern zu, die ans
Feuer zurückgekehrt war, nachdem die Gefahr fürs Erste
gebannt war.

Sie zögerten keinen Moment, doch ich erkannte die Verwirrung in ihren Augen, als sie sich aufmachten, um meinen
Befehl auszuführen. Vielleicht hatte Galok ihnen noch nichts
von Sziszi und den anderen Frauen erzählt. *Ich muss ihn später
danach fragen.*

Wir erreichten mein Zelt. Galok zog die Klappe für Gahn
Irokai und mich beiseite und wir gingen vor den drei anderen
Kriegern hinein. Drinnen zündete Galok zwei *valok*-Kerzen an
und stellte sie zu beiden Seiten meines Throns, einem großen
Stuhl aus *davrikal*-Leder, das mit *peet*-Gras und Steinen aus-
gestopft war, um ihn massiv und schwer zu machen.

„Ich habe keinen Thron für dich, Gahn Irokai", sagte ich
und deutete mit dem Kopf auf meinen. Ich hatte noch nie
einen zweiten gebraucht. Zu meinen Lebzeiten war noch kein
Gahn in Frieden zu mir gekommen.

„Ein Gahn scheut sich nicht, wie seine Leute im Sand zu
sitzen."

Dem zollte ich Respekt und Galok und ich setzten uns den
drei anderen gegenüber. „Werden du und deine Männer Fleisch
und *valok* annehmen? Wir saßen gerade beim Abendmahl. Ich
weiß, dass die Reise aus euren Bergen hierher lang ist."

Gahn Irokai machte eine ausladende Geste. „Nein. Noch
nicht. Nach unserem Gespräch genießen wir gern eure Gastfre-
undschaft. Aber was ich dir zu erzählen habe, ist zu wichtig und
kann nicht warten."

Ich spitzte die Ohren und Galok lehnte sich ein wenig nach vorn. Wir kamen beide nicht umhin, die Tatsache zu bemerkten, dass das hier am gleichen Tag geschah wie die Ankunft der Frauen. Das konnte kein Zufall sein.

„Ich will ein Treffen der Gahns einberufen."

Galok entfuhr ein überraschtes Fauchen, doch ich behielt die Ruhe. Ein Treffen der Gahns war seit vielen Generationen nicht mehr anberaumt worden. Nicht, seit die Zahl unserer Clan-Mitglieder durch die Handlungen unserer Vorfahren so drastisch geschrumpft war. Unsere Vorfahren, die die heiligen Weisungen der Lavrika ignoriert hatten. Für ein solches Treffen mussten alle fünf Gahns des Sandmeers zusammengerufen werden. Die Ergebnisse reichten im Verlauf der Geschichte von neuen Abkommen und Allianzen bis hin zu Blutbädern.

„Warum?"

Ich hatte so eine Ahnung, dass ich bereits wusste, was Gahn Irokai so sehr aus dem Gleichgewicht gebracht hatte, dass er ein Treffen der Gahns anstrebte. Es musste mit Sziszis Leuten zu tun haben. Ich spürte, wie ein Muskel an meiner Schwanzwurzel zuckte. Selbst jetzt sehnte ich mich danach, zu ihr zu gehen. Nach ihr zu sehen und sicherzustellen, dass ihr nichts zustieß.

Obwohl Gahn Irokai es erst so eilig gehabt hatte, ließ er sich nun Zeit für ein paar tiefe Atemzüge und zögerte dann, bevor er zum Sprechen ansetzte. Schließlich rang er sich zu einem Anfang durch. „Es wäre besser, wenn Taliok unser Begehr darlegt, sofern du bereit bist, ihn anzuhören."

„Ich bin damit einverstanden", murmelte ich und richtete meine Aufmerksamkeit auf den immer noch finster dreinschauenden jungen Krieger.

Taliok machte jedoch keine Anstalten, sich zu äußern, und seine Kiefermuskeln wirkten aufs Äußerste angespannt. Als sein Gahn jedoch auffordernd brummte, gehorchte er. „Vor ein paar Tagen haben die Lavrika mich zu den heiligen Teichen gerufen", sagte er leise mit dunkler Stimme.

Ich verspannte mich und Galoks Schwanz zuckte.

„Die Gefährtin, die ich dort sah, war keine Frau des Sandmeers. Sie war anders als alle Kreaturen von Zaphrinax. Sie besaß keinen Schwanz, keine Klauen, dafür aber Furcht einflößend weiße Augen."

Also war es, wie ich vermutet hatte. Es stand in Verbindung mit den neuen Frauen. Mir war nicht bewusst gewesen, dass Gahn Irokais Männer auch zu den Teichen reisten. Die Klippen von Uruzai wurden als neutrales Gebiet betrachtet, zu dem alle Völker des Sandmeers Zugang hatten. Ein Großteil der Wüste zwischen den Bergen und den Klippen wurde ebenfalls von keinem Clan beansprucht – zu gefährlich und öd, um darum zu kämpfen. Wenn Taliok diesen Weg genommen hatte, hatten ihn meine Patrouillen nicht bemerkt und sie hätten ihn ohnehin nicht am Zugang zu den Klippen gehindert. Ich wartete stumm ab und gab Taliok mehr Zeit zum Sprechen, wenn er denn noch etwas zu sagen hatte. Doch es sah nicht danach aus. Er verfiel wieder in brütendes Schweigen.

Ich überdachte diese neue Information, während die anderen mich beobachteten. Sollte ich es direkt zugeben? Dass ich eine ähnliche Vision erhalten und jetzt meine fremdartige Gefährtin gefunden hatte? Die Tatsache, dass ich das – anders als Irokai – nicht zum Anlass genommen hatte, um ein Treffen der Gahns einzuberufen, würde sofort Misstrauen erregen. Plötzlich musste ich wieder an die Verwirrung meiner Krieger denken, als ich ihnen befohlen hatte, das Zelt der Heilerinnen zu bewachen, was darauf hinwies, dass Galok ihnen noch nichts von den neuen Frauen erzählt hatte. *Wie es scheint, wollen wir beide diese kleinen, wertvollen Kreaturen für uns behalten.*

Aber das war nun unmöglich. Vielleicht sahen gerade jetzt, in diesem Moment, weitere Krieger aus anderen Clans ihre Gefährtinnen in den Teichen der Lavrika.

*Das macht die Sache komplizierter.* Ich würde Gahn Irokai alles erzählen müssen. Von Anfang bis Ende. *Wenigstens habe ich jetzt einen potenziellen Verbündeten, um die anderen Frauen von Gahn Fallo zurückzuholen. Wenn sein engster Vertrauter seine Gefährtin unter ihnen gefunden hat, wird uns Gahn Irokai zweifellos Männer zu diesem Zweck überlassen.* Ich öffnete den Mund zum Sprechen, um ihm von meiner hübschen Gefährtin zu erzählen, als draußen plötzlich ein Tumult ausbrach. Krieger brüllten durcheinander und dann hörte ich einen Laut so hell und scharf, dass er in meinen Ohren brannte: ein Aufschrei meiner Gefährtin.

Sofort sprang ich auf und unsere Gäste waren vergessen. Nur ganz am Rand nahm ich wahr, dass Gahn Irokai mich etwas fragte und Taliok ebenfalls auf die Beine kam und seine Waffen zog. Sie würden warten müssen. Alle würden warten müssen, bis ich sicher war, dass es meiner Sziszi gut ging.

Draußen hatte sich eine Gruppe Krieger im Kreis versammelt. In der Mitte stand einer der Männer, die ich dem Zelt der Heilerinnen zugeteilt hatte – Teelk. Mit einem Arm hielt er Sziszi fest an seinen Körper gedrückt. Mit der anderen Hand hielt er ihr ein Messer an die Kehle.

Ich war nicht als impulsiver oder brutaler Gahn bekannt. Im Kampf kannte ich keine Gnade und war ein aggressiver Krieger. Aber ich war nicht irre, nicht wie Gahn Fallo. Doch in diesem Moment, als ich die Klinge an Sziszis schöner Haut sah, an ihrer verletzlichen Kehle, entglitt mir alle Vernunft. Ein markerschütternder Schrei entrang sich meiner Brust und ich rannte los. Meine Männer wichen verwirrt und angsterfüllt vor meiner rasenden Wut zurück.

Galok rief etwas hinter mir, doch ich ignorierte ihn und riss ein Messer aus dem Riemen auf meinem Rücken. Teelk stand wie erstarrt da und wusste nicht, wie ihm geschah, während Sziszi ihn trat und sich verbissen gegen ihn wehrte. Das war einer meiner Männer, einer meiner Krieger. Doch in diesem Moment war mir das vollkommen gleich. Seine Hände auf ihr, seine Waffe an ihrem Hals machten mich so krank vor dunklem Zorn, dass ich bereit war, ihn mit bloßen Händen zu zerfetzen. Ich hob mit gefletschten Zähnen die Klinge ...

... die jedoch von einer anderen abgewehrt wurde. Als ich herumfuhr, erkannte ich Taliok, der sich mir in den Weg stellte.

Gahn Irokai drängte sich in den Kreis. „Taliok, antworte mir. Ist das die Frau, die du in den Teichen gesehen hast? Ist das deine Gefährtin?"

Ich hätte Talioks Leben fordern können für diese Respektlosigkeit und hob die Klinge erneut. Meine Krieger knirschten mit den Fangzähnen und zogen ebenfalls ihre Waffen. Gahn Irokai und seine Männer waren in Frieden gekommen, doch sie würden blutbesudelt wieder abziehen.

In diesem Moment stieß Sziszi einen leisen Schrei aus und schaffte es, sich aus Teelks Arm zu befreien, dessen Griff sich vor Verwirrung und Schreck gelockert hatte. Sie rannte zu mir, *zu mir* und ihr weicher Körper prallte gegen meinen. Ich drückte sie schützend an meine Seite, während ich Taliok mit dem Messer auf Abstand hielt, und Sziszi schlang die Arme um meine Taille. Talioks Sichtsterne hatten sich zu kleinen Punkten zusammengezogen und sein Blick wanderte zwischen meinem Gesicht und Sziszis hin und her. Nach einem weiteren, angespannten Augenblick steckte er seine Waffe wieder weg.

„Jetzt, wo ich sie von Nahem sehe, weiß ich, dass sie nicht meine Gefährtin ist. Aber sie ist vom gleichen Volk", antwortete er Gahn Irokai, bevor er sich an mich wandte. „Ich dachte, dass du deine Klinge gezogen hast, um sie zu verletzen. Dass du sie als Feind siehst."

„Sie ist kein Feind", knurrte ich und drückte sie noch fester an mich.

Es war an der Zeit. Ich konnte die Kunde nicht länger zurückhalten.

„Sie ist meine Gefährtin."

# KAPITEL ELF
## Cece

*KANN MIR MAL JEMAND erklären, wie ich hier gelandet bin?*

Okay, ich wusste, warum mich ein weiterer Alien-Gladiator gepackt hatte. Irgendwie zumindest. Der Kerl war offenbar dazu abgestellt worden, mich zu bewachen. Und offenbar war ich nicht so geschickt darin, mich auf der anderen Seite des Zelts davonzustehlen, wie ich gedacht hatte.

Ja, es war vermutlich generell keine gute Idee gewesen, das Zelt zu verlassen. Aber was hatte ich denn für eine Wahl? Sollte ich einfach herumsitzen wie eine Prinzessin im Turm und darauf warten, dass mein stattlicher Alien mit seinen *drei Zungen* wiederkam, um mich zu vögeln? Auf gar keinen Fall. Ich hatte seinen Monsterschwanz gesehen. Das war ein klares Nein.

Ich hatte nach Buroudeis Abgang noch lange in Schockstarre dagesessen – und weil ich mir sicher war, dass mich meine Beine nach diesem Orgasmus nie wieder tragen würden. Der Schock stammte zum einen von der Tatsache, dass das überhaupt passiert war, und zum anderen davon, dass Buroudei danach so schnell verschwunden war. Aber irgendwann hatte meine Neugier dann doch gesiegt und ich wusste, dass ich nicht bleiben konnte. Mal von dem Problem abgesehen, dass ich immer noch zum Schiffswrack zurück, mir dort Vorräte besorgen und dann irgendwie meine Freundinnen wiederfinden musste. Wenn denn noch etwas von ihnen übrig war, das man finden konnte.

Meine Kleidung war steif vom getrockneten Blut und Schweiß, aber Rika hatte mir ein Tunikakleidungsstück neben das Bett gelegt, das dem ähnelte, was sie selbst trug. Ich zog es an und musste mir ein Lachen verkneifen, weil mir das Ding meilenweit zu groß war. Diese Spezies zählte wirklich nicht zu den Kleinwüchsigen. *Oder den schlecht Bestückten.* Oh Gott.

Als ich mich zur Hauptklappe des Zelts schlich, bemerkte ich die beiden riesigen Krieger-Kerle direkt davor, beide bis an die Zähne bewaffnet. Oder an die Fangzähne in ihrem Fall. Nie im Leben würde ich es an denen vorbeischaffen. Also ging ich zur anderen Seite und hob eine der Zeltwände an, um darunter hindurchzukriechen, wobei ich mich so tief in den Sand grub, wie ich konnte. Keine Ahnung, ob sie mich gehört oder gewittert hatten, aber ich kam nicht weit, bevor einer von den beiden einen Warnlaut ausstieß und der andere mich innerhalb von ein paar Sekunden erwischte.

Und so war ich hier gelandet, wo ich mir die Lunge rausbrüllte, als schon wieder ein Alien sich weigerte, mich loszulassen.

Aber das fühlte sich anders an. Das war nicht mein Alien. Nicht der, den ich kannte. Der, dem ich inzwischen irgendwie vertraute. Der, den ich vielleicht sogar irgendwie mochte. Und als mir dieser Alien hier seine riesige Klinge unters Kinn drückte, wurde mir der Unterschied der beiden schmerzlich bewusst.

Weitere Alien-Männer versammelten sich um uns herum, starrten mich an und riefen durcheinander, während ich mich gegen den wehrte, der mich festhielt.

„Du kannst mich mal und dein scheißdummes Schwert kann mich auch mal!", brüllte ich, drehte und wand mich und trat nach ihm, um aus seiner Umklammerung zu entkommen. Der Alien sagte etwas und verstärkte seinen Griff noch, während unser Publikum näher rückte.

Das gefiel mir ganz und gar nicht. Nichts davon. Von Buroudei war weit und breit nichts zu sehen und ich vertraute diesen Kerlen hier nur so weit, wie ich sie werfen konnte. Was angesichts ihrer beeindruckenden Größe und meiner lachhaften Kraft im Oberkörper aussagekräftig genug war.

Hatte ich tatsächlich eine Entführung auf der Erde, eine Reise durchs Weltall und den Angriff der Killerkrabben überlebt, nur um jetzt hier kaltgemacht zu werden? Das konnte doch nicht wahr sein. Ein wenig Mut machte mir allerdings, dass der Kerl, der mich festhielt, nicht geneigt zu sein schien, seine Waffe gegen mich einzusetzen. Er drehte den Kopf über mir von einer Seite zur anderen, als würde er etwas suchen. *Wartet er auf Befehle?*

Und dann hörte ich es. Ein Alien-Heulen, animalisch und voller Wut und mächtiger als alles, was ich je gehört hatte. Gänsehaut explodierte auf meinem Körper und meine Nackenhaare stellten sich auf. Plötzlich stolperten die Umstehenden praktisch übereinander in ihrer Hast, irgendwas aus dem Weg zu gehen, das auf uns zukam.

Oder irgendwem.

*Buroudei.*

Ich hätte nie gedacht, dass ich mal so verdammt froh sein würde, meinen Alien-Tyrannen zu sehen. Der mich entführt hatte. Der mich gerettet hatte. Der mir einen Orgasmus verschafft hatte, bei dem ich Sterne gesehen hatte. Offensichtlich war ich jedoch nicht die Einzige, die ihn als Tyrannen empfand – die Männer sprangen praktisch beiseite, um ihn durchzulassen. Der Kerl, der mich festhielt, verharrte in einer Art unterwürfiger Starre. Um ehrlich zu sein, hatte ich selbst ein bisschen Angst. Buroudei war beinahe nicht wiederzuerkennen, als er mit wutverzerrtem Gesicht und zum Zustechen erhobener Klinge auf uns zustürmte.

Bevor er uns jedoch erreichte, mischte sich ein anderer Alien ein. Er bewegte sich so schnell und elegant, dass ich keine Ahnung hatte, woher er kam, bis er plötzlich da war. Sein Gesicht war von tiefen Narben zerfurcht und er schlug Buroudeis Waffe mit seiner eigenen beiseite. Meine Brust zog sich vor Angst schmerzhaft zusammen – nicht um mich selbst, sondern um Buroudei. Ich wusste nicht, wer der andere Kerl war, aber er wirkte gefährlich. Dass Buroudei sich verteidigen konnte, stand ziemlich außer Frage, aber die Vorstellung, dass er verletzt wurde oder sogar starb, zerriss mir das Herz. Was absurd war, wenn man bedachte, dass ich den Kerl gerade erst kennengelernt hatte. Aber das Gefühl war trotzdem da.

Die Männer redeten miteinander und ich wünschte mir nichts mehr, als sie zu verstehen. Ein beeindruckend großer, älter aussehender Alien meldete sich zu Wort und seine raue Stimme klang überaus autoritär. Der vernarbte Alien antwortete ihm. Buroudei wirkte, als würde er dem Vernarbten jeden Moment den Kopf abreißen. *Ich muss den Druck aus der Situation rausnehmen. Ich muss zu ihm.* Irgendwie konnte ich das Gefühl nicht abschütteln, dass ich dafür verantwortlich war, weil ich mich aus dem Zelt geschlichen hatte, obwohl es zu dem Zeitpunkt in meinen Augen keine andere Möglichkeit gegeben hatte.

In dem Durcheinander hatte sich der Griff des Aliens gelockert, der mich noch immer hielt, was mir die Gelegenheit verschaffte, mich aus seinem Arm zu winden. Ich rannte zu Buroudei und klammerte mich mit der Entschlossenheit eines wütenden Kleinkinds an ihn. Keine Ahnung, was mir das brachte – ich war nicht gerade scharf darauf, als menschlicher Schutzschild herzuhalten –, aber ich wusste einfach, dass ich jetzt bei ihm sein musste. Er legte auch direkt einen Arm um mich und zog mich an seinen Körper, wobei mir wieder bewusst wurde, wie anders sich Buroudei im Vergleich zu dem anderen Alien anfühlte. Er war mir inzwischen vertraut und ich spürte die Wärme unter der harten Schale, die eine verführerische Sicherheit ausstrahlte. Ich schmiegte mich fester an ihn.

Der vernarbte Alien starrte uns unverwandt an. Dann steckte er seine Waffe weg und mir entfuhr ein erleichtertes Quietschen. Er sagte etwas zu Buroudei, auf das dieser antwortete. So an ihn gedrückt, spürte ich das Vibrieren seiner tiefen Stimme in seiner Brust.

Was auch immer Buroudei von sich gegeben hatte, es schlug ein wie eine Bombe. Überraschtes Keuchen und Zungenschnalzen liefen durch die Gruppe und die glitzernden Funken in den Augen des Vernarbten breiteten sich ruckartig nach außen aus. Der große, ältere Alien kam zu uns rüber und redete dabei auf Buroudei ein, dessen Schwanz hinter uns unruhig im Sand zuckte. Dann richteten sich alle Blicke auf mich.

*Scheint, als sollte ich mich mal vorstellen.*

Ich räusperte mich. „Hm, hallo. Ich bin Cece. Von der Erde."

Der ältere Alien zuckte zurück und die Kiefermuskeln des Vernarbten arbeiteten sichtbar. Seine Miene blieb finster. Buroudei sprach weiter und gestikulierte zu einem großen Zelt, auf das sich einen langen Moment später der vernarbte und der ältere Alien zusammen mit ein paar anderen zubewegten. Der Rest der Männer verschwand in alle Richtungen.

Buroudei wirkte, als wollte er ihnen folgen, doch dann spürte ich seine Hände auf mir – meinen Hüften, meiner Taille, meinem Hals, meinem Kinn. Er lehnte die Stirn an meine und raunte mir dunkel etwas zu, das sehr nett klang. Ohne groß darüber nachzudenken, legte ich die Hände auf seine Schultern. Gott, sie waren so breit und die Muskeln wie aus Stein gemeißelt. Jeder Zentimeter von ihm strahlte barbarische Männlichkeit aus, was ... mich nicht kaltließ. Ehrlich gesagt war sein Anblick, wie er mit gezückter Waffe auf uns zugerannt war, bereit, mich um jeden Preis zu verteidigen, seltsam anziehend gewesen. Ich wusste, dass ich stark war und nicht gerettet werden musste. Dass ich mich um mich selbst kümmern konnte. Zumindest war das auf der Erde so gewesen. Und das hatte Grammy mir auch immer wieder versichert. Aber seit meiner Entführung sah die Sache anders aus. Und es fühlte sich wirklich gut an, jemanden auf meiner Seite zu haben, jemanden, der aus irgendeinem Grund wild entschlossen war, mich zu beschützen. Selbst wenn dieser Jemand schon wieder mit einer ausgewachsenen Erektion zu kämpfen hatte.

Hitze überrollte mich mit einem Schlag. Ich fühlte mich sicher nur deshalb so komisch, fast wie betrunken, weil ich auf diesem gottverlassenen Planeten ständig fast starb. Meine Hemmungen nahmen gerade rapide ab.

„Ich bin froh, dass es dir gut geht", flüsterte ich, das Gesicht immer noch Buroudeis zugewandt. Er musste sich zu mir runterbeugen und wir waren uns so nah, dass ich jeden einzelnen der kupferfarbenen Funken in seinen fremdartigen Augen sehen konnte. Dann fiel mein Blick auf seinen Mund und mir wurde bewusst, wir gern ich ihn küssen würde. *Kennen Aliens überhaupt Küsse?* Egal. Das bekamen wir schon hin.

Langsam, ganz langsam stellte ich mich auf die Zehenspitzen und suchte mit den Lippen seine.

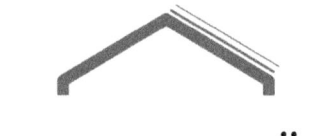

# KAPITEL ZWÖLF
## Buroudei

MEINE GEFÄHRTIN SCHAFFTE es tatsächlich immer wieder aufs Neue, mich zu überraschen. Unter anderem in diesem Moment, und zwar indem sie ihren Mund auf meinen presste. Ich verharrte vollkommen reglos und so angespannt, dass meine Muskeln praktisch vibrierten, um zu sehen, was sie als Nächstes tun würde. Meine Hände lagen stocksteif an ihrem Gesicht und ich musste mich dazu zwingen, sanft zu bleiben, und mich ermahnen, dass ich sie leicht verletzen konnte, wenn ich nicht vorsichtig war.

Sie gab einen leisen Laut von sich und ihr weicher Mund öffnete sich ein wenig an meinem. Ihre Zunge stupste gegen meine Lippen und versuchte, dazwischenzugelangen. Ich ließ es zu und öffnete den Mund ein wenig. Sie seufzte leise – *ruhig, Buroudei, ganz ruhig* – und ihre Zunge traf auf meine drei. Ich spürte, wie ein Schauer ihren Körper durchlief, und mein harter Schaft pochte sehnsüchtig an ihrem Bauch.

Die Bewohner des Sandmeers nutzten ihre Münder auf vielfältige Art, um Lust zu bereiten. Aber das hier, das Reiben von Lippen aufeinander, war normalerweise Gefährtenpaaren vorbehalten. So etwas machte ich zum ersten Mal mit einer

Frau und es fühlte sich sogar noch intimer an, als mit meinen Zungen ihre intimste Stelle zu verwöhnen. Aber es war genauso süß. Ich spürte ihr Keuchen, als die drei Spitzen meiner Zunge über ihre strichen und sich dann in ihren Mund stahlen, wo ich ihre stumpfen Zähne ertastete. Meine Zunge in ihrem Mund ließ mich an meine Länge in ihrem Schoß denken und die Vorstellung entfachte ein leidenschaftliches Feuer in mir. Ich musste mich von ihr lösen, strich aber mit dem Daumen über ihre feuchte Unterlippe.

„Wenn nicht ein anderer Gahn und seine Männer in meinem Zelt auf mich warten würden, würden wir uns direkt hier im Sand vereinen."

Sie brabbelte etwas in ihrer Singsang-Sprache. Und einen Augenblick lang war ich vollkommen verzweifelt, weil ich sie nicht verstand. Es zerriss mich beinahe und ohne darüber nachzudenken, griff ich nach ihren kleinen Händen und legte sie auf meine Brust, direkt über die schmerzende Stelle.

„Spür das", zischte ich und ihre Augen wurden noch größer, als sie ohnehin schon waren. Wenn wir nicht mit Worten kommunizieren konnten, würde ich eben einen anderen Weg finden. Ich würde dafür sorgen, dass sie mich fühlte. Mein Herz pochte wild unter meiner Haut, unter ihren Händen. „Spür das. Das ist für dich. Das *gehört* dir."

Sie wusste noch nicht, was es bedeutete, das Herz eines Gahns zu besitzen. Doch das würde sie noch lernen.

Ich hörte meinen Namen und wünschte, dass er Sziszi über die Lippen gekommen wäre, doch das war leider nicht der Fall. Galok rief von meinem Zelt aus nach mir, wo die anderen auf mich warteten. Ich rückte meinen Lendenschurz zurecht, um es mir ein wenig bequemer zu machen, und nahm Sziszis

Hand dann von meiner Brust. Vorsichtig hielt ich sie fest und meine Gefährtin folgte mir tatsächlich, ohne sich zu wehren. Ich wusste nur noch nicht, ob das ein gutes oder ein schlechtes Zeichen war.

Wir erreichten mein Zelt und Galok versuchte, sie nicht allzu offensichtlich anzustarren, scheiterte jedoch kläglich. Es war das erste Mal, dass er Sziszi wach und auf den Beinen sah. Er hielt uns die Zeltklappe auf und sein Blick verweilte auf Sziszis Gesicht, als sie sich unter seinem Arm hindurchduckte. Ein warnendes Grollen stieg in meiner Kehle auf, als ich sah, wie er sie im Vorbeigehen witterte. Er senkte sofort den Kopf und schlug sich entschuldigend den Schwanz vor die Augen. Die Zeltklappe fiel hinter uns zu.

Taliok, Oxriel und Gahn Irokai standen uns zugewandt. Ihre Waffen hatten sie wieder weggesteckt, doch ihre Anspannung war unübersehbar. Sie waren bereit zum Kampf, wenn es dazu kommen sollte. Die ungelenke Höflichkeit war verschwunden und zurück blieben nur Gefahr und Misstrauen. Ich behielt Sziszi schützend an meiner Seite. Erst hatte ich erwogen, sie mit mehr Wachen ins Zelt der Heilerinnen zurückzuschicken, aber das kam nicht infrage. Nicht mehr, wo sie nun alle gesehen hatten. Außerdem vertraute ich niemandem außer mir, für ihre Sicherheit zu sorgen. Ich würde nicht zulassen, dass sie mir von der Seite wich.

„Gahn Buroudei. Ich verlange eine Erklärung." Gahn Irokais Stimme klang verstimmt, aber er blieb verhältnismäßig ruhig. Dennoch hörte ich die Drohung unter der gelassenen Oberfläche deutlich heraus. Obwohl wir ihm und seinen Männern zahlenmäßig deutlich überlegen waren, könnten sie uns einen blutigen Kampf liefern, der dem Clan erhebliche Verluste zufügen würde. Doch er hatte recht. Ich musste ihm erklären, was hier los war. Jetzt, wo ich Szíszi an meiner Seite spürte, verschwand auch die Feindseligkeit, die ich zuvor noch verspürt hatte, und meine Vernunft kehrte zurück.

„Die werdet ihr bekommen. Und ich sehe Taliok die Respektlosigkeit von vorhin nach, als er die Klingen mit mir gekreuzt hat."

Gahn Irokais Schwanz zuckte zufrieden, doch Taliok gab einen unwilligen Laut von sich. „Ich habe sie für meine Gefährtin gehalten. Und ich dachte, du würdest sie umbringen."

Ich verbiss mir ein verärgertes Knurren. „Du solltest lernen, deine Zungen in Gegenwart eines anderen Gahns im Zaum zu halten."

Gahn Irokai verspannte sich und Talioks Hand zuckte ein winziges Stück in Richtung der langen Klinge, die an seinem Gürtel hing. Galok nahm eine kampfbereite Haltung ein. Jeder meiner Instinkte schrie mir zu, mich, meinen Clan und mein Gebiet zu verteidigen und die Männer vor mir auszulöschen. Ich fletschte die Fangzähne.

Doch in diesem Moment rührte Szíszi sich neben mir und schmiegte sich fester an mich, als würde sie meine Anspannung bemerken. Ich schluckte meinen Stolz herunter, etwas, das ich noch nie getan hatte. Doch für sie machte ich es. Ich würde nicht zulassen, dass sie in einem Blutbad zwischen die Fronten geriet. Also atmete ich langsam aus und unsere Besucher entspannten sich sichtlich wieder.

„Wenn du davon ausgegangen bist, dass sie deine Gefährtin ist, verstehe ich deine Reaktion. Wie ich sagte: Ich bin bereit, darüber hinwegzusehen."

Gahn Irokai warf Taliok einen Blick zu, der jedoch hartnäckig schwieg, und schaute dann wieder zu mir. „So sei es."

Ich erzählte ihnen alles, was ich wusste. Wie die Lavrika zu mir gekommen waren, genau wie sie es auch bei Taliok getan hatten. Wie heute eine große Kreatur vom Himmel gefallen und Frauen aus seinem Bauch gekommen waren. Und ich erzählte ihnen, dass Sziszi die einzige Frau hier war und Gahn Fallo den Rest mitgenommen hatte. Das ließ Taliok wütend fauchen und er begann, unruhig im Zelt auf und ab zu schreiten.

„Das ist alles. Alles, was ich weiß."

Gahn Irokai musterte mich für einen langen Moment. „Ich glaube dir."

„Gut. Weil es die Wahrheit ist."

Er strich mit den Klauen über seinen Zopf. „Taliok, hör mit dem Gerenne auf. Ich kann so nicht denken."

Talioks Schwanz peitschte durch den Sand, doch er blieb neben Oxriel stehen. Seine Hand hielt den Griff seiner Waffe fest umklammert, aber das bereitete mir keine Sorgen. Mir war klar, dass er sich wohl gerade vorstellte, die Klinge gegen Gahn Fallo zu richten. Nicht gegen mich.

„Vermutlich wäre es sinnlos, ein Treffen der Gahns einzuberufen. Ich bezweifle, dass Gahn Fallo daran teilnehmen oder einwilligen würde, die Frauen freizugeben. Insbesondere, wenn sich unter ihnen Gefährtinnen seiner Männer befinden. Wenn er herausfindet, dass unser Volk sich mit ihnen paaren kann, wird er sie unter allen Umständen behalten wollten", sagte Gahn Irokai.

Taliok gab einen erstickten Laut von sich.

„Ich stimme dir zu." Ich hielt inne und suchte nach der richtigen Formulierung, entschied mich dann jedoch für ein direktes Vorgehen. „Als du mir von Talioks Erkenntnis berichtet hast, war ich froh. Ich hatte gehofft, dass wir ein Bündnis gegen Gahn Fallo eingehen könnten."

Taliok nahm seine Wanderung wieder auf und ballte wiederholt die Hände zu Fäusten. Gahn Irokai beobachtete ihn und die Entscheidung schien ihm nicht besonders schwerzufallen. „Diese Entwicklung wird Auswirkungen auf das gesamte Volk des Sandmeers haben. Dies ist die Zukunft unserer Clans. Darüber darf nicht Gahn Fallo die Kontrolle ausüben. Wir werden uns an deiner Seite gegen ihn stellen. Deswegen werden wir heute Nacht wieder nach Hause reiten und unsere Streitmacht sammeln. Wenn wir uns wenig Ruhe gönnen, schaffen wir die Reise hin und wieder hierher zurück innerhalb von drei Tagen."

Ich brummte zufrieden. Das war annehmbar.

Taliok hob seinen Schwanz in einer so knappen Bewegung, dass ich sie kaum wahrnahm, bevor er aus dem Zelt marschierte, dicht gefolgt von Oxriel. Gahn Irokai und ich tauschten ebenfalls den Abschiedsgruß aus, bevor auch er ging.

Ich wandte mich an Galok. „Begleite sie. Hilf ihnen mit ihren *irkdu* und gib ihnen *valok* und Fleisch mit auf den Weg."

Galok wandte sich zum Gehen, um meine Befehle auszuführen, und ließ die Zeltklappe hinter sich zufallen. Ich war erleichtert, dass Gahn Irokai sich bereit erklärt hatte, sich mit uns zusammenzuschließen. Aber ich blieb trotzdem wachsam. Wir hatten noch nicht darüber gesprochen, wie wir nach dem Sieg über Gahn Fallo verfahren würden. Womöglich tauschte ich nur einen Feind gegen den anderen.

Doch das alles würde jetzt warten müssen. Weil ich nun allein mit meiner Gefährtin in meinem Zelt stand. Und jede Faser meines Körpers war sich ihrer Nähe schmerzlich bewusst.

Sie plapperte munter vor sich hin und gestikulierte mit ausladenden Bewegungen in Richtung der Männer, die gerade gegangen waren. Dann verließ sie meine Seite, um sich umzusehen und zu untersuchen, was sie in meinem Zuhause vorfand. Viel gab es nicht zu sehen – meine Bettstatt aus *dakrival*-Leder, mein Thron, einige Knochenregale, in denen ich *valok*-Pflanzen und -Kerzen sowie einige Zusatzwaffen aufbewahrte. Ich beobachtete, wie sie alles genau mit wachem Blick betrachtete und dabei sehr interessiert klang. Man merkte ihr an, dass sie über einen Verstand verfügte, der den Dingen auf den Grund gehen und dass sie alles verstehen wollte, was sie sah.

„Sziszi", sagte sie und klopfte sich dabei gegen die Brust. „Buroudei." Sie deutete auf mich. Dann wies sie zur Zeltwand.

Sie versuchte, neue Wörter zu lernen. Stolz wallte in mir auf. Meine Gefährtin war ganz offensichtlich klug. Sie wollte mehr über ihre Umgebung erfahren und unsere Sprache erlernen. Das erinnerte mich jedoch daran, dass sie bereits einige Wörter kannte, wie *ablik* und *valok*. Heiße Eifersucht bohrte sich wie ein Messer in meine Brust bei der Vorstellung, dass ein anderer Mann aus dem Sandmeer ihr das bereits beigebracht hatte. Nicht zum ersten Mal drängte sich mir die Frage auf, wer sie war und woher sie stammte. Aber ich hatte keine Möglichkeit, sie Sziszi zu stellen.

Sie deutete noch immer auf das Zelt und stupste es mit einem schlanken Finger an, während sie mich fragend anschaute.

„*Dakrival*-Leder", antwortete ich. „Zelt. *Zelt.*"

Sie wiederholte das Wort und verzog das Gesicht, weil ihr die Aussprache nicht gelang. Das entlockte mir ein Lächeln. Es war entzückend. Ich bewegte mich auf sie zu, ohne es zu merken, wie eine *drizel*-Fliege, die von einer Flamme angezogen wurde. Sie machte sich daran, auf verschiedene andere Dinge zu deuten, und ich folgte ihrem fordernden Finger gern. Es fühlte sich gut an, ihr etwas zu geben, zu verstehen, was sie wollte.

„Knochenregal. Regal. Axt. *Valok*-Kerze. Sand."

Sie nickte und nahm konzentriert jedes einzelne Wort auf, bevor sie es wiederholte. Dann begann sie, verschiedene Tätigkeiten darzustellen. Sie hob die Hände an den Mund, als würde sie essen.

„Essen."

Sie spielte eine Weile mit den Lauten herum und versuchte, sie richtig zu formen.

„*Valok* essen", sagte sie und ich platzte beinahe vor Stolz über ihren wachen Verstand.

„*Valok* essen. Du isst *valok*. Ich esse *valok*", korrigierte ich sie geduldig. Sie nickte und wiederholte meine Sätze. Dann ging sie ein paarmal auf und ab, bevor sie wieder stehen blieb und mich erwartungsvoll anschaute.

„Gehen. Du gehst. Sziszi geht."

Sie nickte erneut und rannte dann los, wodurch ihre Brüste sich verführerisch unter ihrer Tunika aus gewebtem *peet*-Gras bewegten. Ich neigte den Kopf zur Seite, als würde ich sie nicht verstehen. Natürlich wusste ich, was sie meinte. Doch ich wollte ihren Körper noch ein bisschen in Aktion sehen. Sie

flitzte im Zickzack durchs Zelt und als sie dabei an mir vor-
beikam, schnappte ich sie am Arm.

„Rennen."

Bevor sie das jedoch wiederholen konnte, senkte ich die
Lippen auf ihre. Dieses Mal öffnete ich den Mund direkt, ohne
zu zögern.

Und sie tat es mir gleich.

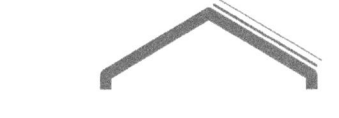

# KAPITEL DREIZEHN
## Cece

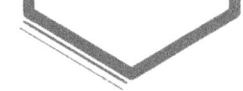

OKAY, BUROUDEI HATTE die Sache mit dem Küssen langsam wirklich raus. Auf der anderen Seite – wie viel konnte man mit drei Zungen schon falsch machen? Der Mittelteil seiner Zunge spielte mit meiner, während die Seitensegmente über meine Zähne und die Innenseiten meiner Wangen strichen. Als ich seine Fangzähne an meiner Unterlippe spürte, entfuhr mir ein leises Stöhnen. Ein heißer Blitz durchzuckte mich und fuhr mir direkt zwischen die Beine. Buroudeis Haut fühlte sich so warm unter meinen Händen an. *Moment mal.* Wann hatte ich meine Hände auf seine Taille gelegt? Offensichtlich tat mein Körper nun, was immer er gerade wollte.

*Vielleicht will das ja nicht nur dein Körper.*

Meine Wangen standen in Flammen. Nein, ich konnte die unbändige, animalische Anziehung zwischen uns nicht leugnen. Und ich konnte nicht mal so tun, als wäre es nur das. Als vorhin alle fast durchgedreht waren und ihre Waffen gezogen hatten, war Angst in mir aufgestiegen. Ehrliche Angst, dass er verletzt werden könnte. Mein Alien-Gladiator wurde mir immer wichtiger, auch wenn das überhaupt keine gute Idee war.

Auf der anderen Seite … War es wirklich so schlimm? Ohne ihn würde ich auf diesem Planeten keinesfalls überleben. Es ergab also durchaus Sinn, eine Verbindung mit ihm einzugehen. Bis jetzt hatte er sich mir gegenüber immer beschützend und sogar irgendwie vorsichtig verhalten. Was machte es da schon, dass er ein bisschen Furcht einflößend und offenbar dauergeil war? Die Feuchtigkeit, die sich zwischen meinen Beinen sammelte, bewies, dass er da nicht der Einzige war.

*Möglicherweise sind wir uns ja ähnlicher als gedacht.*

Doch als er seinen Lendenschurz nun wieder beiseitezog, löste sich der Gedanke, dass wir uns ähnelten, prompt in Luft auf. Das da war definitiv kein menschlicher Penis.

Zum einen war er riesig. Und Buroudei besaß, abgesehen von seinem geflochtenen Zopf, keinerlei Körperbehaarung. Der Kupferton seiner Haut ging an seinem Schritt in ein tiefes Braun und Schwarz über, genau wie auf seiner Stirn, den Füßen und an der Schwanzspitze. Eine Vorhaut konnte ich an seinem Penis nicht ausmachen – der ganze Schaft und die Spitze waren eine komplette, glatte Einheit. An der Wurzel war er etwas dicker und links und rechts davon besaß er zwei kleinere Fortsätze. Insgesamt erinnerte sein Geschlecht an seine dreigeteilte Zunge … und an einen Dreizack. Mal ganz im Ernst, das war schon ein sehr beeindruckendes Gesamtpaket. Aber trotzdem wollte ich das noch nicht in mir spüren.

*Ähm … noch nicht?*

Buroudei knurrte etwas an meinem Hals und umfasste meinen Hintern mit festem Griff. Als er das zum ersten Mal getan hatte, erschien es mir wahnsinnig unhöflich. Jetzt konnte ich offensichtlich nicht genug davon bekommen und drängte ihm hungrig mein Becken entgegen. Bevor ich es mir ausreden konnte, strich ich mit einem Finger über seine feste Brust und seinen Bauch nach unten, um ihn dann vorsichtig über die Spitze seiner Erektion gleiten zu lassen. Gott, seine Haut war so warm. Und seine Erektion war genauso hart wie der Rest seines Körpers.

Die Funken hatten sich über seine Augen verteilte und seine Nasenflügel blähten sich auf, als ich sacht über die Spitze streichelte.

Er starrte mich stumm und vollkommen reglos an. Die Tatsache, dass ich es nur mit einer Berührung schaffte, dieses Monster praktisch einzufrieren, war der Wahnsinn. Und wahnsinnig erregend. Ich bewegte meine Hand schneller und beobachtete fasziniert, wie seine Fangzähne unter seiner Oberlippe zum Vorschein kamen.

Langsam tastete ich mich weiter nach unten, um die beiden kleineren Fortsätze zu beiden Seiten seiner Erektion zu erkunden. Aus rein wissenschaftlichem Interesse, natürlich. Sie standen ebenso aufrecht wie sein Schaft, waren jedoch nicht einmal annähernd so hart. Ihre Struktur war fest, aber biegsam und flexibler. Inzwischen nutzte ich beide Hände, um die beiden kleineren Schäfte zu streicheln. Buroudei stöhnte etwas Unverständliches und ich beobachtete, wie die Spitze seiner Erektion feucht wurde und die Länge in meiner Hand zuckte, während sich seine dunklen Hoden fest zum Körper hin zusammenzogen. *Okay, zumindest das hat er mit menschlichen Männern gemein.*

Ich überlegte, ob sich irgendetwas von dem, was ich mit Männern auf der Erde gemacht hatte, hier übertragen ließ. Konnte ich ihn nur mit meiner Berührung zum Kommen bringen? Hitze ballte sich zwischen meinen Beinen zusammen und mein Atem ging in keuchenden Stößen, als ich meinen Griff um seinen mittleren Schaft verstärkte und dann die Hand daran kräftig auf und ab bewegte.

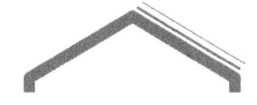

# KAPITEL VIERZEHN
## Buroudei

*EINHUNDERTTAUSENDFACHE Schande über mich.*

Ich wusste nicht, womit ich das verdient hatte, aber offenbar sah das Schicksal eine sadistische Gefährtin für mich vor. Sziszi schien sich nicht mit mir paaren zu wollen und folterte mich stattdessen, indem sie mit ihrer kleinen, weichen Hand über meine Härte rieb. Das Gefühl war exquisit quälend und ich würde es ewig mit Genuss ertragen, doch ich musste meine gesamte Selbstbeherrschung aufbieten, um mich nicht auf sie zu stürzen und sie direkt hier auf dem Boden zu nehmen.

Aber nein, ich würde mich beherrschen. Meine Sziszi war zerbrechlich und weich. Und ich würde nur tun, was sie wollte, ganz gleich, welche Schmerzen ich dafür auch ertragen musste. Und Schmerz empfand ich gerade sehr wohl. Mein ganzer Körper sehnte sich danach, sie zu erobern, und mein Schaft pochte verlangend. Dennoch behielt sie das langsame Tempo bei, das mich in den Wahnsinn trieb, immer wieder wanderte sie hinunter zu den Speeren seitlich meiner Länge und dann zurück zum Mittelteil. Sie griff beherzter zu, erhöhte das Tempo und ich biss die Zähne so fest zusammen, dass meine Fänge knirschten.

Alles an ihr war so weich. Ihre Hand. Ihre Haut. Ihre Zunge. Würde ihre Weiblichkeit sich um mich auch so wundervoll weich anfühlen? Die Vorstellung ließ mich beinahe auf der Stelle meinen Samen vergießen und ich umfasste hastig ihr Handgelenk. Dann packte ich sie an den Hüften und hob sie hoch. Ich stöhnte zufrieden auf, als sie die Beine wie aus Reflex um meine Taille schlang und sich an mir festklammerte. Dann spürte ich ihre Feuchtigkeit an meinem Bauch und der Wurzel meines Schafts, was mir schwindelig werden ließ. Ich positionierte sie so, dass meine Länge sich zwischen ihre Beine schob und die Spitze dort hervorlugte, wo ihr Schwanz normalerweise wäre. Doch da war keiner, nur die nackten Rundungen ihrer Kehrseite.

Sziszi ächzte und bewegte ganz von allein die Hüften. Sie so zu sehen, wie sie sich in ihrer Lust verlor, war herrlich und schöner als alles, was ich je zuvor gesehen hatte. *Bald werde ich es sein, der ihr diese Lust verschafft und noch viel mehr. Wenn ich in ihr bin.* Die Speere zu beiden Seiten meines Schafts bogen sich durch das Gewicht ihres Körpers nach oben und rieben über die Stellen, wo ihre Beine in den Körper übergingen. Die Spitzen trafen sich an der Erhebung, die ich vorhin mit der Zunge verwöhnt hatte. Unfähig, mich noch länger zurückzuhalten, bewegte ich mich gegen sie und ihre Feuchtigkeit benetzte meine Länge. Ihrer Öffnung so nah zu sein und trotzdem nicht in sie einzudringen, war verführerisch und machte mich zugleich wild.

Voller Ehrfurcht betrachtete ich meine Gefährtin und hielt sie fest an mich gedrückt, als wollte ich mir selbst versichern, dass sie kein Trugbild der Wüste war. Kein Streich, den das Sandmeer mir spielte. Doch das war sie nicht. Sie war echt und greifbar und sie bewegte sich heftig gegen mich. Ihr Mund stand ein wenig offen und ihre Brustwarzen hatten sich unter der Tunika fest zusammengezogen. Knurrend stützte ich sie so, dass ich eine Hand frei hatte, um ihr die Kleidung vom Leib zu reißen. Sie wehrte sich nicht gegen mich, sondern schmiegte sich nur noch dichter an meinen Körper, nachdem der Stoff verschwunden war. Sie krallte sich in meine Schultern, während wir uns weiter aneinanderrieben. Ihre Brüste waren weich und voll und ich spürte ihre Brustwarzen wie kleine Kiesel auf meiner Haut, als sie sich gegen meine Brust drückten. Ich merkte, dass ihr Höhepunkt kurz bevorstand – ihre Muskeln verspannten sich über meinem Schaft und ihre Schenkel umfingen mich fester.

Meine Lust stieg ebenfalls, meine Hoden zogen sich fest zusammen und das Verlangen breitete sich immer weiter in mir aus. Es wurde als schlechtes Omen gesehen, seinen Samen außerhalb einer Frau zu vergießen, doch mir blieb gerade gar nichts anderes übrig. Außerdem, was sollte mir das noch anhaben? War ich nicht gerade der am meisten vom Glück beseelte Gahn des Sandmeers, weil ich solch eine Gefährtin gefunden hatte? Glück hatte hier keine Handhabe mehr. Nur noch das Schicksal. Und mein Schicksal hatte sich bereits erfüllt.

„Buroudei ... Buroudei ...“ Sziszi schaffte es kaum noch, meinen Namen herauszubringen. Er klang verwaschen und wurde von immer lauteren Aufschreien unterbrochen. Sie umklammerte mich so fest mit den Beinen, dass ich mich fragte, ob ich mich wohl je wieder von ihr lösen konnte. Nicht, dass ich das wollte. *Meine Sziszi ist stärker, als ich dachte.*

Ich schmiegte mein Gesicht an ihres und meine Fangzähne strichen über ihre glatte Wange, bis sie den Kopf in den Nacken legte. Als sie ihren Höhepunkt erreichte, versiegelte ich ihre Lippen mit meinen und jeder Muskel in ihrem Körper spannte sich zuckend an. Ihre Hüften zuckten meinem Schaft entgegen und ich musste ihren Mund wieder freigeben, weil ich ein Brüllen nicht unterdrücken konnte, als ich ihr folgte und all mein aufgestautes Verlangen sich über ihren Rücken und den Sand unter uns verteilte.

Lange hielt ich sie so noch in den Armen und lauschte ihrem keuchenden Atem. Ich ignorierte das Gefühl, dass das hier nicht reichte, dass ich in ihr sein musste, sie ein für alle Mal für mich beanspruchen musste. Das würde für den Moment ausreichen müssen. Jedes Mal, wenn sie mich ein klein wenig mehr an sich heranließ, war ein Geschenk, das ich in Ehren halten musste.

Ich trug sie hinüber zu meiner Bettstatt und legte sie sanft darauf nieder. Sie sprach mit roten Wangen mit mir und klang ein wenig aufgeregt, als sie sich aufsetzte und sich umschaute, als wüsste sie nicht recht, was sie tun sollte. Sie nackt auf meinem Lager zu sehen, brachte mich beinahe um, doch ich beherrschte mich, legte mich hin und zog sie wieder an mich. Sie gab ein protestierendes Quietschen von sich, hielt dann aber still und schmiegte ihren Rücken an meine Brust. Tief atmete ich den Duft ihrer Haare ein und genoss vollauf zufrieden den Moment. Sziszi murmelte etwas, doch ihre Worte kamen zunehmend langsamer und ihre Atemzüge wurden gleichmäßiger. Ihre Lider senkten sich flatternd und dann schlief sie ein. Ich zog eine *dakrival*-Haut über sie und vergrub das Gesicht in ihren Haaren. Und jetzt, eingehüllt von ihrem Duft und im genussvollen Bewusstsein von ihrer Haut an meiner, schlief auch ich endlich.

Am nächsten Tag erwachte ich früh. Die Dämmerung strich gerade erst um die Säume meiner Zeltwände. Sziszi schlief noch tief und fest und ich betrachtete sie im fahlen Morgenlicht, weil ich es nicht fassen konnte, dass sie immer noch da war. Dass der gestrige Tag nicht nur ein quälender Traum gewesen war. Doch da lag sie – die Haare um sie herum ausgebreitet, alle Glieder von sich gestreckt und mit geöffnetem Mund. Sie schnarchte sogar ganz leise. *Was für eine herrliche Frau.* Meine Liebe für meine Gefährtin glühte als kleiner Funke warm in meiner Brust. Ich hätte sie den ganzen Tag lang beim Schlafen beobachten können. Aber dafür blieb keine Zeit. Ich musste mit meinen Männern sprechen und Vorbereitungen für den Angriff auf Gahn Fallo treffen.

Rasch zog ich mich an, band meinen Lendenschurz um und gürtete meine Waffen. Bereit für den Tag, ging mir jedoch auf, dass ich Sziszi nicht einfach so allein hier im Zelt lassen konnte. Sie schien sich mehr an mich zu binden und mir mehr zu vertrauen, doch ich konnte mir noch nicht sicher sein, dass sie nicht bei der erstbesten Gelegenheit die Flucht ergreifen würde. Stirnrunzelnd flocht ich meinen langen Zopf neu und verließ dann das Zelt.

Galok war bereits auf den Beinen und schlenderte gerade auf mich zu. Er hob den Schwanz zum Gruß.

„Galok, könntest du Rika zu mir bringen?"

Sein Gesichtsausdruck wechselte von überrascht zu besorgt. „Du brauchst die Heilerin? Es klang gestern Abend eigentlich, als würde alles gut laufen." Seine Sichtsterne verdunkelten sich und er klang niedergeschlagen. „Sie ist so klein.

Konnte sie dich nicht aufnehmen? Wurde sie bei der Paarung verletzt?"

„Nein", erwiderte ich tonlos. „Rika soll auf sie aufpassen und ihr das Lager zeigen, während wir uns mit den Männern vorbereiten."

„Ich verstehe", sagte er erleichtert und machte sich auf den Weg. Ich schaute noch einmal ins Zelt. Sziszi hatte sich umgedreht und in die *dakrival*-Häute gewickelt wie eine *drizel*-Fliege in ihren Kokon.

Einen Moment später kehrte Galok mit Rika zurück.

„Galok und ich müssen Vorkehrungen für den Angriff auf Gahn Fallo treffen. Wir wollen die anderen Frauen mit Gahn Irokais Hilfe hierherbringen. Behalte Sziszi in deiner Nähe. Sie darf sich innerhalb der Zelte frei bewegen, aber nicht allein."

„Sehr wohl, Gahn." Rika hob den Schwanz und verschwand dann im Inneren meines Zelts.

Ich wandte mich an Galok. „Komm. Wir müssen die Männer zusammenrufen."

Die Nachricht verbreitete sich rasch im Lager und die Krieger versammelten sich um die große Feuerstelle. Galok und ich warteten Seite an Seite, bis alle vor uns standen. Die Frauen und ihre Jungen beobachteten uns mit etwas Abstand.

Ich holte noch einmal tief Luft, bevor ich zum Sprechen ansetzte. Es war an der Zeit, ihnen von Sziszi zu erzählen. Von den neuen Frauen.

Und was wir als Nächstes tun würden.

# KAPITEL FÜNFZEHN
## Cece

ICH WACHTE VERSCHWITZT auf. Das Zelt bot zwar Schutz vor der Sonne, aber hier drinnen war es trotzdem fürchterlich heiß, insbesondere in dem Decken-Wrap, in den ich mich eingewickelt hatte. Ich befreite mich aus den schweren Lederstücken und strich mir ein paar Haarsträhnen aus dem Gesicht, die feucht an meiner Haut klebten, während ich mich aufsetzte. Meine Muskeln fühlten sich angenehm entspannt an. *Ja, so fühlt man sich, wenn man am Vorabend zwei heftige Orgasmen hatte.*

Doch ich schämte mich nicht dafür. Es hatte sich seltsam … richtig angefühlt. Dass Buroudei und ich uns näherkamen, war nicht zu leugnen. Ich war mir jedoch nicht sicher, was das nun zu bedeuten hatte. Unzufrieden war ich damit aber auch nicht. Ein Lächeln huschte über meine Lippen und ich schaute mich suchend nach ihm um.

Doch dann schnappte ich erschrocken nach Luft und wich ein Stück zurück, während ich mir die Decke trotz der Hitze wieder bis ans Kinn zog. Da befand sich tatsächlich ein Alien mit mir im Zelt, doch es war nicht Buroudei. Ich kniff die Augen ein wenig zusammen, aber dann erkannte ich sie.

„Rika?"

Ihr Schwanz fegte durch den Sand und sie neigte den Kopf in einer Geste, die ich als Zustimmung interpretierte. Ich nickte langsam und griff nach der Tunika, die gestern Abend auf dem Boden gelandet war. „Hast du die für mich in dem anderen Zelt bereitgelegt? Vielen Dank." Ich streifte mir den Stoff über den Kopf, wobei mir unbeabsichtigt der Geruch meiner Achseln in die Nase stieg. *Igitt.*

„Hier scheint es ja kein Wasser zu geben, aber kann ich mich irgendwo waschen?" Ich schnüffelte an mir selbst, schnitt dann eine Grimasse und tat, als würde ich mich unter den Armen schrubben.

Rika beobachtete mich mit zur Seite gelegtem Kopf und ich hätte schwören können, ein amüsiertes Schmunzeln auf ihren Lippen zu sehen. Sie erhob sich von ihrem Platz neben mir im Sand, weil sie offenbar verstanden hatte, was ich wollte. Als ich ebenfalls aufstand, spürte ich sofort den Druck meiner vollen Blase. *Oh Gott. Wie soll ich ihr denn das begreiflich machen?*

„Hm ... Wo ...?" Ich schaute mich mit heißen Wangen um und suchte nach einer indirekten Formulierung für die Frage, wo ich aufs Klo gehen konnte. *Scheiß drauf.* Vielleicht musste man so was einfach direkt ausdrücken. Ich vollführte eine Pinkel-Pantomime, indem ich mich hinhockte in der Hoffnung, dass sie meine Intention verstand. Ihr Lächeln wurde breiter.

Sie schnappte sich eine *valok*-Pflanze, die zwischen ein paar anderen Gegenständen auf dem Regal lag, und schnitt die Hälfte der gewölbten Oberfläche ab. Die geöffnete Seite reichte sie mir zum Essen, die harte Schale behielt sie bei sich und bedeutete mir, ihr zu folgen. Ich saugte das Gel aus und gehorchte.

Draußen brannte die Sonne unbarmherzig, obwohl sie noch nicht sehr hoch am Himmel stand. Der Sand fühlte sich heiß unter meinen Füßen an, weswegen ich die Knie beim Laufen höher nahm als normal, damit meine Fußsohlen so wenig Kontakt wie möglich mit dem Untergrund hatten. Ich lutschte den Rest des *valoks* aus und zog dann die Arme komplett unter die kurzärmelige Tunika. Außerdem senkte ich den Kopf, um mein Gesicht vor der Sonne zu schützen. Ich war mir verdammt sicher, dass ich mir gestern einen heftigen Sonnenbrand zusätzlich zu allem anderen eingefangen hatte, den Rika auf ebenso wundersame Weise hatte verschwinden lassen. Wenn ich das heute vermeiden könnte, würde ich das sehr begrüßen. Rika beobachtete mich interessiert und ich schenkte ihr ein schwaches Lächeln.

„Ja, ich sehe vermutlich gerade ziemlich durchgeknallt aus, was?"

Sie antwortete mit einem leisen Quietschlaut und führte mich weiter zwischen den Zelten hindurch zu einer Felsformation. Ich hielt rasch auf den langen Schatten zu, den der größte Steinbrocken warf, und ließ dabei die Dino-Tausendfüßer keine Sekunde aus den Augen, die auf der anderen Seite grasten. Rika schien sich nicht an den riesigen Tieren zu stören, blieb aber an meiner Seite. Sie zeigte mir ihre *valok*-Schale und bedeutete mir, dass ich meinen ausgelutschten Teil benutzen sollte. Ich schlängelte meine Arme wieder aus der Tunika hervor und sah ihr zu.

Sie benutzte die *valok*-Schale, um ein kleines Loch in den Sand zu graben. Dann tat sie so, als würde sie sich darüberhocken, stand wieder auf und füllte das Loch mit Sand.

*Okay, das ist einfach.*

Ich grub ein kleines Loch, wie sie es mir gezeigt hatte, und hockte mich darüber. Als ich mich jedoch mit einem zufriedenen Seufzen erleichterte, merkte ich plötzlich, dass Rika mich noch immer anstarrte. „Oh Mann. Ihr habt es alle nicht so mit Privatsphäre, oder?"

Sie erwiderte etwas, das ich nicht verstand, also ignorierte ich ihre Anwesenheit eben, so gut ich konnte. Wahrscheinlich hatte sie noch nie jemanden wie mich gesehen. Ihre Neugierde konnte ich ihr schlecht vorwerfen und außerdem war sie wohl so etwas wie eine Ärztin. Ich verrichtete rasch mein Geschäft, füllte das Loch mit Sand und warf die *valok*-Schale weg. Rika tat das mit ihrer ebenso. Dann gingen wir zurück zu den Zelten, wobei ich meine Arme wieder unter die Tunika zog und meine Haare mehr schlecht als recht als Sonnenschutz für mein Gesicht nutzte. Wenn ich hier auch nur mittelfristig überleben wollte, musste ich mir Ausrüstung vom Schiff besorgen – Wechselkleidung, Sonnencreme und Stiefel.

Auf unserem Weg durch das Lager fiel mir auf, wie still es hier war. Niemand schien sich in unserer Nähe aufzuhalten. *Wo sind denn alle?* Dabei verdrängte ich die Tatsache, dass ich mit „alle" eigentlich Buroudei meinte. Ich konnte nicht aufhören, an ihn zu denken. Tief in meinem Bauch spürte ich ein sehnsüchtiges Ziehen, das mich einfach nicht losließ. Ein unangenehmes Gefühl, das mit ziemlicher Sicherheit auf Buroudeis Abwesenheit zurückzuführen war.

Kurz darauf bekam ich die Leute doch noch zu Gesicht. Eine große Gruppe hatte sich um die Stelle versammelt, an der am Vorabend ein großes Feuer gebrannt hatte. Etwa dreißig Männer drängten sich zusammen und ein Stück weiter stand eine deutlich kleinere Gruppe aus Frauen und Kindern. Etwas an dem Verhältnis schien nicht richtig zu stimmen.

„Warum gibt es nur so wenige Frauen?", platzte ich heraus, als mir urplötzlich aufging, warum mir das so komisch vorkam.

Natürlich verstand Rika meine Frage nicht, sondern deutete nur auf ein Zelt vor uns. Wir passierten die Gruppe und ich konnte mich nicht vom Starren abhalten. Inmitten der Leute stand Buroudei, dem die Aufmerksamkeit aller Anwesenden galt. In seiner tiefen, lauten Stimme schwang unglaublich viel Autorität mit und er streckte die Arme in einer ausladenden Geste aus. Anscheinend war er der Anführer dieser Leute und ich hatte schon mehr als einmal gehört, dass er mit *Gahn* angesprochen wurde. Vielleicht hieß das ja so etwas wie König. Oder möglicherweise eher etwas in Richtung Warlord, wenn man die vielen Waffen bedachte, die er am Körper trug.

Trotz der Hitze rann mir bei seinem Anblick ein Schauer über den Rücken – mit welcher Selbstverständlichkeit er die Gruppe befehligte. Alle, selbst die am stärksten aussehenden Krieger, lauschten ihm respektvoll schweigend und schenkten ihm ihre volle Aufmerksamkeit. Ich versuchte verzweifelt, etwas zu verstehen, obwohl mir die Zwecklosigkeit dieser Bemühung sehr wohl bewusst war. Das Erlernen der Alien-Sprache ging nur langsam voran. Leider. Ich kaute auf meiner Unterlippe, als wir uns von der Gruppe entfernten. Ich wollte mich so unglaublich gern mit ihm unterhalten. Das Verlangen danach war so stark, dass es mich selbst überraschte. Das war nicht nur einfach Neugierde auf eine neue Sprache. Hier ging es nicht um akademisches Interesse. Ich wollte *mit ihm* sprechen können. Mehr über ihn erfahren, ihn verstehen und warum er wie auf was reagierte. Bis jetzt schien er vor allem auf mich zu reagieren und das Wie stand außer Frage.

Rika hob die Zeltklappe an. Dieses Zelt war anders als die beiden anderen. Es war kleiner, hoch und schmal mit einer Öffnung im Dach. Sie ließ mich eintreten.

Drinnen gab es nicht viel zu sehen. In der Mitte befand sich eine kleine Feuerstelle und ansonsten nur ein paar Dinge wie kleine Steine, ein Haufen getrocknetes Gras und ein paar andere Pflanzen, die mir noch unbekannt waren. Unsicher, was wir hier wollten, blieb ich stehen, doch Rika bückte sich und hob zwei der kleinen schwarzen Steine vom Boden auf. Sie legte ein bisschen trockenes Gras in die Feuerstelle und schlug die Steine dann aneinander, bis das Gras durch die Funken Feuer fing.

Wenn ich nicht vorher schon geschwitzt hätte, würde ich es jetzt auf jeden Fall. Es war ohnehin schon heiß hier drin und das Feuer machte es noch schlimmer. Ich hustete, als Rauch uns einhüllte. Das roch nicht nach verbrennendem Holz, sondern eher nach Kräutern. Nicht unangenehm, abgesehen von dem Problem, dass ich kaum Luft bekam. Meine Augen tränten wie verrückt, doch da spürte ich Rikas Hand auf meiner Schulter. Sie drückte mich nach unten und im Sitzen war ich aus dem Rauch raus, wodurch meine Augen sich wieder beruhigten. Bevor ich merkte, was sie vorhatte, zog sie sich auch schon ihre Tunika über den Kopf und saß daraufhin splitterfasernackt vor mir.

Meine Wangen wurden noch heißer und ich versuchte wirklich, sie nicht anzuglotzen. Ein schneller Blick zeigte mir, dass ihr Körper stark und kräftig war, man ihrer Haut aber ihr Alter ansah. Außerdem hatte sie, abgesehen von recht beeindruckend definierten Muskeln, eine komplett flache Brust. Dass ich ihr zwischen die Beine schaute, war kaum zu vermeiden, da sie sich im Schneidersitz niedergelassen hatte, und sie war in der Tat eine Frau. Abgesehen von ihrem Kopf hatte auch sie nirgendwo Haare am Körper. Sie deutete auf meine Tunika und zupfte mit einer Klaue an dem Stoff.

*Da heißt es wohl anpassen ...*

Ich zerrte sie mir über den Kopf und verschränkte die Arme vor der Brust.

Rika schnappte sich ein paar der Pflanzen, die auf dem Boden lagen. Sie sahen aus wie Sukkulenten und dem *valok* ähnlich, waren aber lang und dünn, während der *valok* eine flache, runde Form besaß. Mit einer Klaue schnitt sie das Ende eines der langen, dünnen Stängel ab und drückte ein milchiges grünes Gel heraus wie Zahnpasta aus einer Tube. Dann reichte sie mir die Pflanze und ich beobachtete, wie sie das Gel auf ihrer Haut verrieb. Es schäumte nicht, schien aber eine reinigende Wirkung zu haben und Schmutz und Fett zu entfernen. Erst dachte ich, dass sie anschließend wieder nach einem Büschel Gras griff, doch dann sah ich, dass es sich um eine Art Lappen handelte, der aus Pflanzenfasern gewebt worden war. Sie wischte sich damit über die Haut und wedelte dann mit dem Lappen durch die Luft, um sich den Rauch zuzufächeln. Das war nicht die Dusche, die ich mir dringend wünschte, aber es hatte schon ein bisschen was von Wellness.

Ich drückte mir ein bisschen was von dem Kaktusgel auf die Hände und rieb mir damit über die Haut, wie Rika es gemacht hatte. Es roch scharf, aber sehr angenehm und erinnerte mich an etwas von der Erde. *Thymian.* Die plötzliche Verbindung zu meinem Heimatplaneten ließ mir Tränen in die Augen steigen. Rasch lenkte ich mich ab, indem ich weiter das Gel auf meiner Haut verstrich. Rika reichte mir einen der Graslappen und nachdem ich diesen benutzt hatte, fühlte ich mich tatsächlich ziemlich sauber. Das Kaktusgelzeug war von meiner Haut verdunstet und ließ sie mit einem glatten, weichen Gefühl zurück. Ich schwitzte immer noch von der Hitze, müffelte aber immerhin nicht mehr. Jetzt fehlten nur noch meine Haare, doch auch dafür hatte Rika eine Lösung.

Sie setzte sich hinter mich und quetschte das letzte bisschen Kaktuszeug auf meine Kopfhaut, bevor sie es in meine Haare massierte. Vorsichtig arbeitete sie sich mit den Klauen durch meine schweißverklebten, verknoteten Strähnen. Erneut erinnerte sie mich damit an Grammy und dieses Mal konnte ich die Tränen nicht zurückhalten. Dieser simple Akt der Freundlichkeit – dass sie mir die zerzausten Haare kämmte – an einem Ort, der so lebensfeindlich wie dieser Planet war, brach mir das Herz. Ich presste mir die Handballen gegen die Augen und schluchzte leise, während Rika mir beruhigende Worte zumurmelte. Ich war so dankbar, dass Buroudei und seine Leute mich gefunden hatten. Jetzt wünschte ich mir nur, dass den anderen Frauen die gleiche Freundlichkeit widerfuhr.

Kurz darauf war Rika fertig. Ich schniefte laut und wischte mir die letzten Tränen weg, während sie meine jetzt sauberen Haare zu einem ordentlichen Zopf flocht. Wie vorhin auf meiner Haut war das Gel auch komplett aus meinen Haaren verdunstet und jetzt fühlten sie sich weich an und rochen ganz in Ordnung. Rika zeigte mir noch, wie ich mir die Zähne und Zunge mit der Kaktusschale putzen konnte. Als wir das Zelt schließlich verließen, fühlte ich mich schwach und mir war ein bisschen schwindelig, doch zugleich war ich seltsam erfrischt.

Die Sonne brannte nun heißer vom Himmel und ich schirmte mein Gesicht mit einer Hand ab. „Wo sind meine Jacke und meine Hose? Meine Stiefel?"

Ich deutete auf die Sonne, dann auf meine Haut und schüttelte den Kopf. Anschließend tat ich, als würde ich mir eine Jacke überziehen und wies auf meine Beine und Füße. Eigentlich wollte ich die blutige Hose wirklich nicht mehr anziehen, aber mir blieb nichts anderes übrig, weil ich hier draußen sicher nicht lange durchhalten würde, solange meine blasse Haut weiter so gebrutzelt wurde. Rika schien zu verstehen und führte mich schnell zum größten Zelt unweit des Saunazelts. Ich rannte hinein, um der Sonne zu entgehen, und hätte prompt beinahe einen anderen Alien umgerannt.

„Oh! Entschuldigung." Ich blieb wie angewurzelt stehen.

*Na ja, so leicht könnte ich diese Leute hier vermutlich nicht von den Füßen holen. Aber trotzdem.*

Dieser Alien trug eine ähnliche Tunika wie Rika und ich. Große Augen und weiche Lippen verliehen ihrem Gesicht hübsche Züge – auf eine fremdartige Weise. Definitiv noch eine Frau, aber jünger als Rika. Ihre Haare glänzten schwarz und ihre glatte Haut hatte einen satten Ton. Ich lächelte, was sie zurückhaltend erwiderte. Dann entfuhr mir jedoch ein erschrockenes Quietschen, als sich plötzlich etwas an meine Taille klammerte. Die junge Alien-Frau gab einen tadelnden Laut von sich, den ich als typisch mütterlich einordnete, und pflückte einen kleinen Alien – vermutlich ein Mädchen – von mir runter.

Ich hatte keine Vergleichsmöglichkeit, um das Alter des Kinds einzuordnen. Die Kleine grinste mich an und die Funken in ihren Augen pulsierten spitzbübisch. Gemessen an ihrem Verhalten und ihren Gesichtszügen würde ich sie wohl auf das Äquivalent einer Sechsjährigen auf der Erde schätzen. Aber sie war viel, viel größer.

Die erwachsene Frau sagte etwas zu mir und ich hatte das Gefühl, als würde sie sich für das Kind entschuldigen. Mir fiel eine gewisse Ähnlichkeit in ihren Gesichtszügen auf, vor allem um den Mund. *Das ist ihre Tochter.*

Ich lächelte breit zurück. „Kein Problem. Ich bin Cece."

Die Frau schaute verwirrt zu Rika. Diese sprach mit ihr und deutete dabei auf mich. Ich verstand nicht viel außer „Sziszi". Dann wies Rika auf die beiden vor mir. „Balia", sagte sie mit einem Fingerzeig auf die Erwachsene. „Zofra." Das war das Kind. Ich grinste.

„Schön, euch kennenzulernen, Balia und Zofra."

Sie lächelten beide und hoben dann die Schwänze vor ihre Augen. *Was das wohl heißt?* Ich hatte diese Geste nun schon ein paarmal beobachtet. Vielleicht war es eine Art Gruß.

„Tut mir leid, ich habe leider keinen Schwanz, sonst würde ich das sofort erwidern."

Balia lächelte ein wenig unsicher, doch Zofra plapperte munter drauf los, wobei es ihr sichtlich egal war, dass ich sie nicht verstand. Ich nickte und grinste sie an, während ich versuchte, aufzunehmen, was sie zu mir sagte. Sie nahm mich an der Hand und führte mich durchs Zelt, um mir verschiedene Gegenstände zu zeigen. Ich gab mein Bestes, um bei dem

Wasserfall an Wörtern mitzukommen, und speicherte die ab, die ich ausmachen konnte, um sie später zu analysieren. Mit ziemlicher Sicherheit kannte ich jetzt die Bezeichnungen für Tiegel, Verband und Bett. Während Zofra mich beschäftigte, unterhielten Rika und Balia sich leise miteinander. Einen Moment später kam Rika mit einem kleinen Bündel zu mir rüber. Meine Kleidung. Die nach meinem Saunapeeling leider noch ekliger wirkte.

„Danke." Ich schenkte ihr ein halbherziges Lächeln, bevor ich mir die dreckige Hose anzog. Das Gefühl des getrockneten Bluts auf meiner Haut ließ mich das Gesicht verziehen, doch ich machte mit den Socken und Schuhen weiter und streifte dann die Solarschutzjacke über. Mein schmutziges Tanktop und die Unterwäsche ersparte ich mir, knüllte sie stattdessen zusammen und legte sie unauffällig in einer Ecke ab. Zofras Neugierde war sofort geweckt und sie sah aus, als wollte sie die Stoffstücke näher untersuchen, doch ihre Mutter verscheuchte sie mit einer Handbewegung.

„Ja, das sollten wir wohl lieber verbrennen." Ich lachte peinlich berührt, meinte es aber eigentlich nicht als Witz.

So angezogen fühlte ich mich ein bisschen besser darauf vorbereitet, wieder nach draußen zu gehen. Rika verbrachte den Rest des Tages mit mir, führte mich durchs Lager und machte mich mit den Abläufen im kleinen Zeltdorf vertraut. Von den Männern sah ich kaum etwas – nach dem morgendlichen Treffen gingen sie alle verschiedenen Aufgaben nach. Einige verließen das Lager – ihrer Ausrüstung nach zu urteilen, um jagen oder auf Wachpatrouille zu gehen –, andere schärften Waffen. Allerdings lernte ich die insgesamt zehn Frauen und ihre Kinder kennen. Die Frauen begegneten mir freundlich, wenn auch ein wenig schüchtern. Nur eine, die Rika mir als Zanixia vorstellte, wirkte ein wenig reservierter als die anderen, aber insgesamt schienen sich alle über meine Anwesenheit zu freuen. Die Kinder waren besonders begeistert und viele kamen zu mir, um meine Haut, meine Haare und Nase zu berühren, während sie aufgeregt durcheinanderplapperten.

Im Lauf des Tages ertappte ich mich immer wieder dabei, dass ich nach Buroudei suchte. Ich fragte mich, was er wohl gerade machte, wo er war und mit wem er sprach. So nett Rika auch war, wünschte ich mir trotzdem irgendwie, von ihm herumgeführt zu werden. Okay, das „irgendwie" könnte man auch streichen. Ich wünschte, ich wäre bei ihm.

Möglicherweise war das weder rational noch vernünftig. Doch ich vermisste ihn viel, viel mehr, als ich sollte.

Und das jagte mir eine Heidenangst ein.

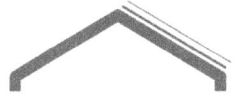

# KAPITEL SECHZEHN
## Buroudei

„SIE IST FRAGIL. SEHR fragil."

Rikas Tonfall war sehr streng. Wir standen vor meinem Zelt. Sziszi befand sich darin und nachdem ich den ganzen Tag lang von ihr getrennt gewesen war, wollte ich einfach nur noch zu ihr. Die Trennung verursachte mir körperliche Schmerzen.

„Ich weiß, Rika", erwiderte ich ungeduldig. „Aber ich werde sie beschützen."

Rika runzelte die Stirn und ihr Schwanz zuckte unruhig. „Nein, Gahn, du verstehst nicht. Sie ist nicht geschaffen für einen Ort wie diesen. Wusstest du, dass die Sonne ihre Haut verletzt? Sie verbrennt sie wie Feuer. Deswegen muss sie diese fremdartige Kleidung tragen."

Mir wurde das Herz schwer. Das war schlimmer, als ich vermutet hatte. Ich hatte tatsächlich gehofft, dass es Sziszi langfristig gut gehen würde, nachdem Rika sie geheilt hatte. Aber das war offensichtlich nicht der Fall. Wie konnte es sein, dass ihr die Sonne Schaden zufügte? Ein furchtbares Gefühl der Hilflosigkeit überkam mich.

„Ich werde nicht vorgeben, weiser zu sein als du, Rika. Sag mir, was ich tun soll." Die Verzweiflung in meiner Stimme gefiel mir nicht. Dadurch kam ich mir schwach vor. Sziszi machte mich verwundbar wie sonst nichts auf der Welt. Aber ich blieb dabei: Ich würde tun, was auch immer getan werden musste. Ich konnte nicht hinnehmen, dass meine Gefährtin nicht für meine Welt geschaffen war. Sie würde stark sein. Sie würde überleben. Dafür würde ich sorgen. Ob nun durch Blut, Schweiß oder reine Willenskraft, ich würde nichts anderes zulassen.

„Ich wünschte, das könnte ich, mein Gahn." In Rikas Stimme lag so viel schmerzvolle Ehrlichkeit. „Ohne mit ihr sprechen zu können, kann ich ihre Bedürfnisse nur schwer einschätzen." Sie schwieg einen Moment und ihr Blick ging ins Leere, als er hinaus auf die Sandebene jenseits der Felsen schweifte. „Mir ist heute mehrfach aufgefallen, dass sie in die Wüste hinausgeblickt hat. In Richtung des Orts, an dem du sie gefunden hast. Vielleicht hat sie dort etwas zurückgelassen. Etwas, das sie braucht."

Ich biss die Zähne zusammen. Auf gar keinen Fall würde ich Sziszi mit hinaus auf den offenen Sand mitnehmen. „Es ist zu gefährlich für sie. Das weißt du."

Rika schaute mir ruhig in die Augen. „Vielleicht bleibt dir keine andere Wahl."

Sie ging und ich brütete eine Weile unter dem sternenübersäten Himmel über ihre Worte, während ich die Handlungsmöglichkeiten abwog, die mir zur Verfügung standen. Ich könnte ohne Sziszi gehen und die Absturzstelle allein untersuchen. Allerdings wusste ich nicht einmal, wonach ich dort Ausschau halten sollte. Sziszi war die Einzige, die wusste, was sie brauchte, und sie konnte es mir nicht sagen.

Seufzend richtete ich den Blick zum Himmel hinauf. Die *zeelk* waren vermutlich durch das Geräusch der großen fliegenden Kreatur aufmerksam geworden. Die Landung hatte sicher Vibrationen durch den Boden geschickt, was sie angelockt hatte. Wenn wir uns leise verhielten und nur zu zweit gingen, war es vielleicht nicht zu gefährlich. *Und wie Rika sagte: Ich habe vielleicht gar keine andere Wahl.* Das gefiel mir nicht. Keine Wahl zu haben. Nicht zu wissen, welchen Weg ich wählen sollte. Entsprechend finster war meine Laune, als ich das Zelt betrat.

Ein Großteil der Anspannung fiel jedoch von mir ab, als ich das kleine, zauberhafte Gesicht meiner Gefährtin sah. Sie hatte auf meiner Bettstatt gesessen, sprang nun aber auf und redete munter auf mich ein. Doch dann sagte sie plötzlich beinahe schüchtern und langsam, als wollte sie sichergehen, es richtig auszusprechen, unser Wort für „Hallo".

Mein Schwanz klopfte auf den Sand und Wärme breitete sich in meiner Brust aus. Das musste sie heute von Rika gelernt haben. Wie wundervoll es doch war, wenn die Gefährtin im Zelt auf einen wartete und einen derart begrüßte. Dieses Glück war jenseits aller Vorstellungskraft. Ich ging zu ihr hinüber und umfasste ihr Gesicht mit beiden Händen, bevor ich meine Lippen auf ihre senkte. Sie öffnete einladend den Mund für mich, doch das war nicht von langer Dauer. Sie zog sich schnell wieder zurück und sagte etwas in ihrer Sprache, bevor sie zu der des Sandmeers überging.

„Buroudei essen Fleisch." Falten erschienen auf ihrer Stirn, als wüsste sie, dass das nicht ganz richtig war – was ja auch stimmte –, doch ich fühlte mich durch ihre Bemühungen trotzdem geehrt. Sie schüttelte den Kopf und griff dann nach einem aus Knochen geschnitzten Teller von einem der Regale. Darauf befand sich eine Auswahl von *dakrival*-Fleisch vom heutigen Abendmahl. Ich hatte mich nicht dem Clan angeschlossen, weil ich noch mit Galok und der Planung des Überfalls auf Gahn Fallo beschäftigt war. Also nahm ich den Teller entgegen und setzte mich, rollte den Schwanz um mich ein und klopfte dann auf den Platz neben mich. Mit roten Wangen ließ sie sich neben mir nieder, strich die Tunika über ihren Knien glatt und zog diese dann an die Brust. Sie in der Kleidung unseres Volks zu sehen, mit auf unsere Art geflochtenen Haaren, schickte einen heißen Blitz direkt in meinen Schritt. Ich brummte leise und wandte meine Aufmerksamkeit dem Essen zu, das ich schnell vertilgte. Schon bald würde ich etwas weitaus Süßeres auf meinen Zungen schmecken.

Nachdem ich fertig war, warf ich den Teller beiseite und beugte mich zu Sziszi hinüber. Ihre Augen wurden groß, als ich mich mit einer Hand hinter ihr auf dem Sand abstützte und mit der anderen nach dem Saum ihrer Tunika griff, um ihn nach oben zu ziehen und so ihre weichen Oberschenkel und das dunkle Dreieck zwischen ihren Beinen zu entblößen, das so fremdartig und gleichzeitig so verführerisch war. Verlangen durchströmte mich heiß und unnachgiebig. Ich war zu lange nicht in ihrer Nähe gewesen. *Heute Nacht werde ich mich mit ihr vereinigen.*

Aber ich hätte es besser wissen müssen und ahnen sollen, dass meine kleine Gefährtin andere Pläne hatte. Als ich gerade den Kopf senken wollte, um mich der verheißungsvollen Stelle zwischen ihren Beinen zu widmen, spürte ich etwas an meinem Ohr, das mich nachdrücklich zurückhielt. Ich schaute zu Sziszi auf. Sie hatte eine Hand um mein Ohr geschlossen und wackelte mit dem Zeigefinger ihrer freien Hand vor meinem Gesicht herum. Die Geste sagte mir nichts, doch ich verbiss mir ein verärgertes Knurren. Die Bedeutung verstand ich nämlich sehr wohl. *Hör sofort damit auf.*

Diese Frau, meine Gefährtin, die seltsame und zugleich perfekte Kreatur, die meinem Leben einen ganz neuen Sinn verlieh, würde ganz sicher zeitnah für mein Ableben verantwortlich sein.

# KAPITEL SIEBZEHN
## Cece

ES FIEL MIR ZUNEHMEND schwerer, mich nicht von Buroudeis Verführungskunst einwickeln zu lassen. Wobei die streng genommen eigentlich nur aus „Ich bin hier, du bist hier, lass mal loslegen" bestand. Trotzdem hinterfragte ich immer weniger, was uns eigentlich miteinander verband. Nach dem Tag mit Rika hatte ich mich darauf gefreut, ihn zu sehen, und als er dann schließlich ins Zelt kam, war die Reaktion meines Körpers auf ihn nicht zu leugnen – mein Puls schoss in die Höhe, mein Blut rauschte in meinen Ohren und pulsierte zwischen meinen Beinen. Dass er mich sofort so selbstverständlich küsste, machte mich ein bisschen zu glücklich. Es fühlte sich an, als wäre ich angekommen, als würde ich genau hierhergehören, zu jemandem. Das war das Verführerischste von allem, da ich nach Grammys Tod niemanden mehr hatte.

Also musste ich ernsthaft gegen den Drang ankämpfen, die Beine zu spreizen und Buroudeis Mund Zugang zu gewähren. Doch genau das machte ich jetzt und wählte die für mich effizienteste Methode, um ihn aufzuhalten: Ich packte eins seiner Ohren.

Es klappte. Er warf mir einen Blick irgendwo zwischen „Ist das dein Ernst?" und „Ich hätte es wissen müssen" zu, doch ich stählte mich innerlich dagegen und drohte ihm mit dem Zeigefinger, während ich auf dem Hintern von ihm wegrutschte. Wir mussten dringend über ein paar Dinge sprechen.

Ich ließ Buroudeis Ohr los, behielt ihn aber aufmerksam im Auge. Er schien jedoch zu merken, was ich wollte, so unzufrieden er damit auch war. Langsam hob er den Kopf, verharrte aber in seiner Position über mir, die Hände links und rechts von meinen Hüften abgestützt. In seinen dunklen Augen wirbelten die kupferfarbenen Funken durcheinander und sein Gesicht war nur Zentimeter von meinem entfernt. Ich blinzelte ein paarmal und wich seinem Blick aus, um mich nicht darin zu verlieren. Doch damit landete meiner auf seinem Mund und das war genauso ablenkend. Also konzentrierte ich mich mit heißen Wangen fest auf sein Kinn und versuchte, mich auf die Wörter zu besinnen, die ich bereits gelernt hatte, um daraus eine Bitte zu formulieren.

„Buroudei Cece Sand gehen."

*Mist.* Das war falsch. Kam nicht mal dem nahe, was ich sagen wollte. Ich konnte mich nicht davon abhalten, ihm doch wieder in die Augen zu sehen, und die Funken zogen sich eng zusammen.

„Buroudei Cece gehen holen Sand."

Oh Gott. Ich musste wirklich an meiner Verbkonjugation arbeiten. Und ich war mir auch nicht sicher, wo im Satz direkte oder indirekte Objekte hingehörten. Ich wollte ihm klarmachen, dass er mich durch die Wüste zum Schiff zurückbringen sollte, damit ich mir mir Ausrüstung besorgen konnte. So schrecklich der Gedanke auch war, so unwahrscheinlich wurde es mit jeder verstreichenden Stunde, dass meine Freundinnen noch am Leben waren. Ich aber schon. Ich hatte überlebt. Und ich musste alles tun, damit das auch so blieb. Mich mit Buroudei und seinen Leuten zusammenzutun, war ein großer Schritt in die richtige Richtung, aber ich brauchte mehr als das – mehr Kleidung und Ersatzstiefel, mehr Sonnencreme und was auch immer ich sonst noch Nützliches aus dem Laderaum bergen konnte. Ich war heute nur kurz der Sonne ohne meine Solarschutzjacke ausgesetzt gewesen und hatte mir allein dadurch schon einen Sonnenbrand geholt, den Rika mit der radioaktiven Milch hatte behandeln müssen.

Buroudei hatte sich nicht von der Stelle gerührt. Ich spürte seine Atemzüge auf meinen Lippen und öffnete unwillkürlich den Mund einen Spaltbreit. *Konzentrier dich, Cece.* Ich musste ihm meine Bitte verständlich machen. Dass er mich nicht einfach allein losziehen lassen würde, war mir klar – und außerdem würde ich so einen Ausflug auf eigene Faust definitiv nicht überleben.

„Buroudei Cece gehen ... Sand ... holen ...“ Ich schnaufte frustriert. Gerade probierte ich nur verschiedene Kombinationen der gleichen Wörter aus. Mein Vokabular war im besten Fall dürftig. Für die Hälfte dessen, was ich ausdrücken wollte, hatten sie vermutlich gar keine Begriffe. Mein Gefühl sagte mir, dass sich „Raumschiff“ nur sehr schwer bis gar nicht würde übersetzen lassen.

„Komm mit. Ich zeige es dir“, fuhr ich in meiner Muttersprache vor, rutschte von ihm weg und stand auf. Buroudeis Schwanz zuckte unruhig und für einen kurzen Moment schien es, als wollte er mich am Knöchel packen und wieder nach un ten ziehen. „Keine Panik, ich gehe nirgendwo ohne dich hin." Ich reichte ihm eine Hand.

Er starrte sie an und schaute dann fragend zu mir auf.

„Komm schon, hoch mit dir." Ich wedelte mit den Armen und machte ein paar ausladende Kniebeugen, damit er verstand, was ich von ihm wollte. Er gehorchte schließlich und richtete sich zu voller, beeindruckender Größe auf. Ich ignorierte meine plötzlich staubtrockene Kehle und dass mein Puls in die Höhe schoss und griff stattdessen nach seiner Hand. „Das wollte ich gerade. Dich an der Hand nehmen."

Ich drückte seine großen Finger und beobachtete fasziniert, wie die Funken in seinen Augen sich ruckartig nach außen verteilten und seine Nasenflügel sich blähten. „Ich bin mir nicht sicher, ob mir dieser Blick gefällt. Lenk mich nicht ab. Auf geht's." Ich zog an seiner Hand und führte ihn aus dem Zelt.

Draußen empfing uns kühle Nachtluft. Ich umrundete mit Buroudei das Zelt und genoss, dass er mir folgte, ohne zu zögern oder Fragen zu stellen. Dann blieb ich stehen und deutete in die Wüste hinaus in der Hoffnung, dass ich die grobe Richtung des Schiffs traf. Es war viel zu weit weg, um es von hier aus sehen zu können.

„Buroudei Cece gehen holen." Mit der freien Hand gestikulierte ich wild zum Horizont. Dann drehte ich mich zu Buroudei. „Bitte, bitte versteh mich."

Buroudei sagte nichts und seinen Gesichtsausdruck konnte ich nicht deuten. Wir musterten einander im Halbdunkel, bis er schließlich meine freie Hand in seine nahm und sie zwischen unsere Körper zog. Dann murmelte er einen Satz, den ich tatsächlich teilweise verstand. „*Irgendwas irgendwas* gehen *irgendwas irgendwas* holen ...“

Ich keuchte laut auf. „Willst du damit sagen, dass du mich verstanden hast? Du bringst mich da hin? Du bringst mich zum Schiff?“ Ich deutete erneut auf den Horizont und Buroudeis Schwanz zuckte zustimmend. Er wiederholte den Satz und jetzt war ich mir noch sicherer, dass er meiner Bitte zustimmte.

Ich jubelte leise und war fast so begeistert von unserer gelungenen Kommunikation wie von der Aussicht, zum Schiff zurückzukehren. Aus einem Impuls heraus schlang ich schwungvoll die Arme um seine Taille. Ich spürte, wie er mit dem Schwanz kräftig auf den Boden schlug und mich dann umarmte, was sich ein bisschen wie ein Stahlkäfig anfühlte. Seufzend lehnte ich die Stirn gegen seine Brust.

„Danke.“

Buroudei knurrte dunkel und bevor ich wusste, wie mir geschah, hob er mich in einer schnellen Bewegung hoch und trug mich zurück ins Zelt. Erst wollte ich protestieren, mich gegen ihn wehren, damit er mich wieder absetzte, aber dann merkte ich, dass ich das gar nicht wollte. Ich schwebte noch auf dem Hoch, weil wir es tatsächlich geschafft hatten, miteinander zu sprechen. Na ja, oder so ähnlich. Diese neue Verbindung zwischen uns und dass er mir helfen würde, ließen mich vor Aufregung beinahe platzen. Tränen brannten in meinen Augen. Endlich bekam ich das Gefühl, dass wir Fortschritte machten und dass es nach den vielen Katastrophen wenigstens ein bisschen aufwärtsging. Fast ein bisschen verträumt betrachtete ich sein kantiges Kinn und seinen entschlossenen Gesichtsausdruck.

„Was kommt nach ‚Ich könnte dich glatt küssen'? Ich könnte dich glatt vögeln?" Okay, das war gerade ziemlich verrückt und so fühlte ich mich auch, aber mir war klar, dass ich darauf eingehen würde, wenn Buroudei jetzt einen Annäherungsversuch machte.

Doch das tat er nicht. Mir entkam ohne mein Zutun ein etwas enttäuschter Laut, als Buroudei mich auf dem Sammelsurium aus Decken und Lederstücken absetzte, das sein Bett darstellte. Dann sagte er leise etwas, von dem ich allerdings nur „*dakrival*-Leder" und „*irkdu*" verstand. Ich runzelte die Stirn und musterte die Beule unter seinem Lendenschurz.

„Du solltest echt bleiben und die Situation nutzen. Keine Ahnung, ob ich morgen immer noch in so durchgeknallter Stimmung bin."

Buroudei sah verkniffen drein, sprach aber weiter und dieses Mal hörten sich die Worte knapper und rauer an. Er beugte sich zu mir runter und strich mir mit den Fingerspitzen über die Stirn, meinen Kiefer entlang und dann über meinen Zopf, den er sacht zwischen den Fingern rieb. Ich stemmte mich auf die Knie hoch und griff nach seiner Hand, um sie an meinen Hals zu drücken.

Er gab einen erstickten Laut von sich und löste sich von mir. Dann wandte er sich ohne ein weiteres Wort ab und verließ das Zelt. Die Klappe fiel mit einer Endgültigkeit zu, bei der ich am liebsten losgeheult hätte.

„Ja, ganz toll. Ist ja auch egal. Mach halt irgendeinen superwichtigen Alien-Kram." Ich schnaubte leise. Mit einem entnervten Stöhnen ließ ich mich nach hinten aufs Bett fallen und rollte mich in die Decken ein, um mich darunter zu verstecken und meinen gekränkten Stolz zu trösten. Falls Buroudei in dieser Nacht noch einmal zurückkehrte, bekam ich davon nichts mit. Ich fiel allein in einen traumlosen Schlaf.

Als ich am nächsten Morgen wach wurde, erwartete Rika mich bereits wieder. Ähnlich wie am Vortag blieb sie an meiner Seite und ehrlich gesagt war ich mehr als dankbar für die Gesellschaft. Wir verstanden zwar die Sprache der jeweils anderen nicht, aber wir entwickelten eine gemeinsame mithilfe von Gesten. Ich mochte sie gern und das galt auch für die anderen Mitglieder der Gruppe, mit denen ich die Möglichkeit zur Interaktion bekam. Unfähig, es sein zu lassen, hielt ich immer wieder Ausschau nach Buroudei. Hin und wieder konnte ich einen Blick auf ihn erhaschen, meistens wie er mit einem unglaublich großen Krieger ins Gespräch vertieft war – unglaublich groß selbst für hiesige Verhältnisse –, aber wie schon gestern schien er schwer beschäftigt zu sein. Ich ignorierte den schmerzhaften Stich, den ich verspürte, weil ich keine Zeit mit ihm verbringen konnte. *Das ist doch lächerlich. Ich sollte mich auf wichtigere Dinge konzentrieren.* Zum Beispiel, wann wir zum Schiff zurückkehren würden. Mir ging auf, dass Buroudei und ich keine Möglichkeit hatten, über den Zeitpunkt zu sprechen. Er hatte zugestimmt, mich hinzubringen, aber wann? Vielleicht war ihm nicht bewusst, wie dringend ich Ausrüstung für menschliche Bedürfnisse brauchte.

Am Abendessen nahm er nicht teil, weswegen ich wieder mit einem Teller voll Essen allein in seinem Zelt endete. *Warum habe ich gerade das Gefühl, versetzt worden zu sein?* Meine Gefühle waren albern und trotzdem verletzt. Als er schließlich lange nach Einbruch der Dunkelheit auftauchte, begrüßte ich ihn mit einem kalten Schulterzucken und deutete wortlos auf den Teller. Er warf einen Blick darauf und sein

Schwanz zuckte leicht, doch dann reichte er mir die Hand, wie ich es am Vorabend bei ihm getan hatte.

„Ach, du hast also nicht mal Zeit, das zu essen, was ich dir so liebevoll gekocht habe?" Das war natürlich eher als Witz gedacht. Ich hatte bei der Zubereitung an der großen Gemeinschaftsfeuerstelle keine Ahnung, was ich da tat, und hatte einfach die Stücke zusammengesammelt, die Rika für Buroudei beiseitegelegt hatte. *So müssen Frauen sich fühlen, wenn ihre Ehemänner zu spät zum Essen nach Hause kommen.* Hitze stieg mir in die Wangen. *Moment mal, Ehemann?* So lange war ich doch noch gar nicht hier, oder? Lange genug, dass ich ernsthaft darüber nachdachte, mich mit einem Alien häuslich niederzulassen?

*Darüber denken wir später nach.*

Trotz allem ergriff ich seine Hand.

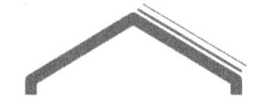

# KAPITEL ACHTZEHN
## Buroudei

JA, ICH WAR EIN GAHN. Aber inzwischen sollte man mich wohl als fleischgewordene Gottheit betrachten für die Zurückhaltung, die ich bewies. Sziszi hatte gestern Abend anders gewirkt, als würde sie mich tatsächlich zwischen ihren Beinen willkommen heißen, wenn ich mich ihr angeboten hätte. Vielleicht war es dumm von mir gewesen, es abzulehnen.

Ein Narr. Ein Gott.

Möglicherweise beides.

Doch es war keine Zeit dafür geblieben. Dass ich mich nun um einen Ritt zurück zu der abgestürzten Kreatur zusätzlich zu den Vorbereitungen für die bevorstehende Schlacht gegen Gahn Fallo kümmern musste, raubte mir jeden freien Moment. Und ich musste sie im Zelt zurücklassen, um ihren *irkdu*-Sattel und Reitkleidung anzufertigen. Natürlich hätte ich diese Aufgabe einer der Frauen des Clans übertragen können, aber es fühlte sich wichtig für mich an, dass ich es selbst tat. Die Scham darüber, dass sie auf der Reise hierher durch den Ritt auf meinem Tier so sehr verletzt worden war, bohrte sich immer noch wie eine heiße Klinge in meine Eingeweide. Das war das Mindeste, was ich als Entschädigung tun konnte. Ich würde jede noch so kleine Einzelheit lernen, die ihre Art ausmachte. Ich würde lernen, ihre Bedürfnisse zu erfüllen. Ich würde den Rest meines Lebens damit zubringen, dafür zu sorgen, dass so etwas nie wieder passierte.

Und so blieb ich die halbe Nacht auf und arbeitete an den gegerbten Häuten wie meine Mutter, als sie noch am Leben gewesen war. Und nachdem ich damit fertig war, schlief ich in Galoks Zelt, obwohl es mich so sehr danach verlangte, mich mit Sziszis warmem, weichem Körper zu vereinigen. Sie brauchte die Erholung vor dem Ritt.

Jetzt, nach Einbruch der Dunkelheit, war es so weit. Die *zeelk* waren nachts weniger aktiv und Sziszi würde dadurch weniger Sonne und Hitze ausgesetzt sein. Uns blieben außerdem nicht mehr viele Nächte, bevor Gahn Irokai mit seinen Männern zurückkehrte. Also mussten wir jetzt handeln.

Sziszis Hand fühlte sich so klein in meiner an, dass ein schmerzhaftes Ziehen mein Herz erfasste. In diesem Augenblick wurde mir mit aller Macht bewusst, wie verletzlich sie war. Ihre bloße Anwesenheit in meiner Welt brachte sie in Gefahr. Und jetzt würde sie ihr auf dem Ritt zu der abgestürzten Kreatur noch mehr ausgesetzt sein. Das gefiel mir nicht. Ganz und gar nicht. Aber ich wusste mit absoluter Sicherheit, dass es notwendig war. *Am besten bringen wir es schnell hinter uns.*

Sziszi schwieg, was ungewöhnlich für sie war. Ich hatte eigentlich erwartet, dass sie Wörter an mir ausprobierte, die sie heute neu gelernt hatte, und als sie das nicht tat, spürte ich einen schmerzhaften Stich in der Brust. *Vielleicht ist sie mit den Gedanken bereits bei der bevorstehenden Reise.*

Ich führte Sziszi von den Zelten weg zu der Felsformation und dem *peet*-Gras. Die *irkdu* bewegten sich langsam weidend dazwischen. Einige von ihnen schliefen. Ich stieß einen scharfen, tiefen Pfiff aus, woraufhin mein Reittier sich erhob und auf uns zukam.

Sziszi sagte etwas und klang nicht sehr glücklich. Ich drückte ihre Hand, wie sie es gestern mit meiner getan hatte. „Keine Sorge, Sziszi. Dieses Mal bin ich besser vorbereitet."

Ich ging zu unserer Ausrüstung, die ich zwischen zwei kleineren Felsen deponiert hatte. Sziszi klammerte sich an meine Hand, hielt sich dicht neben mir und ließ mein *irkdu* keinen Moment aus den Augen. Das war auch klug – mein Reittier war zwar gut ausgebildet und würde sie nicht absichtlich verletzen, aber es konnte sie durchaus mit einer Drehung seines Körpers in die falsche Richtung zerquetschen.

Ich hatte bereits alles zusammengetragen, von dem ich ausging, dass wir es brauchen würden. Vermutlich waren wir vor Sonnenaufgang wieder zurück im Lager, aber ich hatte Sziszis Schutzumhang dennoch mitgenommen, ebenso wie die harten Schalen, die sie tagsüber an den Füßen trug. Die Stoffstücke, die sie sich überzog, bevor sie die Schalen anlegte, wurden an manchen Stellen bereits dünn, also hatte ich ihr neue aus dem weichsten, dünnsten Teil einer *dakrival*-Haut gefertigt. Ihre Beinkleider hatte ich mit deutlich zäherem *dakrival*-Leder an der Innenseite der Oberschenkel verstärkt und dafür die durchgebluteten Teile weggeschnitten.

Zusätzlich bekam sie von mir einen Sattel, der aus einem Knochengestell bestand, das ich mit zahlreichen Lederschichten bespannt hatte. Solche Sättel nutzten wir, wenn wir unseren Jungen das Reiten beibrachten und ihre Beine noch zu kurz

waren, um sich bequem auf dem Rücken des Tiers zu halten,
also war mir die grundsätzliche Konstruktion vertraut. Es war
entzückend und beängstigend zugleich, dass ich den Sattel für
Sziszi nur ein wenig größer bauen musste, als wir es für ein
Kind unseres Clans tun würden.

*Valok* und getrocknetes Fleisch dienten als Verpflegung, die
ich in den Satteltaschen verstaut hatte, zusammen mit langen
Lederseilen, um zusätzliche Gegenstände am *irkdu* zu befes-
tigen. Ich hatte keine Vorstellung davon, was wir mitbringen
würden, aber wir sollten in jedem Fall vorbereitet sein. Selbst
wenn es ein großer Gegenstand war, konnte das *irkdu* diesen
mithilfe der Seile hinter sich herziehen. Schließlich blieben
noch meine Waffen: ein zusätzlicher Speer aus einem
*zeelk*-Stachel, mehrere Messer und meine Axt.

Ich zeigte Sziszi ihre Kleidung und machte mich dann
daran, den Sattel auf dem *irkdu* anzubringen. Weil ich mit
dem Rücken zu ihr stand und abgelenkt war, sah ich Sziszis
Reaktion auf ihre neue Ausrüstung nicht, weswegen es mich
auch kalt erwischte, als ich mich wieder zu ihr umdrehte und
feststellen musste, dass ihre Augen glänzten, ihre Wangen nass
waren und ihr Atem in fiependen, abgehackten Stößen ging.
Rika hatte mir erzählt, dass Sziszi im Rauchzelt die gleiche
Reaktion gezeigt hatte. Sie war sich jedoch recht sicher, dass
es kein körperliches Leiden oder ein Hinweis auf eine
Erkrankung war, sondern mit starken Gefühlen zu tun hatte.
Ich ließ umgehend von dem Sattel ab und war mit ein paar
schnellen Schritten an ihrer Seite, um ihr über die feuchten
Wangen zu streicheln.

„Was hast du? Was ist denn los?"

*Was ist denn los?* Das war die Frage aller Fragen. Eine, die ich mir in letzter Zeit viel zu oft stellte.

Sziszi wedelte mit der dünnen Fußbedeckung zwischen uns hin und her und ihre Stimme klang belegt, als sie hastig mit mir sprach. Das Wasser, das aus ihren Augen lief, machte mich unruhig. In der Wüste, abgesehen von den normalen körperlichen Tagesvorgängen, so viel Flüssigkeit zu verlieren, war nie ein gutes Zeichen. Ich verstärkte den Druck meiner Finger auf ihre Wangen ein wenig und schob sie vorsichtig etwas nach oben, als könnte ich damit den Fluss irgendwie hemmen. Doch das schien es nur noch schlimmer zu machen.

„Geh sparsam mit deinen Flüssigkeiten um, Gefährtin, sonst muss ich noch mehr *valok* für unterwegs sammeln." Ich wünschte, ich könnte verstehen, was sie sagte. Sie sprach ganz offensichtlich über die Fußbedeckungen und wirkte sehr aufgebracht. Ich runzelte die Stirn und versuchte, einen besseren Blick auf die Kleidungsstücke zu erhaschen, mit denen sie immer noch wie wild herumwedelte. Ich hatte die Form von denen übernommen, mit denen sie hier angekommen war, nur dass meine wesentlich durchdachter waren, das Material weicher und trotzdem widerstandsfähiger. Aber offenbar hatte ich dabei etwas falsch gemacht.

„Ich kann sie anpassen. Gib sie her."

Doch als ich sie ihr wieder abnehmen wollte, schnappte sie nach Luft und drückte sie sich mit der Aggressivität einer *krixel* an die Brust, die ihre Beute verteidigte, bevor sie sich bückte und sie sich über die Füße streifte. Ich beobachtete ihr Treiben verwirrt und machte mir schon jetzt Sorgen, dass ich sie vielleicht nie richtig verstehen würde, selbst wenn wir eines Tages eine gemeinsame Sprache miteinander teilten.

Nachdem sie ihre Fußbedeckungen angelegt hatte – die zu meiner Zufriedenheit sehr gut zu passen schienen, was auch immer ihr Einspruch dagegen gewesen war –, zog sie ihre Beinkleider an. Als sie meine Anpassungen bemerkte, verloren ihre Augen wieder Flüssigkeit. Jetzt wusste ich wirklich nicht mehr weiter. Sie schien nicht zu wollen, dass ich irgendetwas für sie tat, und das Gefühl behagte mir gar nicht. Mit einer energischen Geste wischte sie sich über die Wangen und streifte sich die harten Fußschalen über.

Dann schaute sie mich direkt an und schien nach den richtigen Worten für einen Satz zu suchen. Für eine Frage. „*Dakrival*-Leder … Balia?"

Ich starrte sie verwirrt an. Sie schniefte laut und versuchte es noch einmal. Dieses Mal deutete sie auf die neuen Teile an ihren Beinkleidern und dann auf ihre Füße.

„*Dakrival*-Leder Balia? Rika?" Sie machte eine Geste, die aussah, als würde sie gegerbte Häute zusammennähen. Fragte sie, wer die Kleidung angefertigt hatte? Mir war nicht klar, was das für eine Rolle spielte.

„Ich habe sie gestern Nacht gemacht." Ich deutete auf mich. Sie schien nicht überzeugt zu sein, dass ich verstanden hatte, was sie meinte, also führte ich die nähende Geste aus und deutete dann erneut auf mich selbst.

Merkwürdigerweise verzog sie daraufhin schon wieder verzweifelt das Gesicht und presste sich die Hände gegen die Augen, während ihre Schultern bebten. Rika musste sich geirrt haben. Panik durchflutete mich. *Das ist ganz bestimmt nicht normal.*

Ich wollte gerade die Arme nach ihr ausstrecken, als sie sich nach vorn lehnte und Hände und Gesicht gegen meine Brust drückte. Daraufhin zog ich sie fest an mich, als könnte ich das Leiden, das sie gerade plagte, damit heilen. Und es wirkte tatsächlich irgendwie. Kurz darauf ließ ihr Zittern nach und sie hob das feuchte Gesicht, um mich anzusehen und ein Wort in ihrer Sprache von sich zu geben, das ich noch nicht von ihr gehört hatte. Schließlich stellte sie sich auf die Zehenspitzen und zog an meinen Schultern. Sie sagte etwas, das verärgert klang, und deutete dann auf ihren Mund.

Was denn jetzt schon wieder? Stimmte etwas mit ihrem Mund nicht?

Sie redete weiter und tippte erst gegen meine Lippen, dann gegen ihre. Ihr Gesichtsausdruck wirkte entschlossen. Sie wollte ganz offensichtlich etwas. Dann dämmerte mir die Erkenntnis und ich senkte meinen Mund mit einem Stöhnen auf ihren. Als sich ihre feuchten Lippen für mich öffneten, versuchte ich, meine *ablik*-harte Willenskraft heraufzubeschwören. *Ich bin ein mächtiger Gahn. Ich werde eines Tages als Gott verehrt werden. Also werde ich eine Beherrschung an den Tag legen, von der man sich auf ewig Geschichten am Feuer erzählen wird ...*

Mein Körper scherte sich jedoch nicht um solch hehre Gedanken. Meine Männlichkeit wurde hart und drängte sich verlangend gegen Sziszis Bauch. Sie wich nicht davor zurück und ihre kleinen Hände legten sich wieder auf meine Taille, als sie sich fester an mich schmiegte. Unwillkürlich verspürte ich den Wunsch, die Flüssigkeit, die sie gerade aus ihren Augen verloren hatte, durch meine eigene zu ersetzen. Ich würde sie füllen, bis nichts mehr in ihren Schoß passte. *Oder in ihren Mund.* Mir entfuhr ein Zischen, als mein Schaft mit schmerzhaftem Pochen auf dieses Bild reagierte.

Mir war vollkommen schleierhaft, wie Männer noch irgendetwas zustande brachten, sobald sie ihre Gefährtin gefunden hatten. Aber ob es mir nun passte oder nicht – wir hatten etwas zu erledigen. Sosehr es mich auch quälte, löste ich mich dennoch von Sziszi und wischte ihr die letzten feuchten Spuren von den Wangen.

„Wir müssen jetzt aufbrechen." Ich grinste in mich hinein und wiederholte dann ihren ungelenken Satz. „Buroudei Sziszi gehen holen Sand."

Sziszi leckte sich über die Lippen und ihr Atem ging noch immer ungleichmäßig, doch sie lächelte und bewegte den Kopf auf und ab, was ich inzwischen als zustimmende Geste erkannte. Ohne weitere Verzögerungen half ich ihr in den Sattel.

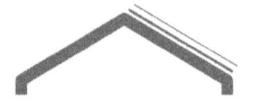

# KAPITEL NEUNZEHN
## Cece

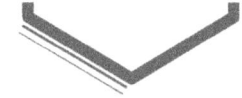

ICH SASS STOCKSTEIF im Sattel und versuchte angestrengt, mich zusammenzureißen. Noch mehr Tränen konnten wir gerade nicht gebrauchen, aber es fiel mir wahnsinnig schwer, sie zurückzudrängen. Die Socken waren so weich und klein. Die Tatsache, dass jemand von diesen Leuten sich genug um die gestrandete Menschenfrau sorgte, die gerade mal ein paar Brocken ihrer Sprache beherrschte, um ihr neue Kleidung und Socken anzufertigen, machte mich vollkommen fertig. Und dann auch noch herauszufinden, dass es Buroudei selbst gewesen war? Ja, das stand noch mal auf einem ganz anderen Blatt. Die Vorstellung, wie er vornübergebeugt dasaß und etwas zusammennähte, das so klein wie diese Socken war, damit es auf meine mickrigen Menschenfüße passte, nistete sich direkt in meinem Herzen ein.

Ich beobachtete, wie er stirnrunzelnd etwas vor sich hinmurmelte und sich an dem Sattel zu schaffen machte, hier etwas festzog und dort etwas zurechtrückte. Die Muskeln spielten unter seiner Haut und er biss die Zähne zusammen, während ein konzentrierter Ausdruck in seine fremdartig schönen Augen trat. Ehrlich gesagt fragte sich ein Teil von mir, ob er überhaupt real existierte. Ein starker Krieger, der aus irgendeinem Grund auf mein Wohlbefinden fixiert zu sein schien, der mir dann auch noch ein paar neue Socken, eine Hose und einen Sattel machte? Mein letzter Freund war sogar zu faul gewesen, den Müll rauszubringen.

Warum verglich ich ihn mit meinem letzten Freund?

*In welcher Beziehung stehen wir eigentlich zueinander?*

War er mein Entführer? Mein Retter? Mein großer Alien-Lover?

Keine Ahnung. Ich wusste nur, dass ich immer weniger auf Abstand zu ihm gehen wollte, je näher wir uns kamen.

Kurze Zeit später schien Buroudei zufrieden mit seinem Werk zu sein und ich rutschte ein bisschen herum, um mir eine angenehme Position zu suchen. Das war so viel besser als bei meinem letzten Ritt auf diesem Ding. Meine Beine fanden genug Halt und alles fühlte sich gut gepolstert an, und als Buroudei sich hinter mich auf den Rücken des Tiers schwang, nachdem er die Ausrüstung verstaut hatte, konnte ich mich bequem gegen seine Brust lehnen. Meine Wangen wurden heiß, als er etwas in meine Haare murmelte und einen starken Arm um mich legte. In der anderen Hand hielt er einen Speer und ich konnte mich der rohen Erotik nicht entziehen, die sein zutiefst männlicher Anblick ausstrahlte. Die Wärme breitete sich rasch über meinen Hals hinunter und immer weiter nach unten aus.

Buroudei gab dem *irkdu* einen harschen Befehl, das sich sofort in Bewegung setzte.

Wir waren Stunden unterwegs. Zumindest empfand ich es so, eine echte Möglichkeit zur Zeitmessung besaß ich nicht. Es beeindruckte mich zutiefst, dass Buroudei genau zu wissen schien, in welche Richtung es ging, da der Großteil des Wegs aus Sanddünen bestand, von denen eine wie die andere aussah. Buroudei hielt den Blick fest geradeaus gerichtet, den Speer kampfbereit, auch wenn ich nichts im Sand um uns herum ausmachen konnte.

Schließlich tauchte eine Reihe von Klippen rechts von uns auf und ich schnappte nach Luft, als ich ihre Form wiedererkannte. Buroudei brummte zustimmend. Das waren die Klippen, zu denen er mich nach unserem Aufeinandertreffen geführt hatte. Das bedeutete, dass wir unserem Ziel näher kamen.

Die Vorfreude und Aufregung, dass ich es endlich geschafft hatte, zum Schiff zurückzukehren, machten mich ganz zappelig. Mein Magen krampfte sich zusammen. Allerdings grauste mir auch vor dem Anblick der Leichen meiner Freundinnen, insbesondere, da ich nichts mehr für sie tun konnte. Mein Gefühl sagte mir, dass Buroudei nicht rumstehen und brav warten würde, während ich ein paar halb aufgefressene Menschen beerdigte.

Am Horizont erschien ein dunkler Umriss. Ich setzte mich aufrechter hin und rief: „Da ist es! Wir sind fast da."

Buroudei antwortete nicht, trieb sein *irkdu* aber mit einem Zungenschnalzen an. Innerhalb kürzester Zeit überwanden wir den letzten Rest der Sandebene und ich hielt unwillkürlich den Atem an, als wir uns dem Landeplatz näherten.

Es sah immer noch aus wie ein Schlachtfeld – aber überraschenderweise konnte ich nirgendwo die Leichen meiner Freundinnen entdecken. Stattdessen lagen überall die Kadaver der grauenvollen Krabbenmonster im Sand verteilt, die im Tod die Beine eng an den Körper gezogen hatten. Allein ihr Anblick ließ meine Haut unangenehm kribbeln, leblos oder nicht. Buroudei witterte hörbar und drehte den Kopf von einer Seite zur anderen, während er mit halb erhobenem Speer die Lage peilte. Ich sagte kein Wort, hatte zu viel Angst, um auch nur einen Laut von mir zu geben. Aber einen Moment später schien er sich ein wenig zu entspannen und wir setzten unseren Weg fort.

Als wir an einem der toten Monster vorbeikamen, beugte Buroudei sich runter und riss einen Speer aus dem Kadaver. Er knurrte etwas vor sich hin und verstaute die Waffe an seinem Reittier.

„Ich sehe keine Leichen", flüsterte ich mehr zu mir selbst als zu Buroudei. Keine Ahnung, ob ich daraus Hoffnung schöpfen oder mich auf etwas noch Schlimmeres gefasst machen sollte. War es ein gutes oder schlechtes Zeichen, dass keine meiner Freundinnen hier draußen vor sich hin verweste?

Ich bekam einen guten Blick auf die Brücke und erkannte dort die Überreste der Piloten und Soldaten, die während des Kampfs gestorben waren – überall Leichen, denen das Fleisch von den Knochen genagt worden war, und auf dem Boden lagen Fetzen ihrer Uniformen verteilt. Doch das schien sich auf den Bereich des ersten Angriffs zu beschränken. Hier draußen gab es keine Anzeichen für menschliche Opfer und irgendwas hatte ja auch ganz offensichtlich die Krabbenspinnen getötet. Ein schmerzhafter Funken Hoffnung glomm in mir auf.

*Vielleicht sind sie alle noch irgendwo da draußen am Leben.*

Man hatte uns nichts darüber erzählt, wie viele Aliens wie Buroudei es hier auf dem Planeten gab. Ich konnte also nicht abschätzen, wie viele andere Gruppen da draußen noch lebten oder ob vielleicht noch andere Alien-Spezies vertreten waren, die meine Freundinnen hätten retten können. Für den Moment entschied ich mich dafür, daran zu glauben, dass sie noch lebten. Irgendwo. Irgendwie.

Ich grinste und spürte, wie mich neuer Mut durchströmte. Die Welt sah schon ein kleines bisschen besser aus. Wir hatten es ohne Zwischenfall zum Schiff zurück geschafft und es gab Hinweise darauf, dass meine Freundinnen nicht umgekommen waren. Das war fast zu schön, um wahr zu sein. Die Vorstellung, dass es auf diesem Planeten noch andere Menschen gab, die Frauen, mit denen ich zwei Wochen lang zusammengelebt und -gearbeitet hatte, verschaffte mir ein immenses Glücksgefühl. *Jetzt muss ich nur noch einen Weg finden, Buroudei zu bitten, mir bei der Suche nach ihnen zu helfen.*

Ich ließ den Blick übers Schiff schweifen und erinnerte mich wieder daran, warum wir eigentlich hier waren.

*Eins nach dem anderen.*

Buroudei half mir von seinem Reittier. Wenn er nicht gewesen wäre und mich gestützt hätte, wäre ich ziemlich unzeremoniell mit der Nase voran im Sand gelandet. Wieder einmal fiel mir auf, wie elegant und stark er war.

„Danke", sagte ich und schenkte ihm ein Lächeln. Er erwiderte es nicht und es war offensichtlich, dass er sich hier unwohl fühlte. Ich musste das schnell hinter mich bringen.

Das einzige Problem an der Sache: Ich wusste nicht recht, wo ich überhaupt anfangen sollte. Allerdings würde ich einen großen Bogen um das Desaster auf der Brücke machen, also schlug ich den Weg zum hinteren Teil des Schiffs und dem offenen Laderaum ein. Buroudei blieb mir mit dem Speer in der einen und seiner Axt in der anderen Hand dicht auf den Fersen. Ich war zwar nur kurz in diesem Bereich des Raumschiffs gewesen, doch die Regale und Kisten aus meiner Erinnerung waren immer noch da. Ein paar hatten Schaden genommen, aber erstaunlich viel sah unberührt aus.

Ich begann in einer Ecke mit meiner Suche und öffnete die Kisten, an die ich problemlos herankam. Vieles darin sah interessant aus und als könnte es für irgendwen nützlich sein, aber leider nicht für mich. Sachen wie Mikroskope und Laborausrüstung ignorierte ich, doch als ich eine Kiste mit Wasserflaschen aus Plastik fand, machte ich vor Freude einen Luftsprung. Dutzende von den Dingern glänzten wie Edelsteine in ihren ordentlich gepackten Reihen. Ich schnappte mir dir erstbeste Flasche, öffnete den Verschluss mit einem Ruck und trank gierig. Die *valok*-Pflanzen waren okay und sie versorgten mich mit genug Flüssigkeit, aber es gab einfach nichts Besseres als Wasser, wenn man wirklich durstig war. Buroudei beobachtete mich besorgt.

„Das ist Wasser! Mein Heimatplanet besteht zu einem Großteil daraus." Ich goss ein wenig auf den Boden des Laderaums, was Buroudei zurückzucken ließ, bevor er sich jedoch neugierig nach vorn beugte. „Hier, probier mal." Ich zeigte ihm, wie man aus der Flasche trank, und er tat es mir nach, blieb aber misstrauisch. Nach einem winzigen Schluck reichte er mir die Flasche mit einem derart angeekelten Gesichtsausdruck zurück, dass ich lachen musste.

„Du bist ein Spielverderber. Komm schon, hilf mir mal damit, ja?" Ich deutete auf die große Kiste, die sicher fast einen Zentner wog, und klimperte ein bisschen mit den Wimpern, was jedoch nur halb scherzhaft gemeint war. Buroudei ging in die Hocke und wuchtete die Kiste auf seine Schulter, wo er sie mit nur einem Arm festhielt, damit er mit dem anderen seinen

Speer in Bereitschaft hatte. *Ach du Scheiße.* Das Atmen fiel mir ein bisschen schwer angesichts der immensen Kraft, die sein Körper ausstrahlte. Dass ich davon beeindruckt war, war die Untertreibung des Jahrhunderts.

Wir gingen wieder nach draußen, wo Buroudei die Kiste auf dem *irkdu* direkt vor dem Sattel festzurrte. Es folgten noch ein paar Durchläufe im Laderaum. Ich fand Kleidung und zwei weitere Schutzjacken. Nichts davon war in meiner Größe, aber das war besser als gar nichts. Außerdem entdeckte ich einen Rucksack, den wohl jemand zurückgelassen hatte und in dem sich noch die Ausrüstung der ursprünglich geplanten Mission befand – das Erste-Hilfe-Set, die Sonnenbrille, die Rationen und Sonnencreme. Wir banden alles auf dem *irkdu* fest und das riesige Tier wirkte zunehmend wie ein Mutantenmuli. Während Buroudei die Lederriemen um den Rucksack festzog, starrte ich auf den zerstörten vorderen Teil des Schiffs, den die Alien-Krabben in seine Einzelteile zerlegt hatten.

*Das Ding wird nie wieder irgendwo hinfliegen.*

Plötzlich durchfuhr mich eine Erkenntnis. Wieso dachte ich erst jetzt zum ersten Mal an eine Rückkehr zur Erde? Wir waren den ganzen Weg zu diesem Schiff zurückgekommen, einem *Raumschiff*, und ich hatte nicht einmal mit dem Gedanken gespielt, wie man es wieder flottbekommen könnte oder zumindest eine Nachricht verschicken konnte, damit wir gerettet wurden? Ich war nur auf Ausrüstung und Vorräte aus gewesen, sonst nichts. Was zum Teufel sagte das bitteschön über mich aus? Wollte ich gar nicht zurück?

Mein Blick huschte zu Buroudei. Automatisch. Unausweichlich. Als würde sein Körper eine Form von Anziehung ausüben. Er hatte mich beschützt und war auf seine Alien-

Art sogar nett zu mir. Er passte auf mich auf und gab mir ständig das Gefühl, als würde ich zu ihm gehören, auch wenn das manchmal verdammt nervig war. Wer wartete denn auf der Erde auf mich? Nichts und niemand. Eine Regierung, die mich verraten und mich und meine Freundinnen in den beinahe sicheren Tod geschickt hatte. Da war noch meine Promotion, aber was war erfüllender für eine Linguistin, als eine Alien-Sprache live, in Farbe und am lebenden Objekt untersuchen zu können? Dann fiel der Groschen so hart, dass ein stechender Schmerz durch meine Brust schoss. Auf der Erde gab es nichts für mich, für das sich die Rückkehr lohnte. Aber hier? Vielleicht gab es hier was für mich. Oder jemanden.

*Ich muss es ihm sagen.*

In den wenigen Tagen war mir mein großer, mürrischer Alien-Gladiator unglaublich wichtig geworden, so verrückt das auch klang, und das musste ich ihm irgendwie verständlich machen. Die Gefühle sprengten beinahe meinen viel zu engen Brustkorb. Ich ging zu ihm, legte ihm die Hände auf die Brust und schaute zu ihm auf.

„Buroudei ...", setzte ich etwas erstickt zum Sprechen an.

In diesem Moment durchschnitt ein wildes Heulen die Stille um uns. Die Luft wurde mir aus der Lunge getrieben, als Buroudei mich zu Boden warf und mich mit seinem Körper schützte, während ein Speer über unsere Köpfe flog.

*Was zum Teufel ...?*

Hier draußen hatte ich noch am ehesten mit einem Angriff der Krabbenspinnen gerechnet, aber nicht mit einem von Buroudeis Leuten.

Geduckt zerrte Buroudei mich zu dem *irkdu* und drängte mich gegen den Körper des Tiers, bevor er mit gezückten Waffen herumfuhr. Sein Schwanz peitschte durch den Sand und er gab ein angriffslustiges Zischen von sich. Keuchend versuchte ich, wieder zu Atem zu kommen und mir einen Reim auf die Situation zu machen. Doch mein Hirn hinkte offenbar zwei Schritte hinter Buroudeis her. Noch bevor ich meine Sinne wieder beisammenhatte, identifizierte er bereits die Bedrohung und marschierte darauf zu. Knurrend und brüllend gab er harsche, scharfe Worte von sich, die ich nicht verstand. Das *irkdu* stieß ein schnüffelndes Geräusch aus, doch ich blieb in gebückter Haltung, wo ich war, und klammerte mich an seiner Seite fest.

Buroudei machte eine ruckartige Bewegung zur Seite und ein Messer schlug mit einem dumpfen Laut hinter ihm ein. Mir entfuhr ein Aufschrei. Die Dunkelheit wurde vom Schein des Asteroidengürtels erhellt, der den Planeten umgab und als Monde am Himmel stand, wodurch ich sah, dass die Klinge seine Schulter gestreift hatte. Schwarzes Blut strömte über seinen Arm, doch Buroudei schien es gar nicht zu bemerken. Er konzentrierte sich voll und ganz auf den Mann, der sich uns aus Richtung des Schiffs näherte.

Wobei, eigentlich kein Mann, sondern ein weiterer Alien. Die gleiche Spezies wie Buroudei, doch ich erkannte ihn nicht. Das war ein Fremder. Eine Bedrohung. Mein Puls hämmerte wie wild. *Wenn Buroudei hier verletzt wird, wegen mir ...* Der Gedanke war zu schmerzhaft, um ihn zu Ende zu führen.

Sie bewegten sich so schnell, dass ich kaum sah, was passierte. Im einen Moment hielten sie mit gezückten Waffen aufeinander zu, im nächsten hatten sie sich ineinander verkeilt und rangen in einem brutalen Knäuel aus Gliedmaßen, Schwänzen und Klingen miteinander. Ich beobachtete sie, vor

Schreck wie erstarrt. Das war keine Schulhofrauferei. Mir war vollkommen klar, dass sie einen Kampf auf Leben und Tod führten. Meine Angst überwältigte mich urplötzlich und ich schrie Buroudeis Namen.

Und er schaute zu mir. Natürlich schaute er zu mir. Weil sein Blick sich nie weit von mir entfernte, ständig nach mir suchte und mich in Sicherheit wissen wollte. Weil ich ihm aus irgendeinem Grund etwas bedeutete. Mehr, als möglich sein sollte. Mehr, als Worte ausdrücken konnten. Also schaute er zu mir, als ich nach ihm rief. Er schaute mich an, als gäbe es nichts anderes für ihn.

Doch natürlich war das unglaublich dumm von mir, denn dieser einzelne, dämliche Schrei wendete das Blatt des Kampfs. Und hob die Welt aus ihren Angeln.

Durch die Ablenkung gewann der andere Alien die Oberhand und schaffte es, Buroudei zu Boden zu ringen. Animalisches Knurren und das dumpfe Klatschen von Haut auf Haut und Klinge auf Knochen hallten überlaut durch die Nacht. Das Messer des fremden Aliens steckte in Buroudeis Schulter und er schaffte es, sich mit einem zweiten bis unter Buroudeis Kinn vorzuarbeiten. Buroudei packte die Klinge, was Blut zwischen seinen Fingern hervorspritzen ließ, als er sie nach oben drückte, doch der andere Alien konnte sein komplettes Körpergewicht gegen ihn einsetzen. Und mit jedem Moment, der verstrich, näherte sich das Messer weiter Buroudeis Kehle.

Ich würde gleich mitansehen, wie Buroudei abgeschlachtet wurde. Und es war alles meine Schuld.

*Nein. Nein, nein, nein.*

Mir war schon zu viel weggenommen worden. Aber nicht das hier. Nicht er. Nicht heute.

Bevor ich richtig wusste, was ich da tat, war ich auf den Beinen und rannte keuchend los. Mein Sichtfeld verschwamm und meine Beine fühlten sich schwer an. Vage erinnerte ich mich an eine Bemerkung des Colonels über den verminderten Sauerstoffgehalt der Atmosphäre. Doch ich gab nicht auf. Weil ich gar keine andere Wahl hatte.

Einen Angriffsplan hatte ich nicht. Ich wusste nur, dass ich den fremden Alien von Buroudei runterbekommen musste, zumindest lange genug, um ihm die Möglichkeit zu geben, wieder die Oberhand zu gewinnen. Panik durchflutete mich, doch ich zwang sie zurück und suchte verzweifelt nach etwas, das mir helfen könnte. Dann dämmerte es mir urplötzlich. *Sein Schwanz.*

Ich hatte keine Zeit, das zu durchdenken. Mit einem schrillen Schrei packte ich den dicken, muskulösen Schwanz des fremden Aliens und zog mit aller Kraft daran.

Einen großen Effekt hatte es nicht. Der Kerl war sicher fast hundert Kilo schwerer als ich. Aber es reichte. Der Alien fuhr überrascht zurück und ich stieß einen triumphierenden Laut aus, als Buroudei ihm das Messer entriss, es umdrehte und dem Feind in die Brust stieß. Doch der andere Alien hatte noch nicht allen Kampfgeist verloren. Er knirschte mit den Zähnen und schlug mit dem kräftigen Schwanz, um mich abzuschütteln.

Ich flog durch die Luft in den Laderaum, wo ich mit einigen Kisten kollidierte. Auf einmal war da Schmerz, *überall*. Ich lag auf dem Rücken und konnte mich nicht rühren, selbst als ich die Metallkiste entdeckte, die gefährlich nah an der Regalkante über mir schwankte. Mein letzter Gedanke, bevor sie fiel und Dunkelheit mich umhüllte, galt Buroudei. Und er war so intensiv, dass ich hätte schwören können, ihn meinen Namen rufen zu hören, als ich in den Abgrund aus Blut und Bewusstlosigkeit gerissen wurde.

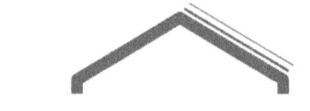

# KAPITEL ZWANZIG
## Buroudei

ALS ICH HÖRTE, WIE Sziszis Körper gegen die harte Schale der abgestürzten Kreatur prallte, erfüllte mich Wut in einem solchen Ausmaß, dass ich die Sichtsterne meines Feinds vor Angst pulsieren sah. Das Messer steckte noch immer in seiner Brust und hatte ihn zurückweichen lassen, doch so etwas genügte nicht, um einen Krieger des Sandmeers in die Knie zu zwingen. Es spielte keine Rolle. Ich würde obsiegen. Das musste ich, weil ich mich nur so um Sziszi kümmern konnte.

Zähnefletschend riss ich mir das Messer des Kriegers aus der Schulter, was noch mehr Blut über meine Haut strömen ließ. Schmerz spürte ich keinen. Nur den übermächtigen Drang nach Vergeltung, neben dem nichts anderes mehr existierte. Das Bedürfnis, zu töten.

Er hatte meine Sziszi verletzt.

Es war an der Zeit für ihn, zu sterben.

Der Krieger besaß nun keine Waffen mehr und zog sich hastig weiter in die Sandebene zurück. „Gahn Fallo wird erfahren, was du getan hast. Er wird kommen und dir deine Frau nehmen, genau wie die anderen."

Ich machte einen Satz nach vorn und ließ die Klinge in Richtung seiner Kehle durch die Luft sausen. „Soll er es versuchen", fauchte ich.

Mit einer schnellen Bewegung des Messers beendete ich sein Leben.

Dann sprang ich auf und rannte zurück zu der abgestürzten Kreatur und an die Seite meiner Gefährtin. Angst durchfuhr mich, als ich sah, dass sie sich nicht bewegte. Ihr Kopf war zur Seite gesackt, weil er offenbar von einem der merkwürdigen, viereckigen Behälter getroffen worden war. Ihr wundervolles, schrecklich rotes Blut lief ihr übers Gesicht und rann aus ihren Ohren. Zum ersten Mal, seit ich den Kindertagen entwachsen war, oder vielleicht auch zum ersten Mal in meinem Leben zitterten meine Hände vor Angst. Ich kniete mich neben Sziszi und strich ihr über das perfekte, blutüberströmte Gesicht. Plötzlich spürte ich einen schwachen Hauch auf meiner Haut.

*Sie lebt.*

Ich durfte keine Zeit verlieren.

Also hob ich sie so vorsichtig wie möglich auf die Arme und verließ mit schnellen Schritten die abgestürzte Kreatur, um draußen auf den Rücken meines *irkdu* zu springen. Mein eigenes dunkles Blut hob sich harsch von ihrer hellen Haut ab. Wir waren zu weit von den Zelten entfernt, zu weit von den Heilerinnen. Ich biss die Zähne zusammen, als mir aufging, dass mir nur noch eine Möglichkeit blieb.

Mit einem lauten Schrei trieb ich mein *irkdu* an, das seine zahlreichen Beine in Bewegung setzte und uns zu den Klippen von Uruzai trug.

Wir erreichten innerhalb kurzer Zeit die Felsformation und ich sprang von meinem Reittier, noch bevor es zum Stehen gekommen war, wobei ich Sziszi fest an meine Brust drückte. Mir gefiel überhaupt nicht, wie schlaff ihr Körper war und dass immer noch frisches Blut über ihr Gesicht lief. Das Blut, das ihr aus Nase und Ohren troff, jagte mir den größten Schrecken ein. Ich wollte ihr noch so viel sagen. Es gab so viel, das sie noch nicht verstand. „Stirb nicht", war jedoch alles, was mir erstickt über die Lippen kam.

Ich rannte die Klippen entlang zum Eingang, der zu den heiligen Teichen führte. Die wachhabende Lavrikala bedachte mich mit einem scharfen Blick und zückte den Speer, während sie eine abwehrende Haltung einnahm. Ohne eine Einladung der Lavrika hatte ich hier nichts verloren. Der Zugang war verboten. Aber es gab keine andere Möglichkeit.

Ich wollte die Lavrikala nicht töten. Das wäre reinste Blasphemie, eine undenkbar abscheuliche Gräueltat. Übelkeit stieg allein bei der Vorstellung in mir auf, dass ich womöglich das Allerheiligste meines Volks so entweihen musste, um meine Gefährtin zu retten. Doch ich würde es tun, das wusste ich mit absoluter Sicherheit. Ich hoffte einfach nur, dass es nicht dazu kommen würde.

Schlitternd kam ich vor der Lavrikala zum Stehen und hob den Schwanz vor die Augen, bevor ich mich in einer Geste der Unterwerfung auf die Knie sinken ließ, die für einen Gahn des Sandmeers unerhört war. Doch das kümmerte mich nicht. Nicht in diesem Moment. Nicht, wenn Sziszi in meinen Armen verblutete.

„Gahn, was ..." Die Lavrikala verstummte verwirrt. Mein Schwanz peitschte wieder zu Boden und ich erkannte sie als die Wächterin, die auch in der Nacht hier gewesen war, als die

Lavrika zu mir gekommen waren. Vielleicht war das ja ein gutes Zeichen.

„Bitte, Lavrikala. Bitte", brachte ich mit brechender Stimme hervor. „Das ist meine Gefährtin. Ich glaube, dass sie stirbt. Du musst mir Zugang zu den heiligen Teichen gewähren. Sie wird nicht lange genug leben, um sie zu meinen Heilerinnen zu bringen."

Die Lavrikala schwieg so lange, dass ich mir ernsthafte Sorgen machte, sie am Ende doch töten zu müssen. Doch dann breitete sich Erleichterung in mir aus wie Sonnenlicht nach einer langen Nacht.

„Ich glaube nicht, dass die Lavrika wollen, dass deine Gefährtin hier draußen in der Wüste stirbt. Nein, das kann nicht sein. Tritt ein, Gahn. Ich gewähre dir Zugang zu den Teichen der Lavrika."

Meine Brust wurde eng und ich hob den Schwanz in einer Geste der Dankbarkeit erneut vor die Augen, bevor ich aufsprang und in die Dunkelheit der Klippen eilte. Ich arbeitete mich durch den engen Gang vor, immer darauf bedacht, dass Sziszi nirgendwo mit dem Kopf oder den Füßen anstieß, bis ich schließlich die Höhle mit den Teichen erreichte. Die Lavrika waren nirgendwo in Sicht. Sie leiteten mich auch nicht an, was nun zu tun war, also konnte ich mich nur auf meinen Instinkt verlassen. Mit einem letzten Blick auf das zauberhafte Gesicht meiner Gefährtin und einem gequälten Laut sprang ich in den Teich, der mir am nächsten war.

Sofort wurde mir Sziszi aus den Armen gerissen. Wie ein Stein sank sie in die Flüssigkeit, während ich nach oben getrieben wurde. Ich heulte auf und wehrte mich mit Klauen und Schwanz gegen die Kraft, die uns voneinander trennte.

Vergeblich. Ich wurde aus dem Teich geschleudert. Dieses Mal war ich besser darauf vorbereitet und landete in der Hocke, rannte jedoch sofort zum Rand des Beckens zurück und versuchte, wieder hineinzugelangen. Sobald meine Haut in Kontakt mit der Oberfläche kam, wurde ich jedoch abgewehrt. Ein gepeinigtes Brüllen entrang sich meiner Kehle. Ich kam nicht zu Sziszi. Ich konnte ihr nicht helfen. Warum hatte ich sie hierhergebracht? Der Schmerz war unbeschreiblich.

Ich war verantwortlich für ihre Verdammnis.

Und für meine eigene.

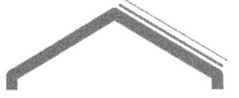

# KAPITEL EINUNDZWANZIG
## Cece

ALLES WAR WEISS. LEUCHTEND und weich und wattig. Ich schwebte orientierungslos umher und blinzelte ein paarmal, weil das Weiß um mich herum mir ein bisschen Schwindel verursachte. Irgendetwas daran kam mir vertraut vor, aber ich konnte den Finger nicht darauflegen. Es war wie etwas aus einem vergessenen Traum. Ich schüttelte langsam den Kopf und versuchte, mich daran zu erinnern, gab jedoch bald auf. Mir war nicht warm, aber auch nicht kalt. Ich hatte keinen Hunger, war nicht müde und hatte keine Schmerzen. Ehrlich gesagt fühlte ich überhaupt nur sehr wenig.

*Vielleicht bin ich gestorben. Heißt es nicht immer, dass man ein weißes Licht sieht, wenn man stirbt?*

Der Gedanke weckte keine echte Emotion in mir. Ich fühlte mich, als wäre ich in Watte gepackt, die alles dämpfte und nichts an mich heranließ. Aber irgendetwas kam mir komisch an der Vorstellung meines eigenen Tods vor. Ein winziges, schmerzhaftes Ziehen, das mir langsam bewusst wurde. Das Empfinden, dass ich etwas Wichtiges zurückgelassen hatte.

Ich blinzelte noch einmal und plötzlich sah ich ein Gesicht vor mir. Es war ebenfalls weiß und glühte. Keine Ahnung, ob es schon die ganze Zeit über da gewesen oder gerade erst aufgetaucht war. Für den Bruchteil einer Sekunde dachte ich, dass es sich um meine Großmutter handelte, und in diesem Moment war ich mir tatsächlich ziemlich sicher, dass ich ins Gras gebissen hatte. Doch einen Wimpernschlag später konnte ich das Gesicht schärfer erkennen. Das war nicht Grammy. Es sah nicht einmal menschlich aus. Groß und wie eine Kreuzung aus Schlange und Drache mit gigantischen, wissenden Augen. Es öffnete das riesige Maul und entblößte drei Reihen scharfer Zähne und eine in drei Segmente gespaltene Zunge. Dieses Bild rührte etwas tief in meinem Verstand an. *Drei Zungen ...*

*Buroudei.*

Ich schnappte nach Luft. Oder hätte es getan, wenn ich atmen würde. Schwebte ich hier in Gas oder Flüssigkeit oder einem ganz anderen Element, von dessen Existenz ich bisher keine Ahnung gehabt hatte? Egal. Das spielte keine Rolle. Es war nur wichtig, dass ich nicht in dieses Lichtding ging. Weil ich zu Buroudei zurückmusste. Ich musste wissen, dass es ihm gut ging. Er hatte gekämpft. Und er war verletzt worden.

„Bitte", sagte ich und meine Stimme wurde von überall zurückgeworfen. „Bitte, hilf mir zurückzugehen." Ich wusste nicht, was das Wesen vor mir war oder ob es mir helfen würde, aber etwas anderes fiel mir beim besten Willen nicht ein. Der Drache öffnete das Maul weiter. Dann wickelte sich sein langer, bein- und flügelloser Körper um mich, der bis jetzt verborgen geblieben war, und drückte zu. „Bitte", flehte ich. Ich konnte nicht hierbleiben. Nicht ohne Buroudei.

Ob das Drachenwesen mich überhaupt hören konnte, wusste ich nicht. Inzwischen hatte es seinen leuchtenden Körper komplett um meinen gewunden, sodass nur noch mein Kopf herausschaute. Das Maul wurde größer und größer, größer als es realistisch möglich sein sollte.

Dann zuckte es nach vorn und nahm meinen Kopf zwischen die Kiefer.

Und biss zu.

„Du musst leben, Sziszi. Du musst einfach. Ich kann ohne dich nicht denken. Ich kann nicht atmen. Wenn du stirbst, werde ich auf ewig deiner beraubt durch die Wüste irren. Ich werde zulassen, dass die *zeelk* mir das Fleisch von den Knochen nagen, doch selbst das wäre nichts im Vergleich zu dem Schmerz, der mich gerade peinigt. Du musst leben. Du musst kämpfen. Du musst. *Du musst.*"

Was war das? Sprach der Drache mit mir? Befand ich mich etwa in seinem Maul? Stöhnend öffnete ich die Augen. Ich sah nur verschwommen, merkte jedoch sofort, dass sich etwas verändert hatte. Zum einen sah ich überhaupt etwas außer dem endlosen, leuchtenden Weiß. Im schummrigen Licht erkannte ich Felswände und eine hohe, gewölbte Decke. Und große, dunkle Augen mit metallisch schimmernden Funken, die in ihrer Mitte pulsierten.

„Buroudei", flüsterte ich. Ein breites Grinsen legte sich auf meine Lippen. Ich konnte gar nicht anders. Wie schön es war, wieder hier zu sein. Bei ihm zu sein. „Ich bin so froh, dich zu sehen."

Buroudei erstarrte. Die Funken in seinen Augen wirbelten urplötzlich durcheinander und er lehnte sich dicht zu mir.

Dann umfasste er mein Gesicht mit beiden Händen und am liebsten hätte ich mich dagegengeschmiegt.

„Wie kann es sein, dass du auf einmal zu mir sprechen kannst?" Seine Stimme klang tief und rau – und ich verstand jedes Wort.

*Äh ... was?*

„Wie bitte? Warte mal kurz. Noch mal zurückspulen."

Buroudeis Gesichtsausdruck verfinsterte sich und er fauchte leise. „Gerade noch habe ich dich sprechen gehört. Ich habe dich verstanden. Aber nun sagen mir deine Worte wieder gar nichts. Was bedeutet ,zurückspulen'?"

Ach du Scheiße. Ich setzte mich keuchend auf, was Buroudei überrascht zurückzucken ließ.

„Leg dich wieder hin, Gefährtin! Du wurdest sehr schwer verletzt."

Ich kniff die Augen zusammen und in meinem Kopf herrschte das blanke Chaos, während Buroudei mich vom Kopf bis zu den Zehen abtastete. Ich konnte kaum einen klaren Gedanken fassen. Ich verstand Buroudeis Worte. Und er verstand mich. Und er hatte mich seine Gefährtin genannt, was ... einfach ... Wie bitte?

„Okay, eins nach dem anderen." Ich öffnete die Augen wieder und sah mich Buroudei gegenüber, dessen Gesicht nur ein paar Zentimeter von meinem entfernt war. Ich schluckte. „Wieso verstehen wir einander plötzlich?" Ich merkte, dass ich nicht in meiner Muttersprache redete, sondern in seiner – aber so selbstverständlich, als wäre es meine eigene.

Buroudei setzte sich auf die Fersen zurück, sichtlich zufrieden damit, dass mir nichts mehr fehlte. Er starrte mich an. „Das weiß ich nicht", meinte er langsam. „Ich habe dich zu den Teichen der Lavrika gebracht, um dich zu heilen. Das muss ein Geschenk der Lavrika sein."

„Was ist ein Lavrika? Oh. Meinst du das Drachen-Ding?"

Er runzelte die Stirn. „Das Wort kenne ich nicht."

*Drache* hatte ich in meiner Muttersprache gesagt, ebenso wie das *zurückspulen* vorhin. „Das große, lange weiße Tier. Hat einen großen Kopf und riesige Augen."

Buroudei sog scharf Luft ein. „Ja. Das sind die Lavrika. Die Essenz der Wüste. Du hast sie gesehen?"

Ich nickte begeistert. „Ich denke schon. Es hat sich um mich gewickelt und versucht, meinen Kopf zu fressen. Glaube ich. Oder vielleicht auch nicht."

Buroudeis Schwanz schlug auf den Boden. „Das verstehe ich nicht. Aber ich werde es auch nicht hinterfragen. Mit dir sprechen zu können, ist ein Segen, wie ich ihn mir nie hätte träumen lassen. Ich dachte nicht, dass ich mich je mit meiner Gefährtin würde unterhalten können."

„Das ist schon das zweite Mal, dass du mich so nennst. Warum?"

Seine Kiefermuskeln spannten sich an und einen Moment lang wirkte er am Boden zerstört, doch er fing sich schnell wieder. „Die Lavrika gewähren Kriegern eine Vision, in der sie ihre Gefährtin sehen. Diese erweckt das heilige Band zwischen ihnen. Vor vielen Tagen wurde ich hierherberufen, um meine Gefährtin zu sehen. Und du bist mir in den Teichen erschienen." Sein Gesichtsausdruck wurde weicher. „Und ein paar Tage darauf habe ich dich gefunden. Seitdem ist mein Leben von nie gekannter Herrlichkeit erfüllt."

Hitze stieg mir in die Wangen. *Verdammt.* Sagte er schon die ganze Zeit über solche Sachen zu mir? Vielleicht hätte ich mich nicht so sehr gegen seine Annäherungsversuche gewehrt, wenn ich gewusst hätte, dass ich sein Leben mit nie gekannter Herrlichkeit erfüllte. Wenn mir so was ein menschlicher Kerl gesagt hätte, hätte ich ihn ausgelacht. Aber bei Buroudei klang es kein bisschen drüber, sondern ehrlich und aufrichtig. Außerdem war er wirklich verdammt attraktiv und die Muskeln und seine grüblerische Art waren auch nicht verkehrt. Ich ließ den Blick über sein Gesicht huschen, seinen Hals, seine Schultern …

„Oh mein Gott, deine Schulter! Dieser Kerl mit dem Messer. Er hat dich erwischt. Geht's dir gut?" Ich krabbelte zu ihm rüber und ließ die Hände über seine Haut gleiten, fand aber keine Spuren des Kampfs.

Buroudei griff nach meinen Händen und legte sie sich auf die Brust. „Das Blut der Lavrika hat mich ebenso geheilt wie dich."

Ich schaute zu dem Tümpel mit schimmernder Flüssigkeit neben mir. Das sah aus wie das leuchtende, milchige Zeug, das Rika in ihrem Zelt zur Heilung verwendete. *Offenbar waren Buroudei und ich eine Runde baden.* Ich war allerdings nicht nass. Das war definitiv keine normale Flüssigkeit.

Erleichterung durchflutete mich und ich konnte mich nicht beherrschen, als die Gefühle mich übermannten. Mir wurde die Kehle eng und Tränen brannten in meinen Augen.

„Als ich in diesem Weiß allein war, konnte ich nur daran denken, zu dir zurückzukehren." Dieses Eingeständnis machte mich unglaublich verletzlich, doch bei Buroudei wollte ich das sein. Weil ich wusste, dass ich bei ihm sicher war.

Er stöhnte auf, umfasste mein Gesicht erneut mit seinen starken Händen und presste die Lippen hungrig auf meine.

Ich öffnete meinen Mund sofort für ihn, während mir Tränen über die Wangen rannen. Buroudei ließ von mir ab, als er die Feuchtigkeit auf meinen Wangen spürte, und strich sacht darüber.

„Was bedeutet das, die Nässe aus deinen Augen?"

Ich lachte und wischte mir hastig mit dem Handrücken die Tränen weg. „Das ist wohl so ein Menschen-Ding. Das passiert, wenn wir traurig sein." Buroudei wirkte zutiefst entsetzt, weswegen ich rasch hinzufügte: „Oder glücklich! Oder erleichtert. Oder gestresst. Oder wenn man verletzt ist. Eigentlich bei allem, was man intensiv fühlt oder wenn man von etwas überwältigt ist, fangen viele Leute an zu weinen."

Das schien Buroudei erst mal verarbeiten zu müssen. „Weinen ... Das ist ein *Menschen*-Ding. Ist Menschen der Name deines Clans?"

„Das könnte man wohl so sagen." Selbst mit meinen neu erworbenen Sprachfähigkeiten wusste ich immer noch nicht recht, wie ich meine Anwesenheit hier erklären sollte. Aber Buroudei schien mit dieser Information für den Moment zufrieden zu sein.

„Mensch oder nicht, jetzt bist du eine Frau des Sandmeers. Wenn wir die Gefährtenbindung vollzogen haben, wirst du Gahnala unseres Clans. Und zusammen werden wir über unser Gebiet herrschen und viele Junge bekommen."

Irgendwie hatte ich jetzt, wo ich Buroudei verstand, mehr Fragen als vorher. Die Gefährtenbindung vollziehen? Was bedeutete das? So was wie miteinander schlafen? Was war eine Gahnala? Und viele Junge? Meinte er damit Kinder? Kleine halb Mensch, halb Känguru Gladiatoren-Babys?

Seufzend massierte ich mir mit Daumen und Zeigefinger die Nasenwurzel. „Ich glaube, wir haben echt viel zu besprechen", murmelte ich.

Buroudei erhob sich und reichte mir eine Hand – eine menschliche Geste, die bei ihm jedoch inzwischen vollkommen natürlich wirkte. Ohne zu zögern, ergriff ich sie und Wärme breitete sich in meinem ganzen Körper aus. Er wirkte glücklicher als zuvor. Und obwohl dieser Moment auf so vielen Ebenen seltsam war, war das ein wirklich schöner Anblick.

„Komm, Gefährtin. Wir haben Zeit. Der Weg nach Hause ist lang."

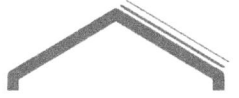

# KAPITEL ZWEIUNDZWANZIG
## Buroudei

DIE LAVRIKA WAREN EIN wirklich großzügiges Wesen. Sie hatten die perfekte Gefährtin zu mir geführt, ihr das Leben gerettet und uns nun das Geschenk der gemeinsamen Sprache gemacht. So viel Glückseligkeit wie in dem Moment, als ich Sziszi zum ersten Mal verstand, hätte ich mir nie träumen lassen. Ihre zauberhafte Stimme klang nicht mehr nur wie Singsang in meinen Ohren, auf den ich mir keinen Reim machen konnte. Ich konnte nun damit beginnen, ihrem Denken zu folgen. Und ihr meins verständlich machen.

Wir befanden uns auf dem Ritt nach Hause und ich schlang meinen Arm fester um sie, während das *irkdu* uns über die Sandebene trug. Die Nachtluft war erfüllt von Sziszis Fragen, doch das störte mich nicht. Ich würde den Rest meines Lebens gern damit verbringen, sie ihr zu beantworten, wenn ihr das Freude bereitete. Meine eigenen konnten warten, bis ihre Neugierde gestillt war.

„Okay, erklär mir noch mal, was du damit gemeint hast, dass wir die Gefährtenbindung vollziehen."

Ich lehnte mich etwas nach vorn und lächelte an ihren Haaren. *Mit Vergnügen.* „Das heilige Band wird vollzogen, indem ein Mann und eine Frau sich lustvoll vereinen, um ein Junges zu zeugen." Die Vorstellung allein ließ mich hart werden und mein pulsierender Schaft drückte sich verlangend gegen ihren Rücken.

„Nein, *Gott*, das ist mir klar. Aber wie werden Gefährten ausgewählt und was bedeutet das?"

Ich runzelte die Stirn, ignorierte aber die Tatsache, dass ich das Wort ‚Gott' nicht verstand. „Es ist so, wie ich sagte. Krieger werden von den Lavrika gerufen, um die Vision ihrer Gefährtin zu erhalten. Das weckt das heilige Band zwischen ihnen, was bedeutet, dass sie fortan ihr Leben füreinander leben. Es ist, als würde der Grund für die eigene Existenz in einem erwachen." Lächelnd erinnerte ich mich daran, wie ich Sziszi zum ersten Mal gesehen hatte. *Das Schicksal hat sich wahrlich spektakulär offenbart.*

„Also werden nur Krieger gerufen, um ihre Gefährtinnen zu sehen? Und die Frauen verlieben sich dann automatisch in sie?"

„Ich weiß nicht, was *verlieben* bedeutet."

Sie seufzte und rieb sich mit den zierlichen Fingern übers Kinn. „Es bedeutet, dass sich daraus Gefühle entwickeln können, die tiefer gehen als für sonst irgendwen oder irgendwas. Dass man sein ganzes Leben mit dieser einen Person verbringen will. Ein bisschen komplizierter ist es wohl schon, aber unterm Strich trifft es das ziemlich gut. Zumindest für mich."

Das klang vertraut. „Ja, das heilige Band ist wie *verlieben*." Ich kämpfte gegen die Enttäuschung an, als mir klar wurde, was in ihrer Frage mitschwang. Dass sie das heilige Band anders als ich nicht in sich erwachen gespürt hatte. „Du hast gefragt, wann die Gefährtenbindung in der Frau erwacht. Sie sollte im gleichen Moment erweckt werden, wenn der Krieger ihr Gesicht in den Teichen sieht." Ich schwieg einen Moment lang und versuchte, die schmerzhafte Enge in meiner Brust zu ignorieren. „Heißt das, dass sie in dir nicht erwacht ist? Du bist nicht in mich *verliebt.*"

Sie verspannte sich in meinem Arm. „Das habe ich nicht gesagt", gab sie leise zurück.

Was sollte ich davon halten? „So wie du es beschrieben hast, bin ich in dich *verliebt.* Ich habe das Gefühl, mehr verliebt zu sein als je ein Krieger zuvor. Wie machen menschliche Krieger denn ihre Frauen *verliebt.*" Egal wie, ich würde es tun.

Sziszi stöhnte auf. „Du kannst echt gut mit Worten umgehen, weißt du das? Und man kann niemanden in sich verliebt machen. So funktioniert das bei Menschen nicht. Das Gefühl von Liebe entwickelt sich. Bei manchen Leuten sehr schnell, bei anderen langsamer."

„Aber *wie* passiert das?" Ich konnte das verärgerte Knurren nicht aus meinem Ton verbannen. Das ganze Gerede über Gefühle und Zeit machte mich ungeduldig. Ich wollte das auf Anhieb verstehen, damit ich Sziszi auf der Stelle dazu bringen konnte, sich in mich zu verlieben.

„Das weiß keiner. Und es ist bei jedem anders."

Ich drängte meine Verzweiflung zurück. „Und wie ist es bei dir?"

Sie lachte leise. „Das weiß ich ehrlich gesagt nicht so richtig. Es passiert einfach in Schritten. Man trifft jemanden, dann mag man die Person, dann mag man sie mehr und wenn alles gut geht, liebt man sie irgendwann. Allerdings gibt es auch Liebe auf den ersten Blick, also wer weiß ..."

Die Bindungsrituale der Menschen ergaben keinen Sinn für mich. Aber meine perfekte Gefährtin war ein Mensch und ich würde diese Gebräuche für sie erlernen. „Wo befinde ich mich bei diesen Schritten?"

Sie versteifte sich erneut. „Hm, na ja, ich würde schon sagen ... dass ich dich sehr mag", erwiderte sie zögerlich.

Befriedigung schoss durch mich hindurch wie ein gut gezielter Speer. Stolz wallte in meiner Brust auf und ich hielt meine Waffe mit der freien Hand ein wenig höher. „Das ist gut", brummte ich. „Damit bist du nur noch einen Schritt von *verliebt* entfernt. Ich bin ganz nah dran."

„Na ja, so einfach ist das nicht", stammelte sie. Ich grinste jedoch nur und schaute über ihren Kopf hinweg in die Ferne. Das Feuer der Hoffnung in mir konnte sie nun nicht mehr ersticken. Sziszi mochte mich *sehr*.

Sie sagte nichts weiter, also nutzte ich die Gelegenheit, um ihr ein paar der Fragen zu stellen, die mir während der letzten Tage nicht aus dem Sinn gegangen waren. „Wo lebt der Clan der Menschen? Ich habe dich zusammen mit anderen in dieser Kreatur abstürzen sehen. Wo ist der Rest von euch?"

„Tja. Das ist schwer zu erklären." Sie hob die Hand und deutete zum Nachthimmel hinauf. „Die *abgestürzte Kreatur* ist etwas, das wir Raumschiff nennen. Sie dient uns bei Reisen, aber sie lebt nicht. Nicht wie eure *irkdu*. Wir kommen von dort oben. Von einem anderen Planeten. Wir sind in einem Raumschiff hergeflogen."

„Was ist ein Planet?"

„So was wie ... eine andere Welt. Da draußen. Jenseits der Sterne."

Das konnte nicht sein. Wie war so etwas möglich?

„Dann stammst du nicht von Zaphrinax?" So etwas hatte ich noch nie gehört. Mir war nicht klar gewesen, dass etwas jenseits unserer Lande existierte.

„Ist Zaphrinax der Name dieses Planeten? Also dieser Welt oder dieses Orts? Nein, meine Leute leben auf einer anderen Welt namens Erde. Ganz weit dort draußen." Sie deutete erneut nach oben, stutzte dann aber und ich hörte das Lächeln in ihrer Stimme, als sie weitersprach. „Aber ich glaube, dass es hier noch ein paar andere Menschen gibt. Auf Zaphrinax. Ich habe bei dem Landeplatz keine Leichen meiner Freundinnen gesehen. Vielleicht sind sie noch am Leben."

Das verwirrte mich. Wusste Sziszi nicht, dass die Mitglieder ihres Clans sich bei Gahn Fallo befanden? Möglicherweise hatte sie das in dem Durcheinander nicht mitbekommen. Immerhin waren ihre Haare in alle Richtungen geflogen und hatten selbst mir die Sicht geraubt.

„Ja, ich gehe davon aus, dass sie alle noch leben. Gahn Fallo hat sie bei sich."

Sie fuhr im Sattel herum und starrte mich aus weit aufgerissenen Augen an. „Moment mal. Du weißt, was mit ihnen passiert ist? Du weißt, wo sie sind?"

„Ja. Ich habe gesehen, wie Gahn Fallos Männer die *zeelk* getötet und die anderen Frauen mitgenommen haben."

Ihr Lächeln strahlte wie Sonnenlicht. „Das ist ja großartig! Na los, wir müssen zu ihnen." Sie drehte sich wieder nach vorn und schaute mit zusammengekniffenen Augen über die Sandebene, als könnte sie die anderen so finden.

„Das werden wir. Gahn Irokai ist ein Bündnis mit uns eingegangen und wird bald mit seinen Kriegern zurückkehren.

Dann können wir Gahn Fallo angreifen und deine Clan-Leute zu uns holen", murmelte ich in ihre Haare.

Doch das schien Sziszi nicht zu freuen. „Angreifen ... Das gefällt mir irgendwie nicht. Können wir nicht einfach mit denen reden?"

Ich brummte. „Das liegt nicht in der Natur unseres Volks. Außerdem ist Gahn Fallo ein aggressiver Krieger."

Sziszi seufzte. Die Zelte unseres Clans kamen allmählich in Sicht.

„Tja, dann muss ich das wohl erst mal so hinnehmen. Ich will wirklich nicht, dass die anderen bei den Bösen bleiben müssen, also tun wir, was getan werden muss. Er ist ein Gahn wie du? Ein Anführer?"

Beim Gedanken an Gahn Fallo presste ich die Lippen aufeinander. Er war ein starker Krieger und mutig, aber auch hinterhältig. Im Moment war er der einzige Gahn des Sandmeers, der seine Position erworben hatte, indem er den vorherigen Gahn seines Clans getötet hatte.

„Ja. Es gibt die fünf mächtigen Gahns des Sandmeers, die die fünf Clans anführen. Gahn Fallos Gebiet liegt unserem am nächsten."

Wir passierten die Felsformation und ich sprang vom Rücken des *irkdu*, um anschließend Sziszi beim Absteigen zu helfen.

„Dann heißt es also Angreifen. Aber dieses Mal lässt du dich bitte nicht abstechen, ja?"

Ich drückte meine Lippen auf ihren hübschen Kopf. „Ich tue mein Bestes. Für dich."

Sie schaute mich mit leicht geöffneten Lippen an. „Danke, Buroudei. Wirklich. Für alles. Dafür, dass du dich um mich gekümmert, mir mein Zeug verschafft hast und jetzt auch noch meine Freundinnen befreien willst. Ich kann es kaum erwarten, sie wiederzusehen."

Ich wollte ihr gern sagen, dass das alles nur für sie war, dass ich alles für sie tun würde, doch auch wenn das stimmte, war es doch nur die halbe Wahrheit. Sanft strich ich mit den Fingerknöcheln über ihre Wange und beobachtete neugierig, wie sich Röte auf ihrer Haut ausbreitete. „Das tue ich gern. Und es ist auch gut für den Clan. Es gibt nicht mehr viele Frauen. Meine Männer sind erpicht darauf, für deine Freundinnen in den Kampf zu ziehen."

Sie schaute mich aus verengten Augen misstrauisch an und löste sich dann abrupt von mir, indem sie meine Hand wegschlug. „Augenblick mal. Du hast doch da hoffentlich nicht einen Haufen Kerle in deinem Clan, die glauben, dass meine Freundinnen ihre Gefährtinnen sind, oder? Diese Rettungsaktion muss ohne Bedingungen ablaufen! Ich will nicht, dass jemand denkt, dass eine Ehefrau für ihn abfällt, wenn er hilft, meine Freundinnen zu befreien."

„Nur die Lavrika können einem Mann seine Gefährtin zeigen. Und bis jetzt haben sie keinen weiteren Mann aus diesem Clan gerufen." Auch das stimmte nicht ganz, doch ich entschied mich, ihr nichts von Taliok zu erzählen. Noch nicht.

„Hmm. Na gut. Das muss wohl reichen."

Ich half Sziszi, ein paar ihrer Habseligkeiten loszubinden und sie in mein Zelt zu bringen. Ein paar der größeren Gegenstände ließen wir bei den grasenden *irkdu* zurück. Das hatte bis morgen Zeit. Für den Moment wollte ich nur zusammen mit meiner Gefährtin auf mein Lager. Um sie zu berühren. Sie zu schmecken. Herauszufinden, was es bedeutete, wenn man *sehr* gemocht wurde.

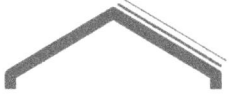

# KAPITEL DREIUNDZWANZIG
## Cece

ICH WARF DEN RUCKSACK, den ich im Schiff gefunden hatte, neben dem Bett auf den Boden und ließ mich stöhnend auf das Bett aus Tierhäuten sinken. Das war eine verdammt lange Nacht gewesen. Es fühlte sich an, als wären wir vor Tagen aufgebrochen. Meine Muskeln waren von dem weiten Ritt verspannt und ich massierte mir abwesend die Oberschenkel, während ich im Kopf alles durchging, was Buroudei mir erzählt hatte. Dass ich jetzt mit ihm reden konnte, war unglaublich. Nach all dem Frust und der Pantomime konnte ich ihn nun endlich fragen, was ich wissen wollte. Und davon gab es immer noch so viel.

Buroudei betrat hinter mir das Zelt und legte die Kleidung und andere Ausrüstung ab, bevor er eine *valok*-Kerze entzündete. Als er sah, wie ich meine Oberschenkel knetete, verfinsterte sich seine Miene. Er marschierte auf mich zu und riss meine Hände weg, um meine Beine selbst zu betasten.

„Hey, lass das!"

Seine kräftigen Finger kitzelten die Haut über meinen steifen Muskeln und mein Körper reagierte mit einem Zucken darauf. Doch er ignorierte mich und zog mir kurzerhand die Hose aus.

„Komm schon, Buroudei! Hey, du verstehst mich jetzt ja, also kann ich dir sagen, dass du das lassen sollst."

Ich trug keine Unterwäsche, weswegen ich meine Tunika weiter nach unten zog, sodass sie meinen Schritt und meine Beine bedeckte. Doch Buroudei war stärker. Er drückte meine Beine mit unglaublich kräftigen und doch so sanften Händen auseinander. Danach tat er jedoch nichts weiter. Er kniete zwischen meinen Beinen und musterte meine Haut eingehend, bevor er mit einem Fingerknöchel von der Innenseite meines linken Knies bis zu meiner Beinbeuge strich. Seine Berührung schickte heiße Blitze über meine Haut und trieb mir Hitze in die Wangen. Dann zuckte sein Schwanz und er setzte sich mit zufriedenem Gesichtsausdruck auf die Fersen zurück.

Ich beäugte ihn misstrauisch. „Was sollte das denn? Wonach hast du gesucht?"

Er neigte den Kopf zur Seite, als wäre die Antwort auf meine Frage offensichtlich. „Die Beinkleider haben ihren Sinn erfüllt."

Ich blinzelte ein paarmal und schaute dann auf die Hose – die Buroudei mit festem Leder verstärkt hatte. „Oh ja", sagte ich beinahe enttäuscht, dass er nur darauf aus gewesen war. „Ich dachte, dass du ... du weißt schon ... die Gefährtenbindung mit mir *vollziehen* willst."

Buroudeis Nasenflügel blähten sich und er ballte die Hände auf den Knien zu Fäusten. „Danach sehne ich mich mehr, als nach allem anderen. Aber ich musste sichergehen, dass du auf der langen Reise nicht verletzt wurdest." Er zog die

Augenbrauen zusammen. „Und ich habe verstanden, dass du Nein gesagt hast."

Jetzt bereute ich irgendwie, dass ich abgelehnt hatte. Das war mehr ein Reflex gewesen, aber jetzt, wo er so vor mir kauerte, mich mit einem Ausdruck ansah, wie ich ihn noch nie zuvor in den Augen eines Manns gesehen hatte, und sich eine deutliche Beule unter seinem Lendenschurz abzeichnete, konnte ich nicht leugnen, dass ich ihn auch wollte. Das hatte ich auch schon vor heute Abend. Da hatte ich allerdings noch nichts von diesem Kram mit den heiligen Gefährten und den geplanten Babys gewusst.

Ich entschied mich, es noch etwas hinauszuzögern. „Was glaubst du, warum die Lavrika mich dir als Gefährtin gezeigt haben?"

Buroudei antwortete wie aus der Pistole geschossen. „Weil du perfekt bist, natürlich. Und du bist die perfekte Gefährtin für mich."

*Verdammt. Der Kerl kann* wirklich *gut mit Worten umgehen. Wenn er weiter mit so was um sich wirft, stürze ich mich demnächst auf ihn.*

Ich schüttelte hastig den Kopf, sodass mein inzwischen zerzauster Zopf von einer Seite zur anderen flog. „Nein, ich meine: Warum ein Mensch? Warum gibt es hier nur so wenige Frauen?"

Er setzte sich im Schneidersitz in den Sand und seufzte. „Das ist die Schuld meiner törichten Vorfahren."

Ich rückte ein Stück näher zu ihm und machte es mir bequem. Er verfolgte jede meiner Bewegungen. „Red weiter. Was ist passiert?" Ich wollte mehr über sein Volk und ihre

Geschichte wissen. Und warum ausgerechnet ich zu seiner *heiligen Gefährtin* auserkoren worden war.

Er seufzte erneut. „Das ist eine lange Geschichte, aber ich werde mein Bestes tun, sie abzukürzen. Die Lavrika helfen uns, das Gleichgewicht innerhalb unseres Volks zu bewahren. Sie sind tief mit jedem Teil von uns und diesem Land verbunden. Deswegen kann ihr Blut heilen. Und ich denke, dass sie dir deswegen unsere Sprache schenken konnten."

Ich nickte langsam. Dem konnte ich mehr oder weniger folgen. Ich meine, soweit man als Frau von der Erde eben einer Geschichte über einen magischen Schlangendrachen folgen konnte, der Aliens half, miteinander auszukommen.

„Es ist von größter Wichtigkeit, dass wir bei der Wahl unserer Gefährtinnen den Visionen der Lavrika folgen." Er warf mir einen bedeutungsvollen Blick zu und ich räusperte mich. Plötzlich interessierte es mich brennend, wie meine Nägel aussahen. Spoileralarm: nicht gut.

„Die Männer des Sandmeers können nur eine Art von Jungen zeugen. Entweder männliche oder weibliche. Es spielt keine Rolle, wie oft ein Mann für Nachkommen sorgt, sie werden alle entweder nur Jungen oder nur Mädchen sein. Vor einigen Generationen begannen die Frauen, ihre Gefährten zu verstoßen, wenn sie feststellten, dass diese Mädchen zeugten. Viele Frauen wollten die Mutter eines Gahns werden, also suchten sie sich andere Männer, um Söhne zu bekommen."

„Wow. Männer sind bei euch so viel mehr wert als Frauen?" Ich konnte mir den abwertenden Tonfall nicht verkneifen.

Buroudeis Schwanz zuckte angespannt und seine Stimme kühlte deutlich ab. „Einem Krieger ist seine Gefährtin mehr wert als alles andere und er würde sie nie verstoßen. Wie ich sagte: Es waren die Frauen, die die Entscheidung trafen. Und es wurde respektiert. Bis wir die Konsequenzen daraus verstanden."

Oh. Es war also nicht einfach *Jungs sind besser als Mädchen.* Die Frauen besaßen eine Menge Macht und verfolgten eigene Absichten. Ich dachte an Rika und Balia, die beide offensichtlich im Clan sehr geachtet wurden, und nickte.

„Uns war nicht klar, wie wichtig die Visionen der Lavrika waren. Es ist zwar möglich, Kinder außerhalb der heiligen Gefährtenbindung zu bekommen, aber schwierig. Die Zahl unserer Geburten nahm innerhalb kürzester Zeit drastisch ab und die meisten Kinder, die geboren wurde, waren männlich. Innerhalb von drei Generationen haben wir uns selbst an den Rand der Ausrottung gebracht. Und das ist in jedem Clan des Sandmeers geschehen. Erst als wir den Lavrika wieder folgten, konnten wir dem entgegenwirken. Aber der Wiederaufbau geht langsam voran. Bis zu eurer Ankunft dachten wir, uns davon nie mehr zu erholen."

Diese Eröffnung dröhnte wie ein Hammerschlag in meinem Kopf. Dass ich Buroudeis Gefährtin war, hatte nicht nur Auswirkungen auf seine Gefühle für mich. Es repräsentierte etwas so viel Wichtigeres als das: das Überleben seiner Spezies. Das Gleichgewicht des ganzen Planeten.

*Aber hey, kein Druck.*

„Du hast gesagt, dass die Frauen sich entschieden haben, ihre Gefährten zu verlassen. Wie sieht das jetzt aus? Was, wenn eine Frau jetzt ihren Gefährten ablehnt?" Da es dreimal mehr Männer als Frauen gab, schien es für letztere ja reichlich Auswahl zu geben.

„Das kommt heutzutage nur noch äußerst selten vor. Wir haben miterlebt, welche katastrophalen Folgen das haben kann. Außerdem sagte ich ja bereits: Die Frauen des Sandmeers spüren das heilige Band ebenfalls. Sie fühlen sich, wie du es ausdrückst, in ihre Gefährten *verliebt*, ebenso sehr wie die Krieger. Deswegen ist es höchst ungewöhnlich, dass eine Frau ihren Gefährten verstößt. Ich kann mich nicht erinnern, wann das das letzte Mal in unserem Clan passiert ist. Auf jeden Fall nicht, solange ich lebe." Er hielt inne und biss die Zähne zusammen. Dann sprach er langsam weiter, als würde ihm jedes Wort schwerfallen. „Allerdings wäre es einer Frau erlaubt, ihren Gefährten abzulehnen, sollte sie es wirklich wollen. Sie könnte ihr Leben so leben, wie sie es wünscht."

„Interessant", murmelte ich und kaute auf meiner Unterlippe. Die nächste Frage musste ich stellen, auch wenn sie ihn verletzte. Und mich vielleicht auch. Aber ich musste über meine Situation Bescheid wissen. War ich eine Gefangene hier? „Was, wenn sie die Gefährtin des Gahns ist?"

Buroudeis Augen glommen auf und plötzlich stürzte er sich auf mich und schob mich spielend leicht auf den Rücken. Er fing meine Handgelenke ein und drückte sie über meinem Kopf auf das Lager. Einer seiner großen, harten Oberschenkel drängte sich zwischen meine Beine, was mich aufkeuchen ließ – und etwas anderes Großes und Hartes drückte sich gegen meine Taille. Ich bog den Rücken durch und presste meine Brüste gegen seine muskulöse Brust, während mein Puls sich mit jeder Sekunde mehr beschleunigte.

Jetzt hatte ich ein Problem. Ich konnte kaum noch klar denken. Mein Herz hämmerte wild und ein Ziehen machte sich in meinem Schoß breit, wo ich sein Bein spürte. Er stöhnte auf und sein Mund näherte sich meinem. Unwillkürlich öffnete ich die Lippen und gab ein leises Ächzen von mir, als er mich nicht küsste.

„Ich werde dich nicht fesseln, meine schöne Gefährtin", raunte er an meinem Mund, was mir einen sinnlichen Schauer über den Rücken jagte. „Ich werde dich nicht zwingen, bei mir zu bleiben. Aber ich werde dir immer folgen, solltest du fliehen. Egal, wohin du gehst, ich werde dich finden. Ich werde dich nicht zwingen, als meine Gefährtin zu leben, aber ich werde immer an deiner Seite sein. Bis zum Ende meiner Tage."

Also war ich tatsächlich keine Gefangene. Nicht wirklich. Buroudei würde meine Wünsche respektieren, so gut er eben konnte. Und das reichte mir. Es war das letzte Puzzlestück, das mir noch zu meiner Entscheidung gefehlt hatte. Ich würde dem Ganzen hier eine Chance geben, auch wenn ich keine Ahnung hatte, worauf ich mich einließ. Nicht nur das, ich würde mich sogar kopfüber ins kalte Wasser stürzen. Dass ich mich in ihn verliebte, wusste ich schon, und als wir beide fast gestorben wären, hatten meine Gedanken nur darum gekreist, wieder bei ihm zu sein. Ich würde nicht weglaufen. Nicht vor ihm. Nicht mehr.

Diese Gedanken rauschten mir durch den Kopf, während ich Buroudei nur stumm in die faszinierenden Augen schaute. Mein Schweigen schien ihn jedoch unsicher zu machen und seine Stimme klang rau und scharf. Sein Griff um meine Handgelenke wurde fester. „Ich weiß, dass ich nicht von deiner Art bin. Aber missfalle ich dir denn so sehr?"

Wow. In diesen Worten steckte so viel auf einmal. Schmerz und Verzweiflung und Unsicherheit und Hoffnung. Die Tatsache, dass dieser unfassbar starke, attraktive, mächtige Warlord so unsicher wurde, weil ich ihn womöglich nicht liebte, brach mir mein kleines, menschliches Herz. Ein Herz, für das ich nun allen Mut zusammennehmen würde, um es ihm zu schenken. Weil ich wusste, dass er es heilen konnte.

„Weißt du noch, als ich gesagt habe, dass ich dich sehr mag?"

Er wurde stocksteif. „Ja", grollte er.

„Na ja, da habe ich gelogen. Oder vielleicht nicht direkt gelogen, aber ich habe auch nicht die ganze Wahrheit gesagt."

Buroudei war praktisch zu Stein erstarrt. Er schien sogar kaum noch zu atmen. Ich schluckte. *Jetzt oder nie.*

„Ich bin in dich verliebt."

Buroudei rührte keinen Muskel.

*Okay ... Das war jetzt etwas unterhalb der Erwartungsgrenze.*

„Das heilige Band. Ich empfinde es für dich. Ich will damit sagen, dass ich das machen werde ... deine Gefährtin sein." Die Worte waren mir peinlich und ich wand mich unwohl unter ihm und drehte mit heißen Wangen den Kopf zur Seite. „Du könntest ruhig was sagen", flüsterte ich angespannt.

Buroudei holte tief Luft. „Vergib mir, Sziszi. Du hast meine Welt in Stücke gerissen und sie wieder zusammengesetzt. Deine Worte haben eine Zukunft erschaffen, wie ich sie mir niemals zu erträumen gewagt hatte. Das Sprechen fällt mir schwer."

„Ich weiß, was du meinst." Jetzt schaute ich ihm doch wieder in die Augen.

Die Funken hatten sich in ihnen verteilt und es sah fast aus, als würden sie vibrieren. Er bewegte sein Becken mit einem quälend langsamen Stoß gegen meinen Bauch, was ein verlangendes Ziehen in meinem Schoß auslöste. Als ich eilig nickte, stöhnte Buroudei auf und eroberte meinen Mund mit einem heißen Kuss, bevor er seine fantastische Zunge über meinen Hals bis zu meinen Schlüsselbeinen gleiten ließ. Er ließ meine Handgelenke los und riss mir die Tunika über den Kopf. Dann lag ich nackt und schutzlos vor ihm – und das war das aufregendste Gefühl, das ich je verspürt hatte. Buroudei stemmte sich auf die Knie hoch und streichelte über meine empfindlichen Brüste, dann weiter hinunter über meine Taille und Hüften, bevor er erneut meine Oberschenkel erreichte. Ich spürte bereits, wie ich feucht wurde, und er spreizte ohne zu zögern meine Beine, um meine Pussy zu betrachten.

„Du musst wirklich von einer anderen Welt stammen." Seine Stimme klang tief und heiser. „Weil es hier nichts gibt, das so schön ist wie du. So schön, dass es Schmerz in mir auslöst."

Ich starrte ihn unverwandt an und das Atmen fiel mir zunehmend schwerer. Jeder Muskel in meinem Körper spannte sich an und das lustvolle Ziehen ebbte gar nicht mehr ab. „Schmerz?", fragte ich leise.

Buroudei ließ eine Fingerkuppe über meine feuchten Schamlippen geistern, was mich dazu brachte, ihm stöhnend das Becken entgegenzurecken. „Ja. Du bist so schön, dass es wehtut."

*Oh Gott.* Was erwiderte man denn auf so was?

Buroudei liebkoste mich langsam weiter und erforschte jeden Zentimeter. Als er über meine Klitoris strich, entfuhr mir ein leiser Aufschrei und ich versuchte, mich gegen seine Hand zu drängen.

„Dein Schoß ist wunderschön. So feucht für mich. Und so weich." Sein nächstes Streicheln ließ mich beinahe den Ver-

stand verlieren. „Auch wenn es jedem meiner Instinkte wider-
spricht, will ich meine Klauen schleifen, damit ich dich besser
spüren kann."

*Oh, stimmt.* Deswegen ging er so langsam und vorsichtig
vor. Ich vergaß bereits, wie unterschiedlich wir waren.

„Tu das nicht", brachte ich mühsam hervor, weil mein Körper praktisch darum bettelte, mehr von ihm berührt zu werden, und zwar *jetzt*. „Du bist perfekt." Ich wollte nicht, dass
er irgendwas an sich änderte. Er war mein perfekter Alien-
Krieger. Mein Gefährte. Ich hätte beinahe laut aufgelacht und
ermahnte mich, dass ich vorsichtiger sein und nicht gleich
übers Ziel hinausschießen sollte. Doch eigentlich war es mir inzwischen egal. Nur noch er und dieser Moment waren wichtig,
und das Verlangen, das sich immer weiter in mir aufbaute.
Meine Beine zitterten und mein Atem ging in kurzen,
keuchenden Stößen. Ich wollte mich schon aufsetzen und
meinen heißen Alien anbetteln, mich zu vögeln, doch das
brauchte ich gar nicht.

Mit einem heiseren Knurren stürzte er sich auf mich und
vergrub das Gesicht zwischen meinen Beinen. Er leckte mich
so gierig, als würde mein Körper ein Bedürfnis in ihm stillen,
das ihn schon sein ganzes Leben lang plagte, und das war fast
noch erregender als die physischen Liebkosungen. Und die
waren schon verdammt gut. Der lange Mittelteil seiner Zunge
umkreiste meine Öffnung, während die äußeren Segmente sich
auf und ab bewegten und dabei jedes Mal meine Klit neckten.
Innerhalb kürzester Zeit klammerte ich mich an seinen Kopf,
drängte ihm das Becken entgegen und schmiegte meinen
Schoß noch fester an sein Gesicht. So hemmungslos war ich
noch nie gewesen. Aber hier, mit Buroudei? Der Alien, der

meine Pussy behandelte, als würde sie ihm das Leben retten? Ja. Da war es ziemlich einfach, sich gehen zu lassen und einfach nur zu *fühlen*.

Die Lust brandete immer höher in mir auf. Wurde immer heißer und sehnsüchtiger. Buroudei ließ nicht einen Moment lang von mir ab. Und als sich der Mittelteil seiner Zunge in mich schob, immer wieder in mich eindrang und er seinen Griff um meine Oberschenkel verstärkte, kam ich. Ich kam und kam, bis ich das Gefühl hatte, wie die Funken in seinen Augen zu explodieren. Und selbst dann hörte er nicht auf, bis ich seinen Kopf von mir wegschob und mit einem Wimmern an seinen Ohren zog, weil ich fast schmerzhaft empfindlich war.

Er richtete sich auf und das Verlangen stand ihm deutlich ins Gesicht geschrieben. Meine Feuchtigkeit glänzte im Licht der Kerze auf seinem Mund und seinem Kinn. Fuck. Dieses Bild brannte sich für immer in meine Erinnerung ein. Das Bild meines großen Kriegers, dessen Muskeln angespannt hervortraten, kurz bevor er das erste Mal mit mir schlief.

Mein Mund wurde trocken und ich stemmte mich auf die Ellbogen, während ich die Beine weiter auseinanderschob. Er ließ den Blick über jeden Zentimeter meines entblößten Körpers schweifen. Gleichzeitig streifte er sich die Lederriemen ab und zog sich mit einer schnellen, fließenden Bewegung den Lendenschurz aus. Ich sog scharf Luft ein.

Selbst auf den Knien wirkte er noch riesig und seine Erektion wirkte wie aus dunklem Stein gehauen. Ich streckte eine Hand danach aus, doch er ergriff sie mit einem Brummen. Er musste das nicht kommentieren, ich merkte auch so, dass er bereits jetzt kurz vorm Orgasmus stand. Dieser Gedanke entzündete das Feuer aufs Neue in mir und ich spannte unwillkürlich meine inneren Muskeln an, während ich mich wieder nach hinten sinken ließ.

Buroudei lehnte sich über mich und ich spürte seine Härte zwischen meinen Beinen. Mir war schon warm, doch seine Haut fühlte sich noch heißer an und sein gieriger Gesichtsausdruck tat sein Übriges dazu. Er strich probehalber mit der Spitze seines Schafts über meine Schamlippen, immer wieder daran auf und ab. Seine Bewegungen waren gezielt, beinahe steif. Als würde er sich mit aller Macht an seine Beherrschung klammern. Aber genau das wollte ich sehen, wie er die Beherrschung verlor. Ich hob das Becken an und drückte meinen feuchten Eingang gegen seine Eichel. Er erbebte und drang dann mit einem Stoß in mich ein.

Sein Schaft war riesig und im ersten Moment fiel es mir schwer, ihn aufzunehmen. Doch ich war so feucht, so bereit, dass mich die Lust überrollte, bevor ich richtig merkte, wie mir geschah. Er füllte mich komplett aus. Buroudei gab einen animalischen Laut an meinem Ohr von sich, zog sich zurück und drang ein weiteres Mal tief in mich ein. Ich wimmerte, als die beiden biegsamen und doch festen Fortsätze neben seiner Länge sich nach oben bogen und über meine Klit rieben. Jedes Mal, wenn er aus mir glitt, nahm der Druck auf meine Klitoris ab und wenn er zurückkehrte, wurde das Gefühl so intensiv, dass die Erde erbebte – oder in diesem Fall ganz Zaphrinax.

Er bewegte sich langsam und hielt sich immer noch zurück, weil er mich offenbar nicht verletzen wollte. Aber ich spürte keinen Schmerz. Nur das Verlangen nach ihm, dass er schneller wurde. Meine Hände strichen fieberhaft über seinen breiten Rücken und ich kratzte mit den Nägeln über seine

Haut, während ich mich atemlos unter ihm aufbäumte und ihn mit meinem Körper anspornte.

Trotz unserer Unterschiede und der Tatsache, dass wir nicht der gleichen Spezies angehörten und aus verschiedenen Ecken des Universums stammten, verstand er mich in diesem Moment vollkommen problemlos. Er richtete sich auf und zog meine Beine nach oben. Durch seine Größe konnte ich sie nicht bequem auf seinen Schultern ablegen, also ruhten sie an seiner Brust. Er umfasste die Vorderseiten meiner Oberschenkel und strich mit der Nase schwer atmend meinen Fuß entlang und über die Innenseite meiner Wade nach unten. Dann biss er mich sacht in die Kniebeuge, was mir einen Aufschrei entlockte und mich die Muskeln um seinen Schaft anspannen ließ. Stöhnend schaute er mir direkt in die Augen und ich spürte, wie er in mir pulsierte. Dann schob er meine Beine weiter zur Seite und auseinander.

*Oh ja!* Ich drückte die Fersen gegen seinen Rücken, während er sich zu beiden Seiten meines Oberkörpers abstützte und wieder in mich stieß, erst nur langsam, dann schneller und härter. Das Gefühl war überwältigend auf eine unvergleichlich gute Art. Als wäre mein ganzer Körper, mein ganzes Sein von ihm erfüllt. Meine Reaktion auf ihn war so instinktiv, so animalisch und ich wollte immer noch mehr von ihm. Wollte, dass er mich für sich beanspruchte. Sein Schwanz peitschte durch den Sand, als seine Bewegungen zunehmend unregelmäßiger wurden. Ich klammerte mich an seinen Ellbogen fest, weil ich irgendwo Halt brauchte. Andernfalls wäre ich wohl direkt in die Galaxie katapultiert worden, so intensiv baute sich die Lust in mir auf. Die beiden Fortsätze drückten sich gegen meine Klit und rieben darüber, bis ich fast wahnsinnig wurde.

Buroudeis Blick war irgendwie eindringlich und unfokussiert zugleich und er fletschte die Zähne. Ich wandte mich nicht ab, schloss nicht die Augen. Ich wollte alles von ihm sehen, wenn er kam. Allein der Gedanke daran reichte aus, um mich über den Rand des Höhepunkts zu schubsen, an dem ich schon so lange entlangtänzelte. Ich schrie auf und verspannte mich um ihn, als der Orgasmus mich überrollte. Ziemlich sicher verfiel ich in meine Muttersprache oder gab einfach totalen Blödsinn von mir, weil die Worte, die mir über die Lippen kamen, selbst mir unverständlich waren.

Buroudei bewegte sich weiter in mir und brachte mich damit um den Verstand. Er stützte sich auf einen Ellbogen und umfasste mit der freien Hand eine meiner Brüste. Sein Atem strich heiß über meine Kehle und als ich seine Fangzähne auf meiner Haut spürte, wünschte ich mir in meiner Ekstase beinahe, dass er so fest zubiss, wie er konnte. Aber das tat er nicht, sondern knurrte nur an meiner Haut, als ich meine Hände zu seinem Hintern gleiten ließ und den straffen Muskeln nachspürte, die in seinen Pobacken spielten. Gerade als ich das Gefühl bekam, es nicht mehr länger auszuhalten, spürte ich, wie sich jeder Muskel in Buroudei anspannte. Dann warf er den Kopf in den Nacken und brüllte so laut auf, dass ich es in unseren Körpern widerhallen spürte. Auch tief in meiner Pussy, als er sich ergoss und in mir pulsierte. Er stieß noch ein paarmal zu und verlängerte die lustvollen Empfindungen damit noch mehr. Ich klammerte mich an ihm fest, weil mir gar nichts anderes übrig blieb. Mein Körper agierte nur noch nach seinen Instinkten, mein Reptilienhirn übernahm die Führung.

Und ich wollte Buroudei so unglaublich fest halten. Um ihn an meiner Seite zu behalten. *In mir* zu behalten.

Um ihn bei mir zu haben. Für immer.

# KAPITEL VIERUNDZWANZIG
## Buroudei

DAS WAR ER. DER GRUND für meine Existenz. Der Sinn meines Lebens. Die Antwort auf alle Fragen, die ich mir je gestellt hatte. Bei meiner Gefährtin zu sein, mich an ihren weichen Körper zu schmiegen, war ein so exquisites Vergnügen, dass es mir beinahe nicht echt vorkam. Und doch machte es alles nur noch echter. Jede Empfindung wurde verstärkt, jeder meiner Sinne geschärft. Der Duft von Sziszis Lust, die feuchte Enge ihrer Weiblichkeit, ihre zarte, helle Haut – das alles erschuf mich vollkommen neu. Jetzt fühlte ich mich als echter Gahn. Als ein Mann, der besser war als zuvor. Durch Sziszi.

Das Verlangen regte sich bereits wieder in mir, obwohl ich mich gerade erst so heftig in Sziszis Wärme ergossen hatte. Wir brauchten beide Ruhe nach der langen Reise und den Strapazen, die wir heute Nacht durchlitten hatten. Und vor uns lagen noch mehr: der Kampf gegen Gahn Fallo.

Widerwillig zog ich mich aus Sziszi zurück, was ihr ein enttäuschtes Wimmern entlockte. Dieser eine Laut hätte mich beinahe wieder die Beherrschung verlieren lassen. Ich knurrte tief und kehlig, legte mich neben sie und drehte sie um, sodass sie mit dem Rücken an meiner Brust lag. Mein halb harter Schaft drückte sich herrlich zwischen ihre Oberschenkel.

„Das ist nicht nah genug", nörgelte sie und bewegte ihre Kehrseite gegen meine Männlichkeit.

Ich biss die Fangzähne zusammen und neigte den Kopf, um in ihre Haare zu flüstern: „Du musst dich ausruhen, Gefährtin."

„Ich brauche keine ...", erwiderte sie, doch der Rest ihrer Worte ging in einem zauberhaften, kleinen Gähnen unter. Ich zog die *dakrival*-Haut über uns und rieb mein Gesicht über ihre Haare und ihren Nacken, um ihren süchtig machenden Duft tief in mich aufzunehmen.

„Hmm." Sie umfasste den Arm, den ich um sie gelegt hatte, und kuschelte sich daran. Schande über mich, aber sie war einfach unwiderstehlich. Mein Schaft pulsierte. Doch ich spürte bereits, wie sie in den Schlaf abdriftete. Also versuchte ich, mein kochendes Blut unter Kontrolle zu bringen, indem ich langsam und tief ein- und wieder ausatmete. Sziszis Brust hob sich gleichmäßig und ihre leisen Geräusche waren eine Melodie, die mich bis in meine Träume verfolgen würde.

Sie war eingeschlafen. Ich zwang meinen Körper, sich zu entspannen und es ihr gleichzutun. Ich würde Sziszi folgen, wo immer sie auch hinging.

Als ich am nächsten Morgen vom Klang fremder Stimmen, ihrem Rufen und dem Herannahen zahlreicher *irkdu* geweckt wurde, schlief Sziszi noch. Mein Herzschlag schoss in die Höhe und ich erhob mich umgehend, um meinen Lendenschurz und die Waffen mit geübten Handgriffen anzulegen. Gahn Irokai und seine Männer hatte ich eigentlich nicht so früh zurückerwartet. Aber wenn das nicht er war, musste es Gahn Fallo sein.

Dunkler Zorn stieg in mir auf bei der Vorstellung, dass Gahn Fallo mir hier, in meinen eigenen Reihen, drohte, wo zudem noch meine Liebste schlief. Für diese Unverschämtheit würde ich ihn auf der Stelle niederstrecken.

„Buroudei?" Sziszi wurde nun ebenfalls wach, setzte sich auf und rieb sich verschlafen die Augen. Ihr Anblick war wundervoll und so weich, traf mich aber dennoch wie ein Speer in die Brust. Sie war einfach zu schön für diese Welt. Nichts würde ich lieber tun, als mich direkt wieder zu ihr aufs Lager zu begeben, um herauszufinden, wie sie kurz nach dem Aufwachen schmeckte. Aber dafür blieb keine Zeit.

„Ich höre Krieger herannahen. Ich muss gehen. Bleib hier."

Sie riss die Augen auf und ihr Gesicht verlor alle Farbe. Ich konnte jedoch nicht bleiben und es ihr erklären, sondern warf ihr nur noch einen strengen Blick zu. Als ich sie das letzte Mal angewiesen hatte, in einem Zelt zu bleiben, hatte sie nicht gehorcht. Aber jetzt verstand sie mich. Irgendwie machte ich mir dennoch Sorgen, dass sie nicht auf mich hören würde.

Mit einem allerletzten Blick zu ihr wandte ich mich ab und rannte aus dem Zelt in Richtung des Getümmels. Etwa vierzig *irkdu* hielten auf das Lager zu und meine Krieger versammelten sich bereits mit gezogenen Waffen.

Galok eilte an meine Seite, beobachtete die Szene mit verengten Augen und stieß dann einen Jubelschrei aus. „Gahn Irokai ist zurückgekehrt!"

Er hatte recht. Auf dem Tier an der Spitze der *irkdu*-Schar saß Gahn Irokai. Ich grinste und hob die Axt zum Gruß. Sie waren wirklich zügig geritten. So zügig, dass ich es kaum glauben konnte. Das war ein Glücksfall, denn so konnten wir unseren Plan noch früher in die Tat umsetzen, als ich erwartet hatte. Dann bekamen wir alle Menschenfrauen und Sziszis ewige Dankbarkeit war mir gewiss – und meiner Männlichkeit auch. Mein Blut wurde zunehmend heißer bei dem Gedanken an den bevorstehenden Kampf und wie ich danach das Lager immer und immer wieder mit Sziszi teilen würde. Vermutlich sah ich aus, als hätte ich nicht mehr alle Sinne beisammen, als ich Gahn Irokai breit angrinste, der inzwischen abgestiegen war und dicht gefolgt von Taliok zu mir marschierte.

Er blieb vor mir stehen und wir hoben die Schwänze zur Begrüßung. Taliok und Galok taten es uns gleich.

„Ihr seid gut vorangekommen, Gahn Irokai."

Sein Schwanz schlug mit einem dumpfen Laut auf den Sand. Taliok hielt den Blick unverwandt auf mich gerichtet. „Meine Männer waren gern bereit, sich dafür zu schinden. Es dient einem höheren Zweck. Ich kann nicht leugnen, dass viele von ihnen auf eine Gefährtin unter den neuen Frauen hoffen."

Ich verspannte mich und ein Teil meiner Vorfreude schwand. Bislang hatte ich die Tatsache ignoriert, dass noch kein Wort darüber verloren worden war, wie wir nach dem Überfall auf Gahn Fallo verfahren würden. Ich war nicht bereit, Gahn Irokai alle Frauen zu überlassen. Meine Sziszi würde nicht glücklich darüber sein, wieder von ihnen getrennt zu werden.

„Sind die Lavrika inzwischen zu anderen Männern aus deinem Clan gekommen?", fragte ich und verengte die Augen ein wenig.

Gahn Irokai beobachtete mich aufmerksam und machte eine knappe Geste mit einer Hand. „Nein. Nur zu Taliok."

Das war gut. Damit besaßen wir gleichwertige Ansprüche auf die Frauen. Ich hatte eine Gefährtin in ihren Reihen und einer aus Gahn Irokais Clan ebenfalls. Würde er sich nach dem Kampf gegen uns wenden und versuchen, sie alle mitzunehmen? Offenbar ging ihm der gleiche Gedanke in Bezug auf mich durch den Kopf, denn er starrte mir unverwandt in die Augen. Und fragte sich wohl, ob ich ihn hintergehen würde.

Ich wusste nicht, was geschehen würde. Sziszi wollte wieder mit ihren Freundinnen vereint sein und ich würde alles dafür tun, um sie glücklich zu machen. Und wenn das bedeutete, gegen zwei Gahns in den Kampf zu ziehen, war dem eben so. Doch für den Moment war Gahn Irokai mein Verbündeter. Ich brauchte ihn ebenso sehr wie er mich.

Um der Situation die Anspannung zu nehmen, lächelte ich und nahm eine gelassenere Haltung ein. „Wir sind froh, euch als Verbündete hier zu haben. Kommt, baut eure Zelte auf. Ihr müsst euch nach der Reise erholen. Wir brechen im Morgengrauen auf."

„Ich stimme dem zu", brummte Gahn Irokai. Dann gaben er und Taliok den anderen Kriegern entsprechende Anweisungen. Mit Gahn Irokai als Verstärkung hatte sich unsere Zahl mehr als verdoppelt. Jetzt hatten wir mehr Männer als Gahn Fallo. Ja, wir würden mit Sicherheit siegreich hervorgehen.

Gahn Irokai und seine Leute verbrachten den Großteil des Tages in ihren mitgebrachten Zelten mit Schlafen. Sie mussten wirklich ohne Rast geritten sein, um so schnell hierherzukommen. Doch die Aussicht, möglicherweise ihre vom Schicksal vorbestimmten Gefährtinnen zu finden, spornte sie an und ich konnte es ihnen nicht verübeln.

Den ganzen Tag über fand ich keine Zeit, um nach Sziszi zu sehen. Galok und ich schlossen uns den Jägern an. Da wir so viele hungrige Mäuler mehr zu stopfen hatten, benötigten wir mehr *dakrival*. Wir hatten das Glück, eine große Herde aufzuspüren, und erlegten acht der großen, gehörnten Tiere, die wir an unsere *irkdu* gebunden ins Lager zogen. Die Frauen und Kinder machten sich an die Arbeit, die *dakrival* zu häuten und zu zerlegen, und als Gahn Irokai und seine Männer bei Sonnenuntergang wieder aus ihren Zelten auftauchten, brannte das Abendfeuer bereits lichterloh und Fleisch briet zischend an großen, aus Knochen geschnitzten Spießen.

Ich stand auf, grüßte Gahn Irokai mit einem Heben meines Schwanzes und bedeutete ihm und Taliok, sich am Feuer zu mir zu gesellen. Sie und ihre Männer näherten sich uns zögerlich, aber schon bald darauf hatte jeder einen Platz gefunden und alle aßen. Gahn Irokai saß zu meiner Rechten und Taliok auf seiner anderen Seite neben ihm. Galok hatte sich zu meiner Linken niedergelassen, sprang jedoch sofort auf, hob den Schwanz vor die Augen und machte Platz, als Sziszi in Begleitung von Rika zum abendlichen Essen erschien. Mein Herz zog sich schmerzhaft in meiner Brust zusammen. Wir hatten uns nur den Tag über nicht gesehen und doch sehnte ich mich unendlich nach ihr.

Rika gesellte sich zu Balia auf die andere Seite des Feuers und Sziszi schaute zwischen den Heilerinnen und mir hin und her, als wäre sie sich unsicher, wohin sie gehen sollte. Vermutlich fragte sie sich, ob sie sich neben mich setzen sollte, während ich ins Gespräch mit einem anderen Gahn vertieft war. Doch auch in Anwesenheit eines Gahns gehörte meine Gefährtin an meine Seite. Mit einer entsprechenden Bemerkung zu Gahn Irokai erhob ich mich, lief rasch zu ihr und ergriff ihre Hand.

„Hallo", begrüßte sie mich und selbst im schummrigen Licht des Abends konnte ich die tiefe Röte auf ihren Wangen erkennen, die von ihrem Verlangen zeugte. Wenn ich eine Klaue unter ihre Tunika schieben und wittern würde, könnte ich vermutlich ihre Erregung auch riechen. Doch das musste warten. Mit ihrer kleinen Hand sicher in meiner führte ich sie um die Feuerstelle herum und kehrte zu meinem Platz neben Gahn Irokai zurück. Meine Instinkte regten sich, als sich die Blicke zahlreicher Krieger auf sie richteten, einige zurückhaltend, andere neugierig und viele lüstern. Wenn einer der Männer sie zu lange anstarrte, sah ich mich am Ende noch gezwungen, ihm die Augen aus dem Schädel zu reißen.

Galok, der nun links von Sziszi saß, schien den Zorn zu bemerken, den ich wohl ausstrahlte. Er wandte den Blick ab, nahm einen herzhaften Bissen von seinem Fleisch und kaute betont darauf herum, während er ins Feuer starrte. Taliok folgte seinem Beispiel jedoch nicht. Sein Blick huschte immer wieder zwischen Sziszi und mir hin und her und ließ ein warnendes Knurren in meiner Kehle aufsteigen. Erst da schaute er schließlich weg, doch es wirkte alles andere als unterwürfig.

Gahn Irokai lenkte mich rasch von meiner besitzergreifenden Wut ab. „Hast du inzwischen noch etwas über diese Frauen erfahren? Woher sie stammen, wer sie sind?"

„Sie kommen von einem Ort, der uns bislang unbekannt war. Jenseits der Sterne."

Gahn Irokai sog scharf Luft ein. „Unmöglich!" Er musterte mich ungläubig.

„Glaub mir, ich weiß, wie es dir gerade geht. Aber es stimmt." Sziszis Stimme versetzte Gahn Irokai einen unsichtbaren Schlag, als wäre er in einem Wüstensturm vom Blitz getroffen worden.

„Sie spricht!", brüllte er und lehnte sich ein Stück nach hinten. Taliok fuhr mit angespannten Kiefermuskeln zu uns herum und seine Sichtsterne wirbelten wie wild durch seine Augen. „Hast du mich belogen, Buroudei? Beim letzten Mal hat sie so getan, als könnte sie nicht sprechen."

Ich wollte gerade antworten, als Sziszi mir zuvorkam. Dass eine Frau für mich sprach, war ich nicht gewohnt, insbesondere nicht mit einem anderen Gahn. Aber Sziszi wirkte nicht, als würde sie sich aufhalten lassen.

Sie schüttelte den Kopf und beugte sich vor, um Gahn Irokai an mir vorbei besser sehen zu können. „Nein, das war wahr. Ich habe eure Sprache zu diesem Zeitpunkt nicht beherrscht."

„Wie kann es dann sein, dass du jetzt mit uns sprichst? Du hast nur eine Zunge. Es erscheint mir unwahrscheinlich, dass du unsere Sprache so schnell erlernen kannst."

Mein Stolz regte sich und ich wollte sie automatisch verteidigen. Wie konnte er es wagen, die perfekte, ungespaltene Zunge meiner Gefährtin zu beleidigen? „Sziszi hat viele unserer Worte ganz allein gelernt. Ihr Volk ist klug und besitzt großes Wissen."

Sziszi tätschelte mir die Schulter. „Ist schon okay. Er hat recht. Sprachen liegen mir, aber so schnell hätte ich eure nie gelernt."

Gemeinsam erklärten wir den anderen, was in der vergangenen Nacht bei dem *Raumschiff* geschehen war, dass ich einen von Gahn Fallos Männern getötet hatte und wie ich zu den heiligen Teichen geeilt war, um Sziszi zu heilen. Gahn Irokai sah angespannt aus, Taliok schwieg.

„Ich frage mich, ob ich vielleicht inzwischen zu alt geworden bin, um in diesen Zeiten ein Gahn zu sein. Seltsame Dinge sind hier im Gange."

Ich schnaubte spöttisch, weil ich wusste, dass er das nicht ernst meinte. Kein Gahn würde eine solche Schwäche zugeben, nicht vor den Männern eines anderen Clans. Er war einer der mächtigsten Krieger des Sandmeers, trotz seines Alters. Vermutlich würden noch viele Zyklen vergehen, bevor er entweder einen Nachfolger bestimmte oder zum *baklok* aufrief, einem Wettstreit, bei dem der Sieger als nächster Gahn des Clans hervorging.

Gahn Irokai und Taliok schienen ihren eigenen Gedanken nachzuhängen und setzten das Gespräch nicht fort. Ich wandte meine Aufmerksamkeit meiner Gefährtin zu, als Balia ein Knochentablett mit den besten Fleischstücken vor uns abstellte und respektvoll den Schwanz hob, bevor sie zu ihrem Platz zurückkehrte. Sziszi grinste und griff sich ein Stück, das sie sich in den Mund steckte.

„Hmm. Schmeckt wie Steak."

Ich wusste nicht, was *Steak* war, aber der erotische Anblick, den sie mir bot, ließ mich unwillkürlich an Paarung denken. Ich zog sie an mich und schnupperte über ihren Hals bis zu der empfindlichen Stelle hinter ihrem Ohr, was sie erst nach Luft schnappen und dann kichern ließ.

„Hey, ich versuche hier zu essen!"

Dass sie aß, war gut. Auch wenn die Teiche der Lavrika sie vollständig geheilt hatten, war ihr doch viel abverlangt worden. Viel Nahrung und ausgiebige Erholung standen für sie auf dem

Plan, insbesondere, da sie bald unser Junges unter dem Herzen tragen würde. Die Vorstellung entzündete ein Feuer in meiner Brust und ich schlang den Arm fester um sie, während mein Schaft hart wurde. Ich konnte es nicht erwarten, nachher das Lager wieder mit ihr zu teilen.

Nachdem wir gegessen hatten, verabschiedeten wir uns von unseren Verbündeten und Sziszi und ich kehrten in unser Zelt zurück. Darin angekommen, stürzten wir uns aufeinander, unsere Lippen suchten einander und unsere Hände strichen über den Körper des anderen. Als ich jedoch nach dem Saum ihrer Tunika griff, um sie ihr über den Kopf zu ziehen, hielt Sziszi mich auf und zerrte sie wieder nach unten.

„Moment, warte mal kurz. Bevor das hier noch heißer wird, sollten wir über morgen reden."

Ich runzelte die Stirn. „Was gibt es da zu reden?"

„Na ja, wie sieht denn der Plan aus? Ich weiß, dass wir im Morgengrauen aufbrechen. Aber muss ich sonst noch etwas wissen?"

Vielleicht hatten die Lavrika ihr unsere Sprache doch nur teilweise beigebracht. Gerade dachte ich, Sziszi hätte „wir" gesagt.

„Die anderen Krieger und ich", begann ich vorsichtig und musterte sie dabei misstrauisch, „werden im Morgengrauen aufbrechen. Gahn Fallos Gebiet ist einen Tagesritt von hier entfernt. Wir werden morgen Nacht angreifen und deine Freundinnen befreien."

Sie verschränkte die Arme, was dafür sorgte, dass ihre Brüste sich mehr als anregend hoben. Ich streckte die Hände erneut nach ihr aus, doch sie wich vor mir zurück.

„Das klingt für mich nicht nach einem ausgereiften Plan. Du hast da etwas vergessen. Oder eher jemanden."

„Und was oder wer soll das sein?", fragte ich trocken, obwohl ich die Antwort darauf bereits kannte.

„Ich. Ich komme mit euch."

# KAPITEL FÜNFUNDZWANZIG
## Cece

BUROUDEI SCHIEN DIE Aussicht nicht zu gefallen, dass ich ihn begleiten würde. Sein Gesichtsausdruck verfinsterte sich und er starrte mich ausdruckslos an. Aber was zum Teufel hatte er denn erwartet? Dass ich ihn einfach mit seinen Kriegern in den Sonnenuntergang reiten ließ, damit sie am Ziel angekommen die Frauen über ihre Schultern werfen konnten wie Höhlenmenschen? Dass er genau das mit mir gemacht hatte, ignorierte ich an dieser Stelle mal.

„Du wirst nicht mitkommen."

Ich verdrehte die Augen. „Und warum nicht? Weil ich eine Frau bin?"

Buroudei neigte den Kopf zur Seite, als wäre er verwirrt, dass ich ihm eine Frage mit offensichtlicher Antwort stellte. „Ja."

Mir blieb der Mund offen stehen, doch ich klappte ihn schnell wieder zu. So eine direkte Antwort hatte ich nicht erwartet. „Wo ich herkomme, gibt es männliche und weibliche Krieger, nur damit das mal klar ist!"

Das schien ihn zum Nachdenken zu bringen. „Bist du eine von ihnen?"

Hitze kroch über meine Haut meinen Hals hinauf. Ja, genau, Officer Celia Heaney, eine gut ausgebildete Soldatin, die im Rahmen ihrer Verdienste für die Linguistik-Fakultät der University of Toronto bereits mit unzähligen Auszeichnungen bedacht worden war. Oh Mann.

„Nein", gab ich zu. „Aber ich komme trotzdem mit."

Buroudei seufzte und strich mir mit einem Finger über die Unterlippe. Ich kämpfte gegen den Drang an, den Mund zu öffnen und daran zu saugen. *Ich muss das hier durchziehen.*

„Das ist zu gefährlich, Gefährtin. Du weißt nicht, wie man eine Klinge benutzt. Deine Anwesenheit würde mich nur ablenken."

Ein scharfer Stich durchfuhr mich, als ich mich daran erinnerte, wie katastrophal meine Ablenkung beim letzten Mal geendet hatte. Buroudei hatte mit einem anderen Krieger gekämpft und es hatte ihn fast das Leben gekostet. Auf der anderen Seite hatte ich ihm letztendlich doch geholfen.

„Ich habe nicht vor, mitzukämpfen. Ich werde zurückbleiben und warten, bis alles vorbei ist. Vielleicht kommt es ja auch überhaupt nicht zum Kampf. Könnt ihr euch nicht einfach reinschleichen und meine Freundinnen heimlich rausschaffen?"

„Das wird nicht möglich sein. Und so handeln wir auch nicht. Wir tragen dergleichen auf dem Schlachtfeld aus, nicht, indem wir uns im Schutz der Nacht einschleichen."

Ich entließ einen geräuschvollen Atemzug. „Ich verstehe nicht, warum ihr euch wegen so etwas umbringt, vor allem, weil eure Anzahl sowieso schon so sehr dezimiert wurde. Aber Kampf hin oder her, ich komme mit. Ich habe meine Freundinnen seit Tagen nicht gesehen, ich muss wissen, dass es ihnen gut geht. Ich *muss* das tun, Buroudei."

Mir wurde die Kehle eng, als mir unerwartet Tränen in die Augen stiegen. Ich wünschte mir so verzweifelt, dass bei meinen Freundinnen alles in Ordnung war. Wenn ich noch heute Abend irgendwie zu ihnen gelangen könnte, würde ich es tun. Jetzt, wo ich wusste, dass sie am Tag der Landung nicht umgekommen waren, konnte ich es nicht erwarten, sie wiederzusehen. Und abgesehen davon brauchte ich mal wieder Menschen um mich. Etwas, das mich mit meinem alten Leben verband, nur ein bisschen. Ich liebte Buroudei und war glücklich bei ihm. Aber ich brauchte auch die Nähe zu meinen eigenen Leuten.

Buroudei presste die Lippen aufeinander und schien meine Worte zu überdenken. Ich spürte, wie er langsam nachgab, also legte ich noch ein paar Argumente nach. Ein bisschen fühlte ich mich schon wie eine Anwältin, die ihr Plädoyer von einem sehr attraktiven, sehr missmutigen, leicht tyrannischen Richter hielt.

„Ich bin die Einzige, die beide Sprachen spricht. Was hast du denn vor? Reinstürmen, Gahn Fallo umbringen und meine Freundinnen mit Gewalt mitnehmen? Sie werden denken, dass ihr sie entführen wollt, und euch für schlimmer als Gahn Fallo halten. Sie werden nicht mit euch gehen wollen. Vielleicht werden sogar einige von ihnen verletzt. Ihr braucht mich, damit sie mit mir reden können und verstehen, dass es bei uns sicher ist."

Er schwieg, setzte sich aber im Schneidersitz auf die Bettstatt. Ich kniete mich vor ihn, stützte mich mit den Händen auf seinen Knien ab und beugte mich zu ihm. Meine Nippel zogen sich unter dem Stoff meiner Tunika zusammen, als sie über seine Brust strichen. Ich spürte, wie er sich versteifte, doch er sagte immer noch nichts, sondern musterte mich nur argwöhnisch.

Ich richtete mich auf und setzte mich rittlings auf seinen Schoß, um meinen Hintern an seine harte Erektion zu schmiegen. Als könnte er sich nicht davon abhalten, strich er mit beiden Händen über meine Oberschenkel nach oben und umfasste meine Hüften. Einer seiner Daumen fand den Weg zu meiner Klit und umkreiste sie langsam. Mein Puls schoss in die Höhe und ich versuchte, mich ihm nicht direkt entgegenzudrängen. Stattdessen rutschte ich ein wenig auf seiner Länge herum und beobachtete, wie er hart schluckte und die Muskeln an seinem Hals vor Anstrengung hervortraten.

Ich nahm die Hände von seinen Schultern, um sie an seinen steinharten Kiefer zu legen, und brachte mein Gesicht so nah an seins, dass sich unsere Nasen berührten. „Bitte, Buroudei. Mein Gefährte. Mein Gahn. Ich muss das tun", murmelte ich an seinen Lippen.

Offensichtlich waren *mein Gefährte* und *mein Gahn* die schweren Geschütze. Er stöhnte auf, sein Griff um meine Hüften verstärkte sich und dann zwang er meine Lippen mit seinen Zungen auseinander, während sein Daumen meine Klit schneller liebkoste. Ich war schon so kurz vorm Orgasmus.

„Lass mich mit dir kommen", wimmerte ich, nachdem ich mich aus dem Kuss gelöst hatte. Beinahe hätte ich aufgelacht, als mir die Doppeldeutigkeit meiner Worte aufging.

„Du führst Verhandlungen ohne jede Ehre", grollte er dunkel. Er bewegte das Becken nach oben und seine Erektion drückte sich gegen mich, doch sein Daumen ließ noch immer nicht von mir ab. Lust brandete immer höher in mir auf. Als ich den Höhepunkt jedoch fast erreicht hatte, hörte Buroudei plötzlich auf und schaute mir direkt in die Augen. Ich hielt gespannt die Luft an.

„Ich werde dich mitnehmen. Aber du wirst mit Galok auf seinem *irkdu* bleiben und dich weit von dem Kampf fernhalten. So kannst du direkt nach unserem Sieg mit deinen Freundinnen sprechen. Und wenn wir verlieren, kann er dich sicher ins Lager zurückbringen."

Ich hätte vor Freude heulen können. Doch ich schlang ihm nur überschwänglich die Arme um den Hals und küsste ihn immer wieder und wieder. „Danke, danke, danke", wiederholte ich leise an seinen Lippen.

Er ächzte leise und machte Anstalten, mich nach hinten aufs Bett zu legen, doch ich hielt ihn auf, indem ich mich sanft gegen seine Brust stemmte und ihm so bedeutete, sich nach hinten fallen zu lassen. Er gehorchte und beobachtete mich aufmerksam, als ich mir eilig die Tunika über den Kopf zog, dann seinen Lendenschurz löste und so seine Härte freilegte, die wie aus Stein gemeißelt in die Höhe ragte.

Buroudei gab ein Fauchen von sich, als ich mit den Fingern daran auf und ab strich. Ich war schon so unglaublich feucht, doch erst wollte ich ihm Lust bereiten. Er hatte so viel für mich getan und würde nun auch noch sein Leben für mich und meine Freundinnen riskieren. In diesem Moment wollte ich so gut zu ihm sein, wie er es zu mir war. Ihm zeigen, wie sehr ich ihn wollte und wie viel er mir bedeutete.

Ich rutschte ein Stück nach vorn und positionierte mich so über ihm, dass ich meinen feuchten Schoß über seine Spitze reiben konnte, während ich meine Klit mit den Fingerspitzen streichelte. Buroudei wirkte vollkommen fasziniert und sein

Atem ging in immer harscheren Stößen, bei denen seine Nasenflügel bebten. Sein Becken zuckte mir entgegen und mit einem leisen Aufschrei ließ ich mich auf ihn sinken.

Meinen großen, starken Alien so unter mir liegen zu sehen, war berauschend. Ich verharrte einen Moment, um mich an seine Länge zu gewöhnen, und bewegte mich dann auf ihr hoch und runter, hoch und runter. Abwechselnd liebkoste ich mich selbst und die beiden Fortsätze neben seinem Penis, die ich so drückte, dass sie über meine Schamlippen und Klitoris rieben. *Oh verdammt.* Ich würde jeden Moment kommen.

Buroudei schien es nicht viel besser zu gehen. Er strich über meine Seiten nach oben bis zu meinen Brüsten, die er sanft drückte. Seine Oberschenkelmuskeln spannten sich an, als er nach oben in mich stieß. Ich ertrug es nicht länger, also lehnte ich mich nach vorn, stützte mich mit beiden Händen auf seiner Brust ab und hob die Hüften ein wenig an, sodass er sich schneller und härter in mir bewegen konnte.

Er packte meinen Hintern mit festem Griff, massierte meine Pobacken und drang immer wieder tief und wild in mich ein. Schließlich umfasste er meinen Nacken und zog mich nach unten, bis ich flach auf ihm lag. Er vergrub die Finger in meinen Haaren und sein heißer Atem strich seitlich über mein Gesicht, als er laut aufstöhnte.

„Sziszi, meine Gefährtin, ich ... ich verliere mich in dir."

Dafür, dass seine Spezies von unserem Militär als primitiv eingestuft worden war, drückte er sich in diesem Moment deutlich poetischer aus, als ich es jemals gekonnt hätte. „Oh fuck, fuck!", war alles, was ich zustande brachte. Schließlich gingen meine atemlosen Worte in einen animalischen Laut über, als

Buroudei sich nach ein paar weiteren, kräftigen Stößen in mir ergoss.

Ich brach auf ihm zusammen, weil alle meine Muskeln mir auf einmal den Dienst versagten. Doch ich schmiegte mein Gesicht nur an seine breite Brust und schwelgte in dem Gefühl seiner warmen Stärke. Und spürte, wie sich bei dem Gedanken an den bevorstehenden Tag ein Knoten in meinem Magen bildete. Weil ihm etwas zustoßen könnte. Doch es gab keinen anderen Weg, um meine Freundinnen zurückzubekommen, und ich war nicht bereit, sie in den Händen eines Gahns, wie Buroudei ihn beschrieben hatte, ihrem Schicksal zu überlassen.

Mit einem feuchten Geräusch zog Buroudei sich aus mir zurück, was eine furchtbare Leere in mir zurückließ. Er streichelte langsam über meinen Rücken und ich blieb liegen, wo ich war.

„Wenn es nach mir ginge, würden wir das heute Nacht noch etliche Male wiederholen, Sziszi. Aber wir müssen schlafen. Das Morgengrauen naht auf flinken Füßen."

Ich nickte an seiner Brust und rutschte von ihm runter, um mich an seine Seite zu schmiegen. Er zog die Tierhäute über uns und ich fiel schließlich in einen unruhigen Schlaf, während ich auf meiner Unterlippe kauend noch über den nächsten Tag grübelte.

Buroudei weckte mich vor Sonnenaufgang mit einem Kuss. Ich war so verschlafen, dass ich am liebsten dahingeschmolzen wäre. Ich schlang träge die Arme um seinen Nacken und schmiegte mich fester an ihn – und spürte, wie er hart wurde. Er vertiefte den Kuss, bevor er sich jedoch mit einem widerwilligen Knurren von mir löste.

„Wir müssen uns vorbereiten, Gefährtin."

*Ach ja.* Heute war der Tag der Tage. Mein Adrenalin stieg sprunghaft an und ich stand auf, um mir hastig meine Tunika und die Reithose anzuziehen. Dann wickelte ich meine Solarschutzjacke zusammen und stopfte sie zusammen mit zwei Wasserflaschen in den Rucksack, den ich anschließend schulterte und in Socken und Stiefel schlüpfte. Meine vom Schlaf und Sex zerzausten, verschwitzten Haare kämmte ich mit den Fingern, bevor ich sie mir zu einem unordentlichen Zopf flocht.

Während ich mich fertig machte, legte Buroudei seinen üblichen Lendenschurz an, wobei er Mühe hatte, seine Erektion darin unterzubringen. Anschließend folgten zahlreiche Lederriemen um seine Brust und Hüften, in denen *ablik*-Klingen in verschiedenen Größen steckten. Ich konnte mir das Starren nicht verkneifen. Das Spiel seiner Muskeln unter der straffen Haut hatte etwas so unglaublich Männliches und zugleich Erotisches an sich, während er dafür sorgte, dass er seine Waffen griffbereit am Körper trug. Zum Schluss schob er noch die Axt in die Schlaufe an seinem Gürtel und schnappte sich den Speer, den er vor dem Raumschiff eingesammelt hatte, bevor er sich mir zuwandte.

Mit wild klopfendem Herzen presste ich die Lippen aufeinander. Sein Anblick, wie er hoch aufgerichtet mit dem Speer dastand, war unglaublich – und zwar nicht einfach nur cool, sondern atemberaubend. Er weckte Ehrfurcht in mir. Und noch viel mehr. Er weckte Liebe in mir.

Ich eilte auf ihn zu und umarmte ihn fest. Er ließ den Speer fallen und schloss mich in die Arme. Ich spürte seine Hand, die über meinen Zopf strich und mit dem losen Ende spielte.

„Ich bin sehr froh, dass du dich in mich *verliebt* hast, Sziszi", raunte er in meine Haare.

Ich gab ein leises, tränenersticktes Lachen von mir, zog mich ein wenig zurück und wischte mir über die Augen. „Ja, ich auch." Es war seltsam. Aber es stimmte.

Und damit waren wir bereit. Wir verließen das Zelt und stießen zu den anderen.

Buroudeis Krieger waren ebenso wie Gahn Irokais bereits emsig an der Felsformation hinter den Zelten bei der Arbeit. Eine riesige Herde *irkdu* stand gehorsam wartend bereit, während ihre Herren sie mit Waffen und Ausrüstung für die Reise beluden. Ich beobachtete, wie die Frauen Rationen aus *valok* und getrocknetem Fleisch brachten, die sie sorgfältig eingewickelt hatten und den Männern überreichten. Als ich Rika entdeckte, die sich mit einem der Krieger unterhielt, drehte ich mich zu Buroudei um.

„Warum nehmt ihr kein Blut der Lavrika mit? So könntet ihr eure Leute heilen, wenn sie verletzt werden."

Buroudei führte mich zu seinem *irkdu*. Es war leicht auszumachen, weil es das Einzige mit einem Sattel war. „Um tödliche Wunden zu heilen, benötigt man große Mengen des Bluts in Verbindung mit den Fähigkeiten einer Heilerin", erklärte er, während er die Riemen des Sattels löste. „Sofern man nicht direkt zu den heiligen Teichen geht, wie wir es getan haben, aber das ist nicht üblich. Meines Wissens nach hat das noch nie jemand vor uns getan."

Mir wurde ganz warm ums Herz. Noch nie hatte sich jemand in den Teichen heilen lassen? Und Buroudei hatte das getan, nur für mich?

Ich räusperte mich. „Okay, aber könnt ihr nicht trotzdem für alle Fälle kleine Mengen davon mitnehmen?"

Buroudei zog den Sattel von seinem Reittier. Das Ding war riesig, aber in seinen Armen sah es beinahe aus wie ein Spielzeug.

„Es wäre zwecklos. Das Blut der Lavrika verliert in der Sonne schnell seine Wirkung. Es muss kühl gehalten werden, weswegen es schwierig zu transportieren ist. Wenn unsere Heilerinnen zu den Teichen reisen, um ihre Vorräte aufzufüllen, müssen sie speziell gefertigte, schwere Gefäße mit sich führen und mit einem Schutz gegen die Sonne über ihren *irkdu* reiten, damit es frisch bleibt. Im Schatten der Zelte vergraben sie es dann tief im Sand. Es in eine Schlacht mitzunehmen, insbesondere ohne erfahrene Heilerin, könnte uns allenfalls bei der Behandlung von oberflächlichen Wunden helfen. Und wir nehmen unsere Heilerinnen nicht mit in den Kampf, weil sie für unsere Clans zu wichtig sind." Er schaute mich bei seinem letzten Satz so bedeutungsvoll an, dass Panik in mir aufstieg, er könnte seine Meinung geändert haben.

„Okay, das verstehe ich. Lass uns Galok suchen", erwiderte ich rasch, um ihn abzulenken. Er warf mir einen zögerlichen Blick zu, sagte aber nichts. Stattdessen lehnte er den Speer gegen die Seite des *irkdu,* bevor er sich meinen Sattel unter den Arm klemmte und mir den Rucksack abnahm.

„Den kann ich tragen. Ist ja schließlich mein Zeug."

Buroudei brummte nur, gab ihn mir aber nicht zurück.

Galok war schnell gefunden. Auch unter Gahn Irokais Männern war niemand, der größer war als er. Seine langen schwarzen Haare, die ihm normalerweise offen über den Rücken fielen, hatte er in Vorbereitung auf den Kampf zu einem Zopf geflochten.

„Galok. Meine Befehle für dich haben sich geändert. Du wirst Sziszi auf deinem *irkdu* mitnehmen und sie beschützen. Du wirst dafür sorgen, dass sie dem Kampf fernbleibt, und nur, wenn wir siegreich aus der Schlacht hervorgehen, wirst du mit ihr zu uns stoßen."

Galok zog verwirrt die Augenbrauen zusammen. „Ich soll also nicht kämpfen? Ich werde mich euch nicht in der ruhmreichen Schlacht um die neuen Frauen anschließen?"

„Hey!", warf ich ein, weil mir nicht so richtig gefiel, wie er das ausgedrückt hatte. Die Vorstellung, dass um meine Freundinnen gekämpft wurde, als wären sie Objekte, passte mir gar nicht.

In Buroudeis Stimme schwang ein warnender Unterton mit. „Galok. Du hast deine Befehle." Dann fuhr er jedoch ein wenig versöhnlicher fort: „Es gibt niemanden, dem ich meine Gefährtin sonst anvertrauen kann."

Das schien Galok für den Moment zufriedenzustellen, denn er hob den Schwanz vor die Augen. Diese Geste entzifferte ich inzwischen als Begrüßung, Zustimmung und Ausdruck von Respekt.

Buroudei reichte Galok meinen Sattel und streichelte mir dann über die Wange. „Ich muss mit Gahn Irokai sprechen und mich dann um mein Reittier kümmern."

Ich nickte und schmiegte mich gegen seine Hand. „Ich verstehe. Ich komme hier schon klar."

Sein Schwanz zuckte. Dann drückte er mir einen kurzen, sanften Kuss auf den Kopf und warf Galok einen Blick zu, der deutlich besagte: *Versau es ja nicht.* Er stellte meinen Rucksack auf dem Boden ab und verschwand dann zwischen den anderen Kriegern. Ich schaute ihm hinterher, bis ich ihn nicht mehr sehen konnte, bevor ich mich zu Galok umwandte.

Dieser sattelte gerade sein *irkdu* mit geübten Bewegungen, als wüsste er bereits, wie das funktionierte. Irgendwie kam mir das seltsam vor, weil ich bisher noch niemanden mit Sattel hatte reiten sehen.

„Du scheinst wirklich zu wissen, was du da tust", meinte ich, nachdem er alles festgezurrt hatte.

„Ja. Als Kinder benutzen wir auch Sättel", antwortete er.

Ich runzelte die Stirn, weil ich mir nicht sicher war, ob er mir mit dieser Bemerkung eins reinwürgen wollte. Aber Galok grinste und ich entspannte mich. So gut kannte ich ihn noch nicht, aber Buroudei vertraute ihm und bislang kam er mir wie ein anständiger Kerl vor.

„Hast du Kinder?", fragte ich.

Ein trauriger Ausdruck huschte über sein Gesicht, verschwand jedoch sofort wieder. „Die Lavrika haben mich bisher noch nicht mit einer Gefährtin gesegnet. Aber bald, so hoffe ich. Sehr bald."

*Der Arme.* Es brach mir das Herz, wie einsam diese Krieger waren. Doch ich bekam auch ein ungutes Gefühl dabei, wie groß die Hoffnung war, die sie auf die menschlichen Frauen setzten. Mit ziemlicher Sicherheit würden die nämlich nicht alle so begeistert von der Idee sein wie ich, mit einem Alien ins Bett zu gehen.

Rasch wechselte ich das Thema. „Tut mir leid, dass du zum Babysitten verdonnert wurdest."

Er neigte fragend den Kopf zur Seite. „Das Wort *Babysitten* kenne ich nicht."

„Ach, ich meine, dass es mir leidtut, dass du auf mich auf-passen musst, statt mit den anderen Männern zu kämpfen."

Er schnappte sich meinen Rucksack und reichte ihn mir, bevor er mir in den Sattel half. Dann stieg er hinter mir auf, stellte aber sicher, einen gebührenden Abstand zu mir einzuhalten. Ich unterdrückte ein Lachen über die Tatsache, wie er unauffällig so viel Anstand bewies. Wobei, vielleicht war es weniger der Anstand, als die Angst vor dem, was Buroudei mit ihm anstellen würde, wenn er mir zu nahe kam.

„Sei unbesorgt. Es ist eine große Ehre, unsere Gahnala zu beschützen."

*Gahnala.* Das war ein Wort, nach dessen Bedeutung ich Buroudei noch nicht hatte fragen können.

„Was ist das? Die Gahnala."

Ich drehte mich im Sattel zu Galok um und fing seinen Blick auf, der viel zu fokussiert auf mein Gesicht gerichtet war. Er lehnte sich zu mir und die Funken in seinen Augen zogen sich eng zusammen. Doch dann schien er sich aus seiner Trance zu lösen und wich ein wenig zurück. *Ich bin für sie wohl genauso fremdartig wie sie für mich. Er hat garantiert noch nie eine Men-schenfrau von Nahem gesehen.* Seine offensichtliche Neugier störte mich nicht. Eigentlich war sie sogar ganz niedlich. Ich hoffte, dass er zu denjenigen gehörte, die eine menschliche Gefährtin bekamen, die sich auf ihn einließ.

„Die Gahnala ist die Gefährtin des mächtigen Gahns. Sie wird in unserem Volk sehr respektiert. Normalerweise wird eine Zeremonie abgehalten, wenn ein Gahn seine Gefährtin gefunden hat, um sie in den Stand der Gahnala zu erheben. Aber dafür war noch keine Zeit."

*Eine Zeremonie? Wie ... eine Hochzeit?* Hitze stieg mir in die Wangen bei dieser Vorstellung und ich wandte mich wieder nach vorn. „Danke."

Viel mehr Zeit zum Reden blieb uns danach nicht mehr. Wenig später gingen die Asteroidenmonde unter und die heiße Sonne von Zaphrinax erschien am Himmel. Der Tross setzte sich in Bewegung. Die Geräusche der *irkdu* und das Kriegsgeschrei der Männer hätten meine Stimme übertönt und sie ungehört in der Wüste verhallen lassen.

# KAPITEL SECHSUNDZWANZIG
## Buroudei

GAHN FALLOS GEBIET lag jenseits der Klippen von Uruzai, einen ganzen Tagesritt von unserem Lager entfernt. Wir kamen über die Sandebene zügig voran und legten keine Pausen ein, sondern aßen und tranken auf unseren Tieren. Wer sich erleichtern musste, tat das schnell und holte die Gruppe anschließend wieder ein. Ich ritt an der Spitze, zusammen mit Gahn Irokai und Taliok. Normalerweise wäre Galok an meiner Seite, doch er blieb mit Sziszi in der Mitte der Schar. So war meine Gefährtin vor den Angriffen von Raubtieren und anderen Gefahren geschützt, die uns womöglich drohten. Bislang gab es keinerlei Hinweise auf *zeelk* oder *krixel* in unserer Nähe. Und das war sehr gut.

Als wir die Klippen von Uruzai passierten, entschuldigte ich mich bei Gahn Irokai und ließ mich zurückfallen, bis mein *irkdu* sich auf Höhe von Galoks befand. Sziszi lächelte mich unter der Kapuze ihres Umhangs hervor an. Ihre Haut war in dem bläulich-weißen Ton gefärbt, der mir bei unserer ersten Begegnung aufgefallen war, und über den Augen trug sie merkwürdige schwarze Schalen, die ich noch nie zuvor gesehen hatte. Sie musste meinen Blick bemerkt haben, denn sie nahm sie ab, wedelte damit herum und setzte sie sich dann wieder aufs Gesicht.

„Das ist eine Sonnenbrille. Sie schützt meine Augen vor der Sonne."

Ein schmerzhafter Stich durchfuhr mich. Die Sonne verletzte nicht nur ihre Haut, sondern auch ihre Augen? War meine hübsche Gefährtin tatsächlich so unglaublich fragil?

Auf einmal breitete sich Sorge in mir aus. „Benötigst du eine Pause?", fragte ich. In unserem Plan war ein Halt nicht vorgesehen, aber ich würde Gahn Irokai davon überzeugen, wenn es notwendig wurde.

Doch Sziszi schüttelte den Kopf. „Nein, alles okay. Ich werde wahrscheinlich ziemlich steif sein, aber der Sattel ist toll und ich habe genug Wasser und Snacks." Ihr Tonfall wurde ernster. „Ich will so schnell wie möglich ankommen. Ich will meine Freundinnen befreien."

Stolz ersetzte meine Sorge. Meine kleine Kriegerin nahm für ihre Clan-Mitglieder solche Strapazen in Kauf. Ich lenkte mein *irkdu* näher zu Galoks und streckte eine Hand nach ihr aus. Sie tat es mir gleich und für einen Moment berührten sich unsere Finger. Auch wenn es mir schwerfiel, riss ich mich danach von ihr los und kehrte an die Spitze zu Gahn Irokai zurück.

„Du hast deine Gefährtin mitgenommen?", brummte er, ohne mich anzusehen. Doch ich spürte Talioks Blick auf mir.

„Ja. Sie ist die Einzige, die beide Sprachen beherrscht, und sie kann sich den anderen Frauen gegenüber für uns aussprechen." Ich seufzte leise. „Sie hat darauf bestanden."

Gahn Irokai gab einen heiseren, belustigten Laut von sich. „Dann sind sie unseren Frauen also zumindest in einer Hinsicht ähnlich."

Ich warf ihm einen fragenden Blick zu und auf seinem von Falten gezeichneten Gesicht zeigte sich ein kleines Lächeln.

„Stur."

Taliok schien sein Reittier ein wenig anzutreiben, um schneller voranzukommen.

Wenig später passierten wir die Grenze zu Gahn Fallos Gebiet. Unsere Anspannung stieg merklich an und wir suchten permanent den Horizont nach Anzeichen von Bewegung ab. Die Gebiete der einzelnen Clans waren riesig, was es unmöglich machte, sie zu jeder Zeit mit Patrouillen abzudecken. Doch die Möglichkeit bestand, dass wir von Wächtern oder einer Gruppe Jäger bemerkt wurden.

Ich hielt meine Axt in der einen, den Speer in der anderen Hand. Die Landschaft um uns veränderte sich zunehmend, als die Sandebene der Wüste in Hügel überging. Überall waren *rindla*-Blumen, dornige *axrekal*-Büsche, *valok*-Pflanzen und *peet*-Gras zu sehen. Jenseits dieser Hügel, wo die Ebene abrupt vor einer steil aufragenden Felswand endete, befanden sich die Zelte von Gahn Fallos Clan. Bald würden wir das Lager erreichen. Die Sonne neigte sich bereits dem Ende ihrer Bahn und tauchte die Welt in Schatten.

Wir folgten einem gewundenen Pfad, der unsere Schar zwang, zeitweise hintereinander zu reiten. Schließlich ließen wir die Hügel hinter uns und erreichten die große Ebene, die zu den Klippen führte, an denen Gahn Fallo sein Heim aufgeschlagen hatte. Im rapide schwindenden Licht des Tages konnte ich gerade so noch die winzigen Umrisse der Zelte vor der Felswand ausmachen.

Ich zügelte mein *irkdu,* bis es erneut neben Galoks lief. Hier würde ich Sziszi verlassen. In den Hügeln, die wir gerade durchquert hatten, war sie halbwegs sicher.

„Es ist Zeit", sagte ich und ließ mein *irkdu* anhalten. Galok tat es mir gleich und die restlichen Krieger umrundeten uns.

Sziszi nickte sehr ernst, schob ihre Kapuze nach hinten und nahm ihre *Sonnenbrille* ab, die sie nun nicht mehr brauchte, da die Sonne unterging.

„Sei vorsichtig", flüsterte sie und ihre Augen glänzten merkwürdig.

So hatte ich das nicht geplant. Ich hatte einfach davonreiten wollen, ohne zu viele Worte zu verlieren oder sie zu berühren. Das würde es uns nur noch schwerer machen.

Doch als ich ihr hübsches Gesicht sah und wie ihre Lippen zitterten, konnte ich nicht anders. Ich beugte mich zu ihr hinüber, packte sie um die Taille und zog sie zu mir auf mein Reittier. Sie landete mit der Kehrseite zwischen meinen Beinen und saß nun mir zugewandt rittlings auf meinem Schoß.

Unsere Lippen trafen sich mit der Urgewalt eines Sandmeersturms. Hart und unbändig. Ich packte sie fester um die Hüften, während sie mit beiden Händen mein Gesicht umfasste und den Rücken durchbog, um sich an mich zu schmiegen. Zwischen den Küssen murmelte sie Dinge wie: „Ich liebe dich so sehr" und „Werd nicht verletzt".

Ich wollte ihr alles geben, ihr alles versprechen. Aber nicht das. Dieser Kampf würde blutig werden, daran hegte ich keinerlei Zweifel.

Ich wäre die ganze Nacht bei ihr geblieben, hätten mich nicht die Warnrufe der restlichen Schar alarmiert. Galok verspannte sich sichtlich und ich hob Sziszi sofort an, um sie zu ihm rüberzureichen. Er half ihr in den Sattel, während sie sich bereits hektisch umschaute.

„Was ist los? Buroudei, warte!"

Doch mir blieb keine Zeit. Eine Wachpatrouille hatte uns entdeckt und Gahn Fallos Krieger waren auf dem Weg zu uns. Galok schnalzte mit den Zungen, wendete sein *irkdu* scharf und trieb es den Weg zurück zwischen die Hügel. Das Letzte, was ich sah, war Sziszis erschrockener Gesichtsausdruck, als sie an Galok vorbei zu mir schaute.

Doch jetzt war nicht der Augenblick für Herzensleid. Jetzt war der Augenblick, um zu kämpfen. Zu kämpfen und siegreich daraus hervorzugehen, damit ich das kleine, blasse Gesicht meiner Gefährtin wiedersehen konnte.

Mit einem wilden Brüllen wendete ich mein Reittier und spornte es in Richtung der anderen Krieger an.

Wenig später hatte ich die Schar eingeholt. Wir stürmten in vollem Tempo über die Ebene und versuchten, Gahn Fallo zu erwischen, bevor er und seine Männer sich in Stellung bringen konnten. Doch der Plan ging nicht auf. Bevor wir die Zelte erreichten, in denen aller Wahrscheinlichkeit nach auch Sziszis Clan-Mitglieder untergebracht waren, strömten Reiter auf *irkdu* aus den Felsspalten in den Klippen auf uns zu. Kriegsgeschrei entrang sich den Kehlen auf beiden Seiten und innerhalb weniger Momente prallten wir mit zaphrinax-erschütternder Wucht aufeinander.

Ich duckte mich mit einem Heulen unter einem Speer weg, der in tödlicher Bahn auf mich zuflog, beugte mich tiefer und trieb mein *irkdu* zu noch größerer Geschwindigkeit an. Ich würde jeden töten, der sich mir in den Weg stellte. Tausend Männer, wenn es sein musste. Für Sziszi und ihre Freundinnen würde ich das tun.

Um mich herum kämpften Krieger und *irkdu* miteinander. Einer der Männer hielt mit gezogener Klinge auf mich zu und wollte sie nach mir werfen. Ich wich ihr rechtzeitig aus und hob den Speer, als er sich mit einem Satz von seinem Reittier auf meins stürzte. Mit einem Ruck trieb ich ihm den Speer in die Eingeweide, riss ihn dann wieder heraus und stieß den Krieger zu Boden. Ein weiterer Mann griff mich an, dann noch einer, und mit allen machte ich kurzen Prozess. Der Triumph rauschte durch meinen Körper wie eine Melodie in meinem Blut, während ich mich durchs Getümmel kämpfte.

Aus dem Augenwinkel wurde ich plötzlich auf Gahn Fallo und Gahn Irokai aufmerksam, die am Boden in ein wildes Handgemenge miteinander verwickelt waren. Ein Knurren drang aus meiner Kehle, als Gahn Irokai von Gahn Fallo besiegt wurde, indem dieser seine Klinge in Gahn Irokais Brust stieß. Ich wollte zu ihnen, sah dann aber Taliok mit der gleichen Absicht. Doch Gahn Fallo war schneller als wir beide und auch schneller als der verwundete Gahn Irokai. Er rammte eine zweite Klinge in Gahn Irokais Bauch und riss sie herum, sodass Blut und Eingeweide im Sand landeten.

Gahn Irokai mochte kein Mitglied meines Clans sein, aber er war mein Verbündeter in diesem Kampf und der Anblick entfachte tödliche Wut in mir. Ich stieß einen Schrei aus und spornte mein *irkdu* an, weiter und weiter, bis ich Gahn Fallo beinahe erreicht hatte. Mit einem schnellen Griff zog ich die

Axt aus meiner Gürtelschlaufe und warf meinen Speer, bevor ich von meinem Reittier sprang.

Gahn Fallo bemerkte mich und zog ein Messer aus dem Riemen auf seinem Rücken, während er meinem Speer auswich. Sein Lachen erfüllte die Luft.

Und dann stürzte ich mich auf ihn.

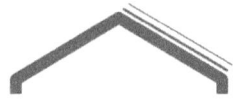

# KAPITEL SIEBENUNDZWANZIG
## Taliok

GAHN FALLO HATTE MEINEN Gahn getötet. Direkt vor meinen Augen. Gahn Irokai, der mich als Krieger ausgebildet hatte, der mich wie seinen eigenen Sohn behandelte, wurde abgeschlachtet und seine Eingeweide im Sand verteilt wie die Ranken der *veroar*-Pflanze, die in den Bergen wuchs. Ich brüllte im Kampf nie, wie es die anderen Krieger taten. Mein Versprechen auf Rache, eine Rache, wie diese Welt sie noch nie gesehen hatte, war ein stummes.

Ich beobachtete, wie Gahn Buroudei sich von seinem *irkdu* auf Gahn Fallo stürzte, und wollte ihm gerade folgen, um den anderen Gahn mit eigenen Händen niederzustrecken, als ich es hörte. Gahn Irokai, der leise meinen Namen rief.

Ich sprang zu Boden, rannte zu ihm und sank neben Gahn Irokai auf die Knie. Er versuchte nicht einmal, den steten Strom schwarzen Bluts zu stoppen, das aus seinen Wunden rann. Ich ebenso wenig.

„Ich will nicht, dass nach meinem Tod ein *baklok* abgehalten wird. Ich habe meinen Nachfolger erwählt. Du wirst es sein, Taliok."

Andere Krieger hätten sich womöglich von der Trauer blenden lassen. Andere Krieger hätten Gahn Irokais Entscheidung abgelehnt, ihm versichert, dass er leben und noch viele Zyklen als Gahn herrschen würde. Ich jedoch nicht. Ich blieb stumm, als er nach einem unserer Krieger in unserer Nähe rief, der sich nur mit Mühe auf den Beinen halten konnte und eine Hand auf die Wunde presste, die ihm von dem Mann beigebracht worden war, den er gerade besiegt hatte.

„Oxriel! Sei mein Zeuge. Bevor ich sterbe, übergebe ich den Titel des Gahn an Taliok."

Oxriel fiel neben mir auf die Knie. „Nein, hoher Gahn, du wirst leben. Wir werden dich zu einer Heilerin bringen."

Am liebsten hätte ich Oxriel geohrfeigt. Er verschwendete Zeit mit dem Leugnen des Unvermeidlichen. Wertvolle Zeit.

Gahn Irokai stöhnte auf und richtete seinen Blick auf uns, aus dem zunehmend das Leben wich. „Hör mich an. Taliok wird der nächste Gahn werden. Dies verfüge ich mit meinem letzten Atemzug."

Die Stimme versagte ihm. Schwarze, stumme Wut kochte in mir hoch. Oxriel tastete über die Wunde in seiner Brust, doch das Licht in Gahn Irokais Augen erlosch.

„Er ist tot", sagte ich und erhob mich, um auf dem Schlachtfeld nach Gahn Fallo und Gahn Buroudei zu suchen. Eigentlich hatte ich erwartet, sie noch mitten im Kampf zu sehen, da sie beide starke Krieger waren, die nicht leicht zu besiegen waren. Doch sie kämpften nicht mehr. Ich verengte die Augen ein wenig und rannte dann zu ihnen. Das, was ich sah, ergab jedoch keinen Sinn für mich.

Gahn Fallo lag am Boden und da war außerdem eine Frau. Eine Frau wie Gahn Buroudeis Gefährtin. Und hinter ihnen standen noch mehr der fremdartigen Frauen, die zwischen Gahn Fallos Zelten hervorspähten.

Fieberhaft ließ ich den Blick über ihre Gesichter schweifen. In dem Moment, als ich Gahn Buroudei erreichte, blieb ich wie angewurzelt stehen.

*Da ist sie.*

# KAPITEL ACHTUNDZWANZIG
## Buroudei

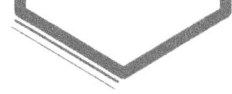

„ÜBERGIB UNS DIE FRAUEN, dann musst du nicht sterben."

Gahn Fallo lachte mich aus, wie ich es erwartet hatte. Aufgeben lag nicht in unserer Natur.

Mit einer schnellen Bewegung stieß er die Klinge nach oben. Ich machte einen Satz zurück, war aber nicht schnell genug und es gelang ihm, mir einen blutigen Schnitt quer über die Brust beizubringen. In der Hitze des Kampfs spürte ich keinen Schmerz. Zähnefletschend stürzte ich mich nach vorn und schwang meine Axt, die Gahn Fallo am Arm traf und bis tief in den Knochen vordrang, was ihn zwang, das Messer fallen zu lassen. Er besaß jedoch noch eine weitere Hand und eine weitere Klinge.

Blitzschnell packte ich ihn am Handgelenk, ohne den Griff meiner Axt loszulassen, was seinen verwundeten Arm unbeweglich hielt. Doch er legte all seine Kraft in den anderen Arm und drückte seine Klinge so immer weiter in Richtung meines Gesichts. Er war ein wenig größer als ich und besaß längere Gliedmaßen, mit denen er meine Arme bis an die Grenze des Möglichen auseinanderdrückte und sie schwächte. Aus einem

unüberlegten Impuls heraus rammte ich meinen Kopf nach
vorn und traf ihn hart am Kinn. Seine Fänge rissen mir die
Haut auf.

Die Kopfnuss brachte Gahn Fallo genug aus dem Konzept,
dass ich die Axt aus seinem Arm reißen und in den Übergang
zwischen seiner Schulter und dem Hals schlagen konnte. Er
schrie zornig auf und sank auf die Knie. Noch im Fallen hieb
er mit der Klinge, die er noch immer in der unverletzten Hand
hielt, gegen meine Beine, doch ich wich ihr mit einem Sprung
aus.

Kurzerhand zog ich mein längstes Messer aus dem Riemen
auf meinem Rücken, um ihm den Todesstoß zu versetzen. Er
fletschte die von meinem Blut dunkel gefärbten Fangzähne.

„Du wirst keine einzige der Frauen bekommen. Selbst
wenn ich schon lange tot bin, werden meine Männer dich
bekämpfen. Du wirst ihnen nicht zu nahe kommen."

*Also wird er selbst im Tod noch allem trotzen.* Das spielte
keine Rolle. Ob er nun weiter kämpfte oder sich ergab und
um sein Leben flehte – er würde sterben und wir würden die
Frauen bekommen. Ich verstärkte den Griff um das Messer und
holte aus, um diesem gefallenen Gahn des Sandmeers den Tod
zu bringen.

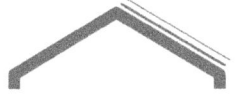

# KAPITEL NEUNUNDZWANZIG
## Chapman

„ACH DU SCHEISSE. ICH glaube, der ist hinüber."

Kat streckte den rasierten Kopf zwischen den Zelten hervor. Nur wir Menschen hielten uns draußen auf. Die Alien-Frauen und -Kinder waren klug genug, sich in ihren Zelten zu verstecken, als der Kampf ausgebrochen war. Aber wir? Nein, wir wollten sehen, was los war.

„Wer?", fragte ich und lehnte mich zur Seite, um mit zusammengekniffenen Augen an ihr vorbeizuspähen. In unserer kleinen Gruppe Überlebender war ich die Einzige mit Kampferfahrung, doch selbst ich hatte keinen blassen Dunst, was hier gerade vor sich ging.

„Der Große. Der Anführer", antwortete Melanie tonlos. Ich biss die Zähne zusammen und folgte ihrem Blick.

Sie hatte recht. Der größte Alien, den die anderen nur „den Anführer" nannten – bei mir war er „der Feind" – kniete im Sand. Ein Alien aus der Gruppe, die uns angegriffen hatte, stand über ihm und hatte ihn offenbar besiegt. Der Feind war erledigt. Selbst von hier aus konnte ich die geradezu lächerlich große Axt sehen, die aus seinem Hals ragte.

Er würde sterben.

Und aus irgendeinem Grund wollte ich das nicht. Vielleicht lag es daran, dass er der Teufel war, den ich kannte. Oder vielleicht an etwas ganz anderem. Ohne mich bewusst dafür zu entscheiden, verließ ich die Deckung zwischen den Zelten und hielt auf das Schlachtfeld zu.

„Alter, was machst du denn?", zischte Kat laut.

Ich ignorierte sie, und das Adrenalin, das heiß durch meine Adern rauschte, ließ mich das Tempo anziehen.

„Kommt schon", hörte ich eine der anderen Frauen hinter mir sagen und dann folgte mir die Gruppe. Wir boten vermutlich den seltsamsten Anblick, den man sich vorstellen konnte. Die anderen Frauen blieben am Rand des Lagers stehen, doch ich lief weiter und rannte schließlich, so schnell mich meine langen Beine trugen. Schweiß rann mir über den Rücken und mein Atem ging in keuchenden Stößen. Der fremde Alien hob das Messer. Gleich würde er zustoßen und …

„Stopp!", brüllte ich und legte noch einen Zahn zu. Der Feind fuhr zu mir herum. Ich war inzwischen nah genug, um die seltsamen Funken in seinen Augen wie wild durcheinanderwirbeln zu sehen.

*Fick dich. Versuch gar nicht erst, mich aufzuhalten.*

Ich rutschte im Sand aus, fing mich jedoch rechtzeitig wieder und schnappte mir eins der riesigen Messer aus den Riemen auf dem Rücken des Feinds. So bewaffnet, warf ich mich zwischen ihn und den Angreifer. Der fremde Alien fuhr zurück und seine Nasenflügel blähten sich, bevor er sein Messer etwas senkte, als wüsste er nicht, was er tun sollte. Der Feind knurrte etwas hinter mir und ich hatte das Gefühl, die Bedeutung seiner Worte dieses Mal zu verstehen. Irgendwas in die Richtung: „Aus dem Weg, Mensch" oder „Spar dir die Mühe".

Konnte er vergessen. Dieser Alien war eine gewaltige Nerven-
säge, aber ich würde sicher nicht zusehen, wie er niedergemet-
zelt wurde, nur damit wir Menschen von einer anderen Gruppe
dieser Wichser verschleppt wurden.

Ich packte die große Waffe mit beiden Händen und starrte
den Angreifer wütend an. Im Nahkampf war ich immer gut
gewesen, aber ich war noch nie gegen eine über zwei Meter
große Mauer aus puren Alien-Muskeln angetreten. *Gibt wohl
für alles ein erstes Mal.*

„Na komm schon her, Großer." Ich zog herausfordernd eine
Augenbraue nach oben. Aber um ehrlich zu sein, bluffte ich.
Gegen den Kerl hatte ich keine Chance. Aber das Glück schien
mir unwahrscheinlich hold zu sein, denn es funktionierte offenbar. „Ja, das dachte ich mir." Ich stieß das Messer in Richtung des fremden Aliens. Das Messer, das sich in meinen Händen eher wie ein Schwert anfühlte. Der Feind sagte hinter mir
wieder irgendwas und packte mich am Knöchel. Fuck, war er
bereits schwach. Sein Griff fühlte sich fast an wie der eines normalen Manns.

Fast.

Der fremde Alien wirkte vollkommen perplex. Er wich
einen Schritt zurück, musterte mich eingehend und brüllte
dann der Horde immer noch kämpfender Aliens etwas zu.
Nach einer Weile löste sich das Getümmel langsam auf und alle
wandten sich zu uns um.

„Also", meinte ich und mein Mut verpuffte zunehmend.
Weiter als bis hier hatte ich nicht so richtig geplant. „Was jetzt?"

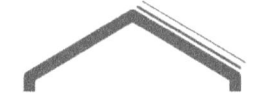

# KAPITEL DREISSIG
# Cece

„WIE LANGE WERDEN SIE wohl noch brauchen?", fragte ich Galok. Ich saß verkehrt herum in meinem Sattel und starrte ihn an, als könnte ich ihn dadurch irgendwie dazu bringen, die Schlacht zu beenden. Als könnte ich ihn dazu bringen, mir zu sagen, dass Buroudei in Ordnung war. Ich wollte runter von dem *irkdu*. Dann könnte ich auf und ab laufen. Doch Galok ließ mich nicht. Er behauptete, dass es so sicherer war, weil wir direkt abhauen konnten, wenn irgendwas schiefging. Aber ich hatte das Gefühl, dass er eher Sorge hatte, *ich* würde abhauen. Als würde ich Buroudei nachrennen, sobald ich die Möglichkeit dazu bekam.

Um ehrlich zu sein, hatte er da durchaus recht.

Ich wollte Buroudei so verzweifelt wiedersehen. Mich vergewissern, dass es ihm gut ging. Ihm helfen, wenn ich konnte. Doch stattdessen steckte ich in einem seltsamen Blickduell mit einem sehr loyalen Alien fest, der Befehle extrem ernst nahm.

*Ganz toll.*

Galok seufzte und öffnete den Mund, wohl um mir zum x-ten Mal zu sagen, dass es vorbei war, wenn es vorbei war, doch da hörten wir, wie jemand seinen Namen rief. Das Echo hallte durch die dunkle Nacht. Galok richtete sich sofort auf und seine Ohren und sein Schwanz zuckten, als er über meinen Kopf hinwegschaute. Ich drehte mich im Sattel um und sah einen unserer Krieger, einen Kerl namens Malachor, auf seinem *irkdu* durch die Hügel auf uns zupreschen.

Das Herz schlug mir auf einmal bis zum Hals. Das bedeutete entweder etwas sehr Gutes oder etwas sehr, sehr Schlechtes.

„Gahn Buroudei befiehlt die umgehende Anwesenheit der Gahnala", brachte er keuchend hervor und senkte den zum Gruß erhobenen Schwanz schnell wieder. Erleichterung breitete sich warm und süß in mir aus.

„Er lebt", hauchte ich.

„Ja. Gahn Buroudei ist am Leben."

Galok stieß einen triumphierenden Jubelschrei aus. „Dann haben wir gewonnen!"

Malachor wirkte weniger begeistert, was ein furchtbares Gefühl in mir aufsteigen ließ. „Gahn Fallo lebt noch", meinte er. „Aber der Kampf ist vorbei. Für den Moment." Er richtete den Blick auf mich. „Bitte, Gahnala, der Gahn erbittet eure Anwesenheit. Es ist dringend."

Ich nickte hastig. „Natürlich. Los, Galok!"

Und damit folgten wir Malachor durch die Hügel aufs Schlachtfeld.

Nur gab es dort gar keine Schlacht. Oder zumindest nicht mehr. Ich sah ein paar Männer vermutlich tot auf dem Boden liegen und andere sahen schwer verwundet aus. Der Rest stand schweigend in einem weiten Kreis, auf der einen Seite unsere Krieger, auf der anderen Seite offenbar die Gegner, da ich keinen von ihnen kannte. Wir arbeiteten uns in die Mitte des Kreises vor, um zu sehen, was los war.

Das war der Moment, in dem ich beinahe zusammengeklappt wäre. Ich meine, ich wusste, dass wir hier waren, um die anderen zu holen. Aber tatsächlich einen der Menschen zu sehen, mit denen ich hier gelandet war – lebendig und leibhaftig vor mir –, haute mich beinahe aus den Socken. Und dabei war es nicht mal ein Mensch, den ich mochte. Ausgerechnet Chapman, die Soldatin aus dem Raumschiff. Doch in diesem Moment sah sie für mich wie ein rothaariger Engel aus. Ich lachte und rief ihren Namen, was sie mit weit aufgerissenen Augen zu mir herumfahren ließ.

Grinsend ließ ich den Blick über den Rest der Szene schweifen. Buroudei stand Chapman gegenüber und erst jetzt fiel mir auf, dass die Soldatin ein riesiges Alien-Messer in den Händen hielt. Hinter ihr kniete zusammengesunken ein großer Alien, den ich nicht kannte.

Buroudei wandte sich mir zu und bevor Galok mich daran hindern konnte, ließ ich mich aus dem Sattel gleiten, stolperte jedoch prompt ungeschickt. Eilig sprang ich wieder auf und rannte zu Buroudei. Ich warf mich an seine Brust und atmete tief seinen Duft ein, während ich jeden seiner Herzschläge zählte, um mich zu vergewissern, dass es ihm gut ging. Und da entdeckte ich die Wunde. Schwarzes Blut bedeckte seine Brust und seinen Bauch. Es stammte von einem langen, gezackten Schnitt, der sich quer über seine Brust zog. Fuchsteufelswild fuhr ich zu Chapman herum und starrte die Waffe in ihren Händen an.

„Ich hoffe für dich, dass du das nicht warst", murmelte ich, doch sie verdrehte nur die Augen.

„Entspann dich. War ich nicht. Was schert dich das überhaupt? Es sind Aliens."

Mein Blick huschte zu dem Alien hinter ihr. Es sah fast so
aus, als würde sie ... ihn beschützen?

„Sag du es mir."

Trotz der schlechten Lichtverhältnisse konnte ich sehen,
wie ihr sommersprossiges Gesicht rot anlief. „Das ist etwas anderes."

Ich wollte ihr gerade sagen, dass das für mich gar nicht so
anders aussah, als jemand plötzlich begeistert meinen Namen
quietschte. Kat rannte auf mich zu, dicht gefolgt von Theresa, Melanie und den anderen Frauen aus dem Raumschiff. Ich
grinste so breit, dass es wehtat. Sie lebten. Sie lebten alle noch.

Kat erreichte mich als Erste und stürzte sich lachend praktisch auf mich, einen Moment später auch Theresa und
Melanie und dann die anderen, bis wir ein einziges Men-
schenknäuel waren. Die Hälfte von uns lachte, die andere
weinte. Ich war mir ziemlich sicher, dass ich beides tat. Die
Einzige, die sich daran nicht beteiligte, war Chapman, die
Buroudei nach wie vor nicht aus den Augen ließ und das Messer auch nicht senkte.

„Wir dachten, du wärst tot!", brüllte Kat mir ins Ohr.

„Ich auch", erwiderte ich. „Ich meine, ich dachte, ich wäre
die Einzige, die davongekommen ist."

Kat ließ mich los und schaute mich aus großen blauen Augen an, in denen Tränen schimmerten. Ihre kurz geschorenen
Haare waren ein bisschen gewachsen und nun zeigte sich, dass
sie tatsächlich hellblond waren.

„Nope. Diese Bekloppten haben uns aus dem Sand gefischt und die Krabben-Dinger gekillt. Dann haben sie uns hierhergebracht."

„Waren sie nett zu euch? Wurde jemand verletzt?" Ich schaute von einem Gesicht zum anderen und suchte nach Anzeichen von Misshandlung.

„Hör mir bloß auf", meinte Kat mit einem Schnaufen, doch Theresa unterbrach sie kopfschüttelnd.

„Sie haben uns nicht gerade den roten Teppich ausgerollt. Aber wir sind satt und sauber. Und hatten einen Platz zum Schlafen. Niemand hat uns was getan."

Das war beruhigend.

„Hört mal", sagte ich eilig und deutete auf Buroudei. Mein armer Gefährte wirkte mehr als entnervt und ziemlich verwirrt. „Der Kerl da ist der Anführer des Clans, bei dem ich war. Sie haben sich gut um mich gekümmert. Wir sind hier, um euch zu retten."

Die anderen wirkten nicht sehr überzeugt und beäugten Buroudei misstrauisch.

„Süße, wir kennen keinen von denen. An die Leute, bei denen wir bisher waren, haben wir uns inzwischen gewöhnt. Du solltest herkommen und bei uns bleiben. Zusammen sind wir sicherer." Theresa klang besorgt.

Oh, oh. Damit hatte ich nicht gerechnet.

„Ich kann nicht." Mir versagte die Stimme.

Kat zog die kaum sichtbaren Augenbrauen zusammen. „Warum zum Teufel nicht? Was haben sie mit dir gemacht? Benutzen sie dich irgendwie, um uns unter Druck zu setzen? Warum kannst du nicht weg?"

„Nein, nein, gar nicht." Wie sollte ich das alles nur erklären? Dass ich mich in einen Alien-Tyrannen verliebt hatte, in das Monster hinter uns? „Ich ... ich möchte nicht gehen."

„Du bist ihm ganz schön um den Hals gefallen, als du ihn gesehen hast", meinte Melanie neben mir und musterte mich aus ihren dunklen Augen aufmerksam. Hitze durchflutete mich.

„Oh, Süße. Oh nein, Schatz. Sag mir, dass du das nicht getan hast. Du hast doch wohl keinen Sex für deine Sicherheit eingetauscht, oder?" Theresas Augen wirkten noch größer als sonst in ihrem hübschen, gebräunten Gesicht.

„Gott, nein! Okay, es wird ewig dauern, alles zu erklären. Aber eins will ich direkt klarstellen: Der Kerl da drüber, Buroudei, der liebt mich und hält mich für seine Gefährtin. Und ich will mich darauf einlassen. Nicht, weil ich gezwungen werde. Sondern weil ich es will."

„Du hast dir wohl irgendwann den Kopf angeschlagen", sagte Kat und rümpfte die Nase. Theresa war unter ihrer gesunden Bräune blass geworden. Melanies Gesicht blieb ausdruckslos.

„Ach, kommt schon. Hat echt keine von euch schon mal darüber nachgedacht? Die sehen echt nicht schlecht aus", meldete sich eine Frau, deren Namen ich nicht kannte, vom Rand unseres kleinen Knuddelknäuels.

Jetzt redeten alle wild durcheinander. Einige verkündeten, dass sie sich durchaus von den bizarren Aliens angezogen fühlten, andere waren von der Vorstellung entsetzt. Buroudeis Knurren ließ sie jedoch abrupt verstummen.

„Meine Gefährtin, würdest du mich freundlicherweise aufklaren, worüber ihr sprecht?"

„Sie wollen uns nicht begleiten." Das auszusprechen, tat weh, aber ich konnte es auch irgendwie verstehen. Selbst wenn ich Buroudei nicht hätte, würde ich lieber bei dem Clan bleiben, der mich aufgenommen hatte. Das war das, was für mich einem Zuhause auf diesem Planeten am nächsten kam.

Buroudeis Schwanz peitschte über den Sand. „Sie werden nicht mit uns kommen?"

Taliok, der vernarbte Alien, der den anderen Gahn begleitet hatte, trat neben Buroudei. Sein Kiefer mahlte und in seinen Augen stand ein aufgebrachtes Funkeln. „Ich weigere mich, meine Gefährtin bei Gahn Fallos Männern zu lassen."

*Wie bitte?* Seine Gefährtin? Das war mir neu. Taliok starrte mit einem gequälten, sehnsüchtigen Ausdruck in unsere Kuschelrunde, doch ich sah nicht, wen er da im Blick hatte.

*Fantastisch. Noch eine Komplikation mehr.*

„Leute, wir müssen uns beeilen. Ich glaube nicht, dass er noch lange durchhält", mischte sich Chapman in diesem Moment ein und schaute auf den Alien zu ihren Füßen. Er kniete immer noch, war aber inzwischen nach vorn auf die Ellbogen gesunken. Die Axt, die tief in seiner Schulter steckte, erkannte ich als Buroudeis. Ich schluckte. Genau das hatte ich vermeiden wollen. Dieses Blutvergießen. Aber so wurden Dinge in ihrer Kultur geregelt. Und ich würde Generationen dieser Lebensweise nicht verändern, indem ich ein paarmal mit den Wimpern klimperte.

Ich löste mich von den anderen Frauen und stellte mich wieder neben Buroudei. „Ich will bei Buroudei bleiben. Ihr wollt bei eurem Clan bleiben. Aber ich finde es nicht gut, wenn wir wieder getrennt werden."

Fieberhaft suchte ich nach einer Lösung. „Wie wäre es ...",
fuhr ich langsam fort, als sich langsam ein Plan in meinem
Kopf herauskristallisierte. „... wenn wir ein Lager für die Menschen errichten? An einer zentralen Stelle zwischen den Gebieten der Clans. Dann ist niemand komplett abgeschnitten und
alle Menschen können zusammenbleiben."

Niemand wirkte sonderlich erfreut darüber. Ich wiederholte meinen Vorschlag in der Alien-Sprache und Taliok entfuhr ein aufgebrachtes Knurren, während Buroudei wild mit
dem Schwanz schlug. Erschrocken wichen die Frauen vor ihnen zurück.

*Sehr charmant, Jungs. Wirklich.*

„Okay, hört mal. Ich muss euch ein paar Sachen erklären,
damit ihr versteht, womit wir es hier zu tun haben. Es gibt hier
so ein Alien-Wesen, eine Art Essenz ... Ich weiß nicht, wie ich
das ausdrücken soll. Es sieht aus wie ein Drache ohne Beine
und Flügel. Diese Kreatur ruft die Männer zu sich und zeigt
ihnen das Gesicht ihrer zukünftigen Gefährtin. Das ist so ein
Seelenverwandten-Ding und es ist ihnen wahnsinnig wichtig.
Buroudei hat mein Gesicht gesehen, bevor wir überhaupt hier
gelandet sind."

Einige der Frauen schnappten erschrocken nach Luft und
alle schauten verwirrt drein, doch ich redete einfach weiter.
„Mein Gefühl sagt mir, dass das noch mehr Kriegern passieren
könnte, die ihre potenziellen Gefährtinnen dann von der
Gruppe trennen wollen. Im Augenblick sind Mitglieder von
drei Clans hier und weiter weg gibt es noch mehr. Vielleicht
suchen sie sogar schon nach euch."

„Das klingt ja furchtbar", sagte jemand.

„Das muss sich im Moment alles ziemlich seltsam für euch anhören. Und das ist es auch. Aber wenn wir Ärger und weitere Schlachten wie diese vermeiden wollen, müssen wir uns hier und jetzt einigen. Wenn wir alle zusammen an einem zentralen Ort leben, ohne an einen der Clans gebunden zu sein, werden wir damit viel Blutvergießen verhindern."

Ich wandte mich an Buroudei und schaute ihm flehend in die Augen. „Und ihr ..." Dann sah ich zu Taliok und den anderen Kriegern und wechselte in ihre Sprache. „Wenn ihr alle zustimmt, eure Lager auf neutrales Gebiet zu verlegen, könntet ihr näher bei den Menschen sein. Und kein Blut wird darüber vergossen, wer uns mit zu sich nimmt."

Wir mussten das hinbekommen. Wenn wir uns nicht jetzt und hier auf einen Kompromiss einigten und die Clans dazu zwangen, für uns zusammenzukommen, würde alles in einer Katastrophe enden. Nur weil Buroudei gesagt hatte, dass Frauen ihre Gefährten verstoßen konnten, hieß das ja nicht, dass jeder Alien-Mann da draußen das auch so sah. Es gab Clans, die ich bislang noch nicht kennengelernt hatte, und wer wusste schon, wie die so etwas handhaben.

Spott und Protest durchliefen die Reihen der Krieger. Buroudei zog mich knurrend an seine Seite. Taliok wandte sich an die umstehenden Männer und machte einen Schritt nach vorn.

„Gahn Irokai ist tot. Im Sterben liegend hat er mich zum nächsten Gahn ernannt. Oxriel war sein Zeuge."

Ein Krieger neben uns schlug zustimmend mit dem Schwanz.

„Meine erste Entscheidung als herrschender Gahn lautet, dass unser Clan die Berge verlassen und auf neutralem Gebiet in der Nähe der Frauen ein neues Lager errichten wird."

Totenstille breitete sich aus. Ich starrte Taliok mit offenem Mund an. Mit der Unterstützung des vernarbten, griesgrämigen Aliens hätte ich als Allerletztes gerechnet. Der Griff von Buroudeis Arm um meine Taille verstärkte sich.

„Ich, Gahn Buroudei, werde meiner Gahnala folgen, wohin auch immer sie geht. Ich verfüge, dass auch wir in der Nähe der Menschen auf neutralem Gebiet lagern werden." Dann wandte er sich an den Alien, in dessen Hals noch immer die Axt steckte. „Was sagst du dazu, Gahn Fallo?"

„Was sagt er?", wollte Chapman wissen, die den Blick nach wie vor fest auf Buroudei gerichtet hielt.

„Sie stimmen meiner Idee zu. Sie sind damit einverstanden, dass wir gemeinsam an einem neutralen Ort leben, der von allen Clans leicht erreichbar ist. Sie wollen ihre Lager dann in unserer Nähe aufschlagen."

Chapman schürzte die Lippen und verengte die Augen zu Schlitzen.

Ich holte tief Luft und fügte mit einem Blick auf den verwundeten Gahn Fallo hinzu: „Ich glaube, er muss zustimmen. Sonst stirbt er."

„Sag deinem Lover, dass Gahn Fallo dabei ist", erwiderte sie, ohne zu zögern.

Ich schluckte meine Verwunderung runter, dass sie einfach so für den Gahn zu ihren Füßen sprach. *Was ist denn hier passiert, während ich weg war?*

Die anderen Frauen nickten ebenfalls und unterhielten sich leise darüber, dass es wohl am besten war, wenn wir alle zusammenblieben.

„Wir sind uns einig", verkündete ich atemlos und schaute zu Buroudei auf. Ich konnte es nicht fassen, dass wir es wirklich geschafft hatten. Dass ich mit meinen Freundinnen und meinem Gefährten zusammen sein konnte, ohne weitere Kämpfe und Blutvergießen. Es gab natürlich noch so viele Einzelheiten zu besprechen und ich musste den Menschen noch so viel erklären. Aber das könnte funktionieren. Es könnte wirklich funktionieren.

„Wo sollen wir uns niederlassen?", fragte Taliok.

Buroudei dachte einen Moment lang darüber nach. „Die Klippen von Uruzai. Sie sind neutrales Gebiet. Die Felswände und Täler bieten Schutz vor Raubtieren und niemand wird Blut an so einem heiligen Ort vergießen wollen." In seiner Stimme schwang ein befehlsgewohnter Unterton mit.

Taliok schlug mit dem Schwanz in den Sand. „Dann ist es entschieden. Wir werden unsere Clan-Mitglieder holen. Nur um das klarzustellen: Unser Gebiet wird uns weiterhin für die Jagd und alles, was immer wir dort noch tun wollen, vorbehalten sein. Aber wir werden auf neutralem Gebiet leben, um in der Nähe der Frauen zu sein."

„Ja, unser Clan wird dies ebenfalls tun."

Ich gab die Information an Chapman weiter, die ungeduldig nickte. „Ja, ja, wundervoll. Alles bestens. Sind wir hier fertig?"

„Ich denke schon", sagte ich.

Ein paar der verbleibenden Einzelheiten waren schnell geklärt. Wir legten fest, dass die anderen Frauen vorerst hierbleiben und beim Umzug zu den Klippen von Uruzai helfen würden. Dass Taliok das nicht gefiel, war ihm anzusehen.

Ich wandte mich in der Alien-Sprache an ihn. „Taliok, du wirst deine neue Gefährtin nicht für dich gewinnen, indem du sie heute Nacht zwingst, ihr Volk zu verlassen. Lass den Dingen ihren Lauf und sieh, was geschieht. Wir werden alle bald wieder zusammen sein.“ Noch immer war ich mir nicht sicher, wen er da anstarrte. Aber er schien sich meine Worte zu Herzen zu nehmen, denn er machte kehrt und ließ uns ohne ein weiteres Wort stehen, während er seinen Männern Befehle zum Aufbruch zurief.

Sie nahmen den Leichnam ihres gefallenen Gahns und die der anderen Krieger mit, und Buroudeis Männer taten es ihnen gleich. Gahn Fallo wurde von einigen seiner Leute hochgestemmt und auf unsicheren Beinen weggeführt, vermutlich zum Zelt der Heilerinnen. Ich umarmte meine Freundinnen. Dass ich sie schon bald wiedersehen würde, war mehr, als ich zu hoffen gewagt hatte.

Schließlich kehrte ich an Buroudeis Seite zurück, der Gahn Fallo hinterherschaute.

„Ich sollte ihm sagen, dass ich die Axt zurückhaben will, wenn wir uns das nächste Mal begegnen“, murmelte er.

Ich verdrehte die Augen und schnappte mir seine Hand. „Komm. Wir müssen zurück. Du brauchst Rikas Hilfe.“

Er schaute auf die Wunde auf seiner Brust hinunter und lächelte dann breit. „Meine Gefährtin, das ist gar nichts für einen Gahn.“

Ich hoffte, dass er nicht übertrieb, war aber immer noch angespannt und zog an seinem Arm. „Gehen wir.“

Wir holten meinen Sattel von Galoks *irkdu* und schnürten ihn auf Buroudeis fest. Es fühlte sich so gut an, es mir darin bequem zu machen und mich nach hinten an ihn zu lehnen. Erst wollte ich das nicht, weil ich nicht an die Wunde kommen wollte, doch er knurrte nur und zog mich an sich. Als alle bereit waren, ritten wir auf dem gleichen Weg zurück, den wir gekommen waren.

„Weißt du ... Dein Plan hat mir auch geholfen", sagte er.

„Ah ja?"

„Ja. Gahn Irokai und ich hatten uns nicht geeinigt, was nach dem Kampf gegen Gahn Fallo geschieht. Ich habe mir Sorgen gemacht, dass mir ein weiterer Kampf bevorsteht, gegen seine Männer. Dass Taliok eine Gefährtin hat, wusste ich. Und dass er die Frauen deswegen nicht einfach mit uns ziehen lassen würde."

Ich seufzte, konnte ihm aber nicht wirklich böse sein. Nicht jetzt, wo er wortwörtlich blutete, weil er für meine Freundinnen gekämpft hatte. „Du hättest es mir sagen müssen."

Ich spürte seine Nase an meinen Haaren und dann an meinem Hals. „Ich weiß, meine Gefährtin."

Das würde für den Moment reichen müssen.

„Um ehrlich zu sein, bin ich ziemlich überrascht, dass alle meiner Idee zugestimmt haben. Dein Volk ist ganz schön territorial."

„Das stimmt", erwiderte Buroudei. „Und wenn nicht zwei der anwesenden Gahns Gefährtinnen unter den Menschenfrauen gefunden hätten, wäre so eine Übereinkunft wohl nie erreicht worden. Aber das ist die Macht der heiligen Gefährtenbindung."

Ich lächelte, denn seine Worte rührten etwas tief in mir an. Dass er so stark für mich empfand, war unglaublich. Vor einer Woche hätte ich mich noch nicht als Glückspilz betrachtet. Eher als das genaue Gegenteil. Aber jetzt? Jetzt sah die Sache ganz anders aus.

Ich seufzte an Buroudeis Brust und kuschelte mich ein wenig an ihn. Die Wüste war groß und die Reise lang. Aber wir waren zusammen.

Und in diesem Moment gab es nichts auf der Welt, was ich mir mehr wünschte.

# NACHWORT

VIELEN DANK, DASS DU Alien-Tyrann, den ersten Band der Serie „Gefährtinnen der Sandmeer-Warlords" gelesen hast! Ich hoffe, du hattest so viel Spaß mit Cece und Buroudei wie ich beim Schreiben ihrer Geschichte.

In Band 2, Alien-Erzfeind, wird es um Chapman und Gahn Fallo gehen. Du möchtest immer auf dem Laufenden über meine deutschen Veröffentlichungen bleiben? Dann melde dich einfach für meinen deutschen Newsletter an: www.ursadaxwriting.com/deutsch

GEFÄHRTINNEN DER SANDMEER-WARLORDS

Buch 1 ALIEN-TYRANN

Buch 2 ALIEN-ERZFEIND

Buch 3 ALIEN-WAISE

Buch 4 ALIEN-VEREHRER

Buch 5 ALIEN-GEÄCHTETER

Buch 6 ALIEN-KLINGE